赤い袖先
カン・ミガン著
下

赤い袖先

下巻

赤い袖先 下

目次

「赤い袖先 下巻」登場人物紹介……6
イ・サン年表……8

第三部 **王と側室**

十三章 どうしようもなく、そんな人……10
十四章 繫馬樹《クエマス》～王が馬をつないだナツメの木～……69
十五章 いつかの約束……117
十六章 絶頂期……177
十七章 王と側室……216
十八章 疑惑……267
最終章 赤い袖先……276

外伝　袞龍袍《コンリョンポ》のように赤い色……306
外伝　空《から》の住処《いえ》……310
外伝　最後に残った人……347
外伝　約束の地……356
特別寄稿　側室の世界／彼女たちは国王からどのように愛されたのか　文＝康熙奉……401
巻末付録　イ・サン家系図……407
巻末付録　用語解説……409

「赤い袖先 下巻」登場人物紹介

王／イ・サン
朝鮮王朝第22代王。頭脳明晰で本を読むことが日課。幼い頃から君主教育を受けて育ち、自他に厳しい。民を思い、派閥による権力の集中をなくそうと様々な政策に取り組む。自身の父（荘献世子）が悲惨な最期を遂げた心の傷がある。人に容易に心を開かないが、唯一、宮女ドギムに安らぎを見出し、愛を求める。

ソン・ドギム／宜嬪（ウィビン）ソン氏
幼い頃から宮仕えをする至密宮女。サンに仕える宮女だったが紆余曲折の末、サンの承恩を受け入れる。王子を産んだのち、宜嬪の名を授かる。好奇心旺盛でしっかりした自分の意思をもついっぽう、自らの立ち位置を理解し、賢く振る舞うため誰からも愛される。筆跡が美しく、本の筆写で才を発揮。

大妃（テビ）キム氏
先王・英祖の継妃でサンの7歳年上の義祖母。英祖の死によりサンが即位したあとも宮廷の女性たちの長（おさ）として君臨。ドギムを気に入り、王室の女性としての学を教える。

恵慶宮（ヘギョングン）
サンの実母。息子サンを思うあまり世継ぎ誕生を切望し、嫁たちに負担を与える。宮仕えに出されたドギムを養女にした縁もあり、サンの側室となったことを喜ぶ。

王妃
サンの正室。孝懿王后（ヒョウィワンフ）キム氏。世継ぎが授からず苦悩する。

和嬪（ファビン）ユン氏
揀択で選ばれたサンの側室。懐妊するも想像妊娠の疑いが。慶寿宮（キョンスグン）とも。

文孝（ムニョ）世子
ドギムが産んだサンの長男。世子に冊立するため、王妃の嫡子となる。

チョンヨン郡主（クンジュ）
サンの一番上の妹。恋愛小説が好きでドギムと懇意にする。夫は生真面目な光恩副尉。

チョンソン郡主（クンジュ）
サンの二番目の妹。礼儀を重んじる。遊び人の夫・興恩副尉の間にようやく子を授かる。

綏嬪（スビン）パク氏
宜嬪亡きあと、揀択によりサンの側室に。嘉順宮（カスングン）とも。のちの純祖を産む。

恩彦君（ウノングン）
サンの腹違いの庶弟。王の親族のなかでは最も位が高いが、慎ましく暮らす。

完豊君（ワンプングン）　恩彦君の息子。ホン・ドンノの欲により亡き元嬪の養子に。のちに常渓君（サングゲグン）に。

ホン・ドンノ　サンの寵臣で都承旨（トスンジ）の座にまで上り詰めるも、強すぎる野心ゆえ、流刑に。

元嬪（ウォンビン）ホン氏　ホン・ドンノの妹。揀択により幼くしてサンの側室になるも、わずか一年弱で病死。

先王／英祖（ヨンジョ）　朝鮮王朝第21代王でサンの亡祖父。偉大な王とされるが、息子・荘献世子との確執が傷に。

義烈宮（ウィヨルグン）　英祖の側室・暎嬪（ヨンビン）イ氏。サンの祖母。英祖が最も愛したとされる宮女出の後宮。

景慕宮（キョンモグン）　サンの父、荘献世子（チャンホンセジャ）の別名。父・英祖の怒りを買い、死に至る。

ペ・ギョンヒ　ドギムの親友で中宮殿・針房の宮女。訳官の娘で美人だが、きつい性格のため嫌われがち。

キム・ボギョン　ドギムの親友で大殿・洗踏房の宮女。熊のように体が大きく力もち。勘が鈍く楽天的。

ソン・ヨンヒ　ドギムの親友で大殿・洗手間の宮女。おとなしいが芯は強い。別監との内通が発覚し……。

ソ尚宮　幼い頃からドギムを見守る師匠。大殿の至密尚宮でサンに仕える。

ヨンエ　恩彦君宅の召使い。かつて義烈宮に仕えた宮女出身で、先王時代のことをよく知る。

ナムギ　内医院（ネイウォン）の医女。ドギムが見習い宮女だった頃からの付き合い。

イ・ユンムク　東宮時代からサンの身の回りの世話に従事する内官。位階は従三品の尚薬（サンヤク）。

ソン・シク　ドギムの兄で御営庁の軍校。人はいいが才覚に欠ける。王の側室となった妹を案じる。

ソン・フビ　ドギムの末弟。科挙に及第し、禁衛営の武官に。姉の面影を残す。

イ・サン年表 ～歴史上の出来事～

◆**1752年** イ・サン、英祖の次男・荘献世子（思悼世子）と恵嬪ホン氏（恵慶宮ホン氏）の間に生まれる。

◆**1759年** サン、兄のイ・ジョン（懿昭世子）が夭折後、8年間空席だった王世孫に封じられる（8歳）。

◆**1762年** サン、1歳年下のキム氏（のちの孝懿王后）と婚姻（11歳）。

◆**1762年** 朝廷の最大政治派閥・老論派による荘献世子の非行の上訴に英祖が憤慨。荘献世子は米びつに閉じ込められて餓死する。この際、「罪人の息子は王になれない」という老論派の主張により、サンはすでに亡くなっていた英祖の長男・孝章世子の養子となる。

◆**1766年** サン、宮女であったソン・ドギム（のちに側室となる宜嬪ソン氏）に承恩を求めるも、「まだ正室に子がいないのに共寝はできない」という理由で拒まれる。※15年後に再度、ドギムを求めたがこのときも拒絶されたという。

◆**1775年** サン、英祖の命で代理聴政を始める（24歳）。

◆**1776年** 英祖が83歳で死去。サンが第22代王となる（25歳）。即位後は、父の死を招いた仇であり、最大派閥・老論派の勢力を抑え込む政策を遂行。

◆**1777年** 王の住処・慶熙宮に刺客団が侵入、サンがすぐに異変に気づいたことで未遂に終わる（正祖暗殺未遂事件）。

◆**1778年** 側近・洪国栄（ホン・グギョン／本書ではホン・ドンノ）の妹が、側室・元嬪ホン氏に（翌年、病死）。国栄は外戚として勢力を振るう。

◆**1778年** 反対勢力がサンの異母弟・恩全君を王として推戴しようとしていたことが判明。サンは恩全君を守りきれず、賜薬を下賜。

◆**1779年** 洪国栄、行き過ぎた野心を案じたサンにより、すべての官職から辞職させられる（のちに流刑され、失意のまま1781年病死）。

◆**1782年** ドギムがサンとの間に男児イ・スンを産み、側室・昭容に。翌1783年、嬪に昇格。サンから宜嬪の名を授かる。

◆**1784年** 3月、宜嬪ソン氏が娘を出産するも5月に夭折。同年、スンが世継ぎに封じられる（文孝世子）。

◆**1786年** 文孝世子が病死。心を患っていた宜嬪ソン氏は病状が悪化。3人目の子を妊娠していたが出産も叶わず、9月に死去（享年34歳）。

◆**1800年** サン、病の悪化により死去。死因は老論派による毒殺説もあるが定かでない（享年49歳）。

※年齢は数え年

第三部　王と側室

十三章　どうしようもなく、そんな人

愛を交わすというよりも制御しきれない情動をぶつけ合ったあと、イ・サンは出て行けとは言わなかった。疲れ果て、あっという間に眠ってしまったのだ。半刻（一時間）後に目覚めたソン・ドギムは、サンの重い腕を慎重に下ろして体を落ち着かせた。

「長く生きていたらこんなこともあるものね」

腰を曲げ、少しばつが悪そうに寝間から出てくる彼女を見て、提調尚宮《チェジョサングン》はつぶやいた。

ドギムは夜が明けるまで寝殿に待機させられた。チマを裏返して着るように言われた。承恩《スンウン》を受けた宮女《クンニョ》はそうすべきだというが、尚宮たちも確信はなさそうだった。余韻はいつの間にか洗い流されたように消え、今やぎこちなさしか残っていない。自分が何をしてきたのか知っている宮人たちに囲まれていると、とても恥ずかしかった。

「お前を和嬪《ファビン》様の所に戻すわけにはいかない」

ドギムからそっと目をそらしながらソ尚宮が言った。

「お前をあそこに置いたままでは礼儀に反する」

皆よりもことさらに恥ずかしそうに見えた。

「とりあえず別宮《ピョルグン》に行きなさい。おそらく昼になれば適切な措置が下されるだろう」

「措置とは？」

「品階が上がるのではないか」

そう言って、ソ尚宮は大げさにため息をついてみせる。

「私がお前に敬語を使うようになるかもしれないとはね……まったく世も末よ！」

しかし、別宮にも長くは滞在できなかった。

好奇心に満ちた尚宮たちの目を避けてやっと落ち着けると思ったら、話を聞きつけた大妃《テビ》キム氏に呼び出されたのだ。

「宮女の承恩は私も初めて経験する」

ドギムが顔を出すと大妃はすぐに切り出した。彼女が継妃《ケビ》（王の後妻）として入宮したときは、寵姫たちが健在だったし、先王は女性を相手にする精力もないほど老いていた。

「国事で忙しい王様に代わって、私も宮中を見守ろう」

内命婦《ネミョンブ》の長《おさ》である王妃を厳然と無視する大妃の態度に、ドギムは戸惑う。

「王様がかつて、王子を産まないかぎり、宮女は承恩を受けても特別扱いしてはならないという命を下したので、特に封爵を云々することはできない」

王とひと晩過ごせば、その後の人生は安泰だというのは昔話だということだ。

「ただちに尚儀《サンウィ》（正五品の宮女）に命ずる」

尚宮の地位とは、驚くべき昇級だった。俸禄もかなり増えるだろう。たとえ俗物と言われようがこれを喜ぶなというのは無理な話だ。

「疊紙《チョプチ》（礼装用の頭に飾る装飾品）を用意してやるから、身なりをあらためなさい」

ふと我に返り、息が詰まりそうになった。友達を置きざりにして自分ひとりが先に大人になる。慣れ親しんだ世界と遊離してしまう。変わってしまう。

サンの懐に抱かれる直前まで恐れていた理由はまさにそこにあった。流された一夜の余韻でそれを忘れていた……。

「顔が暗い」

大妃の目の底に光が見える。

「過分なことで恐れ多いです」

そしてその目こそ、新しく足を踏み入れることになった恐ろしい世界の断面であった。

「全く、そなたに讌華堂《ヨナダン》を用意したとなれば騒ぎになるだろう」

大妃の言葉は正しかった。ドギムは青ざめた。

そこはただの屋敷ではない。王が政務を行う宣政殿《ソンジョンジョン》の東側にある小さな行閣《ヘンガク》だ。王の寝殿ともかなり近い。自分のような者が入るなどおこがましい神聖な領域だ。

「かまわぬ。やらせることがあってのことだ」

大妃はたおやかに微笑んだ。

「以前ほど王室の家族が多くないため、埃だらけのところが多い。静黙堂《チョンムクダン》と泰和堂《テファダン》が特にそうだが讌華堂も似たようなものだ。あまりに荒涼としているから、そなたが留まって整えてほしい。王様も許してくださった」

もっともらしい言い訳ではあるが、やはり過分な感じがないわけではなかった。

「以前のようにそなたに雑用はさせられない。承恩を受けた身で内官《ネグァン》や別監《ピョルガム》のような下の者と一緒に働かせることはできない。国の金で遊び暮らす姿など、なおさら見たくない」

「……光栄にございます」

「初めて会ったときから妙に目につくと思ったら」

愉しそうな声に顔色をうかがうと、大妃は笑っていた。

「私は人を見る目だけはあるのだ」

喜ぶべき言葉なのだろうが、ドギムにとっては混乱が加わっただけだった。


噂はあっという間に広まった。衝撃が宮殿全体を襲った。友たちも急いで駆けつけた。それなりの身分であることを示す疊紙を頭にのせたドギムを見て、ペ・ギョンヒは悲壮な顔つきでうなずき、ソン・ヨンヒは興奮して騒ぎ立て、キム・ボギョンは息切れするほど笑った。

「ソン尚宮様と呼べばいいの？」

ボギョンはドギムに向かって大げさにお辞儀をしてみせる。

「本当にそうすべきじゃないの……違いますか？」

小心なヨンヒはかなり戸惑っていた。

「私は嫌よ」

即座に断言したのはギョンヒだ。

性格がまるで違う三人だが、今、ドギムに訊きたいことはただ一つだ。

「ねえ、どうだった？」

まずはボギョンが口火を切った。

「本で見たのと同じだった？」

「訊かないで、お願い」

ドギムは真っ赤になった顔を膝の間にすっぽり埋めた。

「どうして？　みんなあなたの話ばかりしているのに」

「だから恥ずかしくて仕方がないの！」

「でも、どうしてそうなったの？　みんなが言ってるように王様が酒に酔って……勢いで……？」

　ドギムの気分を害さないようにヨンヒが慎重に訊ねた。

「違うわよ」とギョンヒが一蹴した。「酔っぱらっている方が、わざわざ側室に仕える宮女を連れてこられるわけないでしょ？」

「だとしたら、王様はとうの昔からあなたを心に留めていたんだ！」

　ボギョンは手を叩き、水臭いなぁとドギムに笑いかける。

「あなたとギョンヒ、ふたりでずっと隠していたの？」

「王様みたいな厳しい方が本当に意外ね」とヨンヒも頬を赤らめた。「宮女っていうだけで露骨に嫌っていたじゃない」

「いや、そんな大げさなことじゃなくて……」

　言葉をにごすドギムに、「じゃあ何？」とヨンヒが詰め寄る。

「私もよくわからない。あなたたちが考える恋心と王様の心はちょっと違う。そもそも衝動的に何かをなされる方でもないのに……」

　いつかギョンヒからも似たような忠告をされた。まだその意味はよくわからない。

「そんなに複雑なの？　じゃあ、簡単な話をしよう」

「簡単な話？」

「昨夜どうだったかは全然複雑じゃないよね？」

　依然としてくすくす笑いながら、ボギョンが訊ねる。

「あなた、うまくやれたの？　至密《チミル》宮女たちはいろいろ学ぶんだって？　房中術みたいなものも」

「全部根も葉もない噂よ」と今度もギョンヒが割って入った。「承恩を受けた宮女はチマを裏返して着なければならないというのもただの噂よ。先王様のとき、ある宮女が王の承恩を受けたことを得意げに自慢しようとして、叱られたらしいよ」

「もう、ギョンヒ、あなたは黙って！　それでうまくやれたの？」

容易にあきらめないボギョンのせいで、ドギムはしばらく冷や汗をかいた。


いずれにせよ、事は起こってしまったのだ。こうなったら適応するしかない。ドギムは誠実に過ごすよう努めた。古い屋敷は人手をかなり必要とした。大梁や床の湿気を拭きとり、内医院《ネイウォン》から得た種をまいて菜園の形も整えた。開き戸の肘壺と肘金も直した。

それでも少し寂しかった。周りは騒がしかったが、心情的にはひとりぼっちだ。行き来する宮人たちは珍奇な見世物かのようにドギムを見物するのに忙しかった。王の悪名があまりにも高いので、それもいたし方ない。だが、「氷のような王様の心をつかんだ割には大したことはない」などの陰口を思いがけず耳にすると、やはり気分が悪くなった。

そして最大の問題は、あの夜以降、サンが訪ねてこないということだった。

サンの顔をもう一度見ることを考えると、恥ずかしさで死にたくなった。だからといって、なんの音沙汰もないというのもいい気分ではない。早くも皆、「やはり一夜の遊びだった」と揶揄《やゆ》し始めている。身の程も知らずに王様に取り入ろうとするなんてなんて恥知らずだ、このまま忘れられる存在になるだろうといった陰口も、躊躇なくささやかれた。

自然にドギムも悲観的な思いを抱くようになった。サンが衝動的な行為を深く後悔している姿は容易に想像できる。崩れた自制心を省みて、お前を生きた屍にすると言い出しても不思議ではなかった。放置されて十日も過ぎると、ほかの宮人たちもそのように思うようになった。騒ぎは収まり、もはや見物に来る者は誰もいない。こうして、ドギムへの承恩はサンが泥酔して起こした騒動だったと落着するかに思われた。

「気にしなくていいわよ。誰もがみんな、人がうまくいくのを嫌がるじゃない」

落ち込むドギムをギョンヒがなぐさめる。

「悔しい。すがったのは王様のほうなのに、なぜ私が心を痛めなければならないの」

口に気をつけろとギョンヒが背中をぴしゃりと叩いた。

「もともと側室が王様を愛するのであって、王様が側室を愛するんじゃないのよ」

それでもドギムは納得できなかった。

「あの晩のことは間違いだったからここで消えろと、さっと整理してくれればいいのに……」

「まさか王様に会いたいんじゃないよね？」

「何言ってんの、会いたくてたまらないわよ！　早く始末をつけてほしいもの。宙ぶらりんの今の状態じゃ、ご飯ものどを通らないんだから」

「そういう意味じゃないわ。王様には決して心を与えてはいけないのよ」とギョンヒは真剣な顔でドギムに言い聞かせる。

「男はわがままよ。王様ならなおのこと。心まで預けてしまったら、傷つくのはあなただけよ」

「この前は、宮女は宮殿の塀を越えた瞬間から王様だけを思慕しなければならないって言ってたじゃない」とドギムは唇をとがらせる。

「建前はそうでも中身は違わなくちゃ」

友の真摯な忠告にドキッとした。胸のうちを悟られぬよう、すぐに否定する。

「……違うわ、絶対に」

「よかった。できるだけのことをして、追い出されないようにね。甘く恋慕するふりをしなければならないならそうして。心からお慕いすることだけは決してしないで」

「心配しすぎよ。王様は私をここに置き去りにして、もう忘れてしまったんだから」

心に立ったさざ波から目をそらし、ドギムは言った。

しかし、ギョンヒは予言者のように断言した。

「王様はもうすぐ来られるわよ」


いっぽう、ドギムの兄のソン・シクはこの状況をうまく受け入れることができなかった。

「それで、大丈夫なのか」

久しぶりに会った妹に、開口一番そう訊ねた。

「王様がお前を大切にしているというのは本当か？」

実に困った質問だ。

嫌な噂ばかりが耳に入り、妹が王様にもてあそばれたのではないかとシクは心配していた。

「やっぱり宮仕えに出すんじゃなかった」

胸を痛めたようなつぶやきを聞き、ドギムは心からありがたいと思った。相手が王様だということを知りながら、妹が大切にされているかどうかだけを心配してくれている。

妹が王様と結ばれたおかげで運が開いたと喜んだなら、ひげを引っこ抜いてやろうと思ったが、本当によい兄を持ったものだ。

兄と別れ、もやもやした気持ちを抱えてあちこち歩き回ったおかげで、帰宅したときにはすでに門限の時間だった。

「こんな時間までどこに行っていたの!」

庭から懐かしい叱責の声がした。ソ尚宮だった。

「王様がいらしてるのよ!」

ソ尚宮は王様を待たせることは最悪の罪だとばかりにドギムを手招いた。

「どうしてですか?」

ドギムは反射的にそう訊ねた。よく考えたら滑稽な質問だ。王様が側室の所に来る目的など一つしかない。

主のいない部屋に火を灯したサンは、持ってきた本を読んでいた。こちらを見る目つきがわずかに揺れ、彼はさも意外そうにドギムに言った。

「疊紙がなかなか似合うな」

その瞬間、顔が火照《ほて》った。こんな些細なひと言がどうしてこうも恥ずかしいのだろう。

「どこに行ってきたのだ?」

「兄に会ってきました」

「兄?」

なぜか彼は顔をしかめた。

「伝えたいことがありまして」

「何を?」

何もかも知っておくのが当然だとばかりにサンは質問を重ねる。

「それが……私の立場が少し変わるではないですか。ほかの人の口を通して話を聞くよりも、直接伝えたほうがいいと思いましたので」

納得したのか、サンはうなずいた。

「それでも『男女七歳にして席を同じうせず』という言葉もある。そして、嫁いだ者は他人にほかならない。いくら兄だとしても、気づかったりむやみに会ったりするな」

小言だけは相変わらずだ。

「住処を移してからずいぶん経ったのに、どうしてまだ荷物を整理していないのだ？」

部屋の隅に積んである包みを指さし、サンは言った。

「すぐに去ることになるでしょうし、面倒なのでそのままにしておきました」

「去るだと？」

「あ、はい……ここは私の身分に合わないので退けと命じられそうで……」

火照って赤らんだ彼女の頬から、まるで他人の家を借りているかのようにきれいなままの部屋へと視線が移り、やがてサンの顔に笑みが広がった。

「そうだな。お前は身の振る舞いをわきまえているからな」

ひょっとしたら態度を変え、余計な欲を出すのではないかと心配していたようだ。王様の性分をよく知る私に、そんなことができるはずはないというのに。

「話が出たついでに訊いておこう。お前はあの夜、私が言ったことを覚えているか？」

「おっしゃったことというと、その……」

ふとドギムは彼の意を察した。

「全く覚えていません」

「そうだ。よくわかっているな」

ドギムの勘のよさにサンは満足した。

「これからも同じだ。私事での私の言葉はすぐに忘れなさい。お前の友であれ、兄であれ、誰にも伝えてはいけない。わかるな？」

「はい、王様」

「これからはお前の一挙一動が私の立場に関わってくるのだ。当然、言動は以前より慎まなければならない」

困惑も忘れ、ドギムはサンを真っすぐ見た。

「まさか私をこのまま……？」

「そうしてはいけないわけでもあるのか」

サンは読んでいた本を置き、ドギムに訊ねた。

「体は大丈夫か？」

「どういう意味でしょうか？」

「医女に訊いたら、初夜を過ごしてから何日か経てば体は回復するそうだが」

恥ずかしさで顔が爆発しそうになる。

「な、なんともないです！」

「それならよかった」

顔に笑みを弾けさせ、サンはドギムの手首をつかんだ。自分のほうへと強く引っ張る。体の重心が崩れ、彼の胸に傾いた。あとわずかで体に触れてしまう。よく見ると、オンドルの焚き口に近い場所にすでに寝床が用意されていた。

「今日も嫌だと言うのか」

「嫌だと言ったら放してくれますか」

「いや」

サンは左手で彼女のあごをつかみ、口づけをした。目が開けられなかった。息ができなかった。酔いに任せた強引さとは違う、優しさと甘さが唇越しに伝わってきた。

「後悔されているのかと思いました」

「そうだ。もう百回は後悔している」

「それなら、どうしてまた……」

「ほかの後悔に比べれば、実に些細で微々たるものだからだ」

サンは服のひもを解き、ドギムの体を抱きしめた。

「お前といるときはほかのことは考えない」

目の奥で火花が弾け、体が粉々に砕けそうな感覚に達しながら、ドギムは彼がそうささやくのを聞いたような気がした。

*

サンはたびたびドギムのもとを訪れた。何か言いたいことがあるように神妙な目つきを見せる日もあれば、心に憂鬱の種を抱えているのか表情が暗い日もあった。どんな日でも会話はあまりなかった。彼はただ自分のすぐそばに彼女を感じていたいだけだった。王妃の寝所と違って周りの目がないので、夜はただふたりだけで、のんびりと気兼ねなく過ごした。

彼は大殿《テジョン》に帰らず、彼女のそばで眠りについた。まれに朝の食事までとっていく日もあった。誰かがそばにいると眠れないほど神経質だったのに、この変わりようはどうだろう。大変なのはドギムのほうだ。大柄なサンと一緒に寝ていると息をするのも大変だった。特に疲れ果て互いにもつれ合ったまま眠りについて目覚めた朝は、ひと晩中押さえつけられていた体が悲鳴をあげた。

でも、それが嫌ではなかった。どうしようもない激情に陥るときも多かった。導かれるままに流されて、どうしようもなかった。本能のまま自分を渇望する存在は、想像以上に中毒性があった。

ただ、気まずさはどうしようもなかった。

わだかまりをきちんと解かないままに体だけを重ねていると、優しい触れ合いとは裏腹に心情的にはぎこちなさが増した。自分を裏切ったと言い放った相手を、これといった和解もないのに近くに置くのはやはり不自然だった。もう信じないとまで言ったくせに。刺激的な時間に夢中になることで心のうちにある悩みを忘れようとしているのかもしれない。

今日もドギムはサンの重い腕を押しのけることで朝を迎えた。

夜の間中つぶれそうなほど強く抱かれた全身がぴりぴりした。隣の気配にサンも目が覚めたようだがもっと眠りたいのか、慌てる彼女を前に知らんふりした。

「起床の時間です」

どうしても手をどかそうとしないので、ドギムは無理やり押しのけた。

「わかっている」

不満そうに顔をしかめ、彼はゆっくりと起き上がった。

「水刺床《スラサン》を召し上がりますか？」

「いや、いらない」

朝食はめったに食べないことをよく知っているので、それ以上は勧めなかった。

「それで終わりか」

「え？」

「食べないと言ったら、愛嬌を振りまいてでも食べさせるものではないのか？」

「体によい食べ物でも、無理して食べると病になりますから」

「まあ、決して私を恋慕しないというお前にそんなことを望んではいけないのだろう」

わざと拗《す》ねた口調でサンは言った。相手に合わせて軽口で返すべきだとわかってはいたが、そうはできなかった。あの日のわだかまりを解くことなく、生半可に封じてしまったのだから。

黙ったままのドギムをサンは振り返った。そして、彼女の戸惑いに気づいた。柔らかかった空気はいとも簡単に凍りついた。

彼は苦笑し、政務に向かった。


そんなふうに一日が始まったため、とても憂鬱だった。とはいえ、チョンヨン郡主《クンジュ》がうれしそうに遠くから手を振りながら走ってくると、満面の笑みで出迎えた。

「自分の目で直接見ないと信じられなくて！」

チョンヨン郡主は歓声をあげ、頭のてっぺんから爪先までドギムをじっくり見つめる。

「あぁ、見ても信じられない！　一体どうやって王様をその気にさせたの？　いつからそんな仲だったの？　猫をかぶっていた人が本性を……」

嵐のように降り注ぐチョンヨン郡主の質問をかわし、その興奮を落ち着かせるためにドギムはかなり苦労した。

「チョンソンも来たがってたのよ。あなたと王様のことを聞いて空いた口がふさがらなかったって。でも、家に閉じこもっていなれければならない立場だから、私だけ来たの」

「家に閉じこもる?」

「あぁ、あなたは知らなかったわよね?　懐妊したのよ」

「えぇ……!?」

「そうなのよ!　最近、旦那様との仲がよくなったそうよ」

夫がいつも妓生《キーセン》と遊んでいると長い間気を病んでいたチョンソン郡主のもとにも、ようやく明るい太陽が昇り始めたようだ。

「私と恩彦君《ウノングン》様はもちろん、チョンソンにまで子供ができたのに、どうして王様にだけよい知らせがないのかわからないわ」

チョンヨン郡主は舌打ちをした。

「和嬪様のお腹の子はどうしたの?　懐妊当初はあんなにも大騒ぎだったのに、今じゃすっかり誰も話題にしなくなって……もう、どうなってるのかわけがわからないわ」

彼女は声を落としてドギムに訊ねた。

「もしかして流産したの?　それで内緒にしてるの?」

「そうではありません」

「ということはまだお産の気配がないということ?」

「ええ、まあ……」

「ほら!　大勢の人が口やかましく言ってたことがやはり合ってたみたいね」

チョンヨン郡主はむやみに悪口を言うような愚《ぐ》は犯さなかった。その代わり、意味深な笑みを浮かべ、話を変えた。

「あなたはどうなの？　承恩を受けてもう一か月あまりじゃないの」

「なんの……？　あ！　ぜ、絶対に違います！」

「夫に仕えていれば懐妊するのが自然の摂理なのに、何をそんなに慌てて」とチョンヨン郡主はけらけら笑った。

「こうなったら、あなたがふくよかで健やかな王子を産んであげなさい」

「とんでもないことをおっしゃいます」

「聞いたんだけど、王様はよくあなたを訪ねるんですって？」

「そんなにからかわないでください」

顔を赤らめながら抗議したが無駄な抵抗だった。

「可愛がられる秘訣を一つ教えてあげましょうか？」

チョンヨン郡主は目を輝かせながら、続けた。

「王様は幼い頃から朝が弱いのよ。食欲がないからといって、朝の水刺床をいつも退けるの。生前、お祖母様はそれを心配されたわ。朝食をきちんととってこそ体が丈夫になるものだと、明け方に鶏が鳴くと必ずお祖母様がご自分でご飯とおかずを作って差し上げたのよ」

「気が進まなくても、きちんと召し上がったでしょうね」

「そう、ひと口食べるたびに石を噛むように顔をしかめていたわ」

幼き日の思い出にひたりながら、チョンヨン郡主は子供のような笑みを浮かべる。

「でも不思議なのは、王様はそれを喜んでいたらしいの」

「どうしてですか？」

「おいしいから我慢できるとおっしゃっていたそうだけど、私の考えは違うわ。きっと、人の温もりが恋しかったからじゃないかしら。だって、王室では生まれてすぐに乳母が乳を飲ませ、内官《ネグァン》と宮女たちに囲まれて育つから。でも、宮人たちといくら距離が近くても、本物の家族にはなれないの。王様の性格では余計にそうだったと思うし」

「それに」と彼女は真顔で付け加えた。「お父様は庶子たちはよしよしと可愛がりながら、嫡子である王様にはまるで優しくなかったのよ。この世に王様のほどの親孝行者がどこにいるっていうのよ、全く！」

サンが忘れろと言ったあの夜の吐露と符合する話だ。

「お祖母様に甘やかされるのが、内心では王様も嫌ではなかったのでしょう」

チョンヨン郡主は少し哀しげに微笑んだ。

「わかった？　あなたがそんなふうに気づかってくれたなら、特別に可愛がってくださるわ」

「私のような者がとんでもございません」

「いや、あなただけができるのよ。私とチョンソンは幼い頃のことをよく知らないけれど、王様はかなり大変な時期を過ごされたの。そのせいか心を閉ざしてしまって……。そんな王様が自ら宮女を近くに置くなんて、本当に驚いたわ」

チョンヨン郡主はドギムの肩をぽんと叩いた。

「よく面倒を見てあげなさい。王様が自らあなたを選んだのよ。あの生真面目な性格でどれほど難しい決心だったか、考えてもみてよ」

ドギムは何も言えなかった。今日は本当に言葉に詰まる日だ。

「お母様からもあなたの様子を訊ねられたわ」

「ご挨拶にうかがいたいのですが……」

恵慶宮《ヘギョングン》のおかげで参内し、サンの承恩まで受けた。この上ない光栄だろう。しかし、このような場合には挨拶をどのようにしなければならないのか、どこまで表現すれば適切なのか、ドギムは全くわからなかった。そして何よりも、サンはドギムが自重することを望んでいるようなので、下手なことはできなかった。

チョンヨン郡主は事情を理解しているとばかりに、今度は背中を叩いた。

「お母様はもともと情が深い方でしょう。当分の間は和嬪様の体面を考えてあなたにどうこうすることは控えるでしょうが、徐々に面倒を見てくれるでしょう」

そう言って、チョンヨン郡主は持参した風呂敷包みを差し出した。

「これをあなたにとおっしゃったわ」

結び目を解いた瞬間、言い難い感情が沸き起こった。

「話は全部聞いたわ。ひどい目に遭ったんですって?」

「恐れ多くもお受けできません」

それは奇跡のように戻ってきた、先王から授かった義烈宮《ウィヨルグン》の本だった。

「大丈夫。先王様があなたにあげたのだから、あなたのものよ。これも運命だからこそ、あなたが王様の目に留まったのだろうとお母様がおっしゃっていたわ」

チョンヨン郡主はまた会おうと固い約束をかわし、去っていった。

悩みに悩んだ末、ドギムは手紙を書いた。しばらくして、ギョンヒが怪訝そうな顔でやって来た。走って駆けつけてくれたのだろう。息が荒い。

「どうしたの？　急に会おうだなんて」

「あなたに訊きたいことがあって」

ついにこの時が来た。ドギムはためらわなかった。

「昔のことを詳しく知りたい」

「昔って？」

「私たちが幼い頃。王様が幼かったとき、みんなが隠している時代のことよ」

ギョンヒは表情を変えた。

「あなた、前にも訊いたじゃない」

「うん。でも、すべてを訊いたわけじゃなかったから」

「確かに……もうあなたも知っておかなきゃいけないわね。失敗をしないために」

一歩間違えただけでも大変なことになるかのように、ギョンヒは厳粛な顔つきになる。外で誰が聞いているかわからないと、窓と戸をしっかりとすべて閉めた。

「どれくらい知ってるの？」

「先の世子《セジャ》様が心の病を患い、手に負えないほどの奇行を日常的に行っていたということ。それで、早くに薨逝《こうせい》されたということ。しかも、その過程が釈然としないということ」

「思ったより、よく知ってるのね」

しばし考え、ギョンヒは口を開いた。

「付け加えることは多くないわ。壬午《みずのえうま》年だったわ。先王様が常軌を逸した振る舞いをする者を王位に就かせることはできないと固く決心され、先の世子様の行く末はそこで絶たれた」

「それ以上に内緒にしてることがあるんじゃない？」

「二つの理由からよ」

ギョンヒはさらに声を落とした。

「先の世子様は賜薬《サヤク》を飲んだわけではない」

「罪人の身分が高いと自決を命じたり、賜死《ササ》となるじゃない。ましてや世子様だものね」

「噂では、寿命が切れるまでどこか深くに閉じ込めておかれたんだって」

「深く？」

「うん。これ以上はわからない。とにかく、飢えて息が詰まった挙句に薨逝されたの」

「それは……惨めすぎる」

どんな大逆罪人だって、そのような殺され方はしないだろう。

「だからみんな口にしないのよ。しかも、王様も決してそれには触れようとはしない。心の中でどれほどの激しい嵐が吹き荒れようとも。下手な扱いをすれば政局が動揺するのではないかと心配しているのね。むしろ、それを取りあげ、何かを企てる者がいたら罰されるそうよ」

「でも、どうしてそんな無慈悲なことができたの？　止める人はいなかったの？」

「戚臣《チョクシン》たちは無条件に先王様の側に立った。王様の母方の祖父となる方まで。婿が死んでも孫がいるから、先王様の歓心を買ったほうが得だったのでしょう」

そういえば、先王は自分の外戚であれなんであれ、戚臣には怒りをあらわにされた。

「先王様に立ち向かう人がいるときもあった。側室の言葉だけを聞いて世子様を害するのはどういうことかと問い詰めたそうよ。結局失敗したけど」

「側室の言葉？」

「まさにそれが二つ目の理由よ」

もっとひどい話が出るのだろうとドギムは身構えた。

「最後の判断は先王様がされたけれど、火種を撒いた人は別にいる。病によるとはいえ先の世子様が心を病むようになり、その幻覚や奇行は謀反《むほん》に値した。これは王様や国を脅かすことになるので、処刑するように上疏したらしいわ」

実に想像を超える顛末だった。

「……義烈宮様が……あの方が夫に、実の息子を殺してほしいと頼んだんですって？」

ギョンヒは黙ってうなずいた。

「でも……なぜ？」

「取り繕おうとしたのよ」

彼女は肩をすくめた。

「親が子供を殺すのは天の道理に逆らうことだし、ましてや側室が世子様の処分を口にするなんてあり得ないことよ。にもかかわらず、義烈宮様が前に出た理由はなんだと思う？　先王様がやらせたに決まってるわ」

「でも、どうして？」

「いくら深刻な厄介事になりつつあるとはいえ、そう簡単に世子様を殺すわけにはいかなかったはずよ。それには名分が必要だった。息子が正気を失っただけでなく、逆心を抱くまでになってしまったから、まず世孫《セソン》様の安全をという生母の奏請《そうせい》なら、これ以上の名分はないわ」

「病による幻覚なのに、どうして謀反なんてことになったの？」

「先の世子様は本当にひどいときは躊躇なく暴言も吐かれたようよ。あまりにもひどく扱われていたから、父王のいないところで悪口を言ったりしたんでしょう」

「そんなの、謀反なんかではないじゃない」

「それはわからない。親子の仲が悪かったのは事実だから」

「家族同士でそんなに憎むことができるのかしら」

「王家は普通の家族とは言えないわ」

普通の家庭に生まれて幸運だとばかりにギョンヒは苦笑した。

「とにかく、先王様は目の敵だった息子を亡き者にしたことを、大義のためと上辺だけを飾った。事あるごとに正当性を主張し、義烈宮様を君主を救った義を重んじる人だと褒め称えたそうよ。側室なのに諡号《しごう》を見なさいよ。なんと『義烈』ですって。過分な文字よ」

亡くなった側室の棺桶を見つめていた先王の姿が思い浮かんだ。悪寒がした。

今まで、先王に対するさまざまな悪評を聞いても、ドギムの心の中ではいつも亡くなった側室のために涙を流す優しい方だった。しかし、そうではなかったのだ。あれは、一方的に求めた傲慢な愛の果てだった。その過程で義烈宮は、よいも悪いも何も言えなかった。

「卑怯すぎる」

ひどい言葉が思わず飛び出した。

「残忍よね」とギョンヒがうなずく。「女の後ろに隠れて、よくもまあ。でも、当代でも後世でも、この件に関して人々が誰を悪く言うかしら。王様を悪くは言えないから、子を殺した母だと側室を非難するしかないでしょう」

「最も愛した人にどうしてそんなことを?」

「それが君主の愛だから」

ギョンヒは淡々と続ける。

「そして、側室はその愛を受け入れなければならないから」

　実に残酷な論理だった。

「罪悪感のせいか、義烈宮様は息子の三年喪が終わるやいなや、あとを追うように亡くなったわ。先王様も義烈宮様のことは申し訳なく思っていたようよ。二度とない妻と称して、崩御する直前まで墓参りを欠かさなかったじゃない」

「本当に申し訳ないと思っていたのかしら？」

「申し訳ないと思うのは簡単でしょう。そんなふうに後悔することがないように生きるのが難しいんだから」

　達観したようなギョンヒの言葉に、ドギムは納得する。

「ところで、今まで深く知ろうしなかったことを、どうして急に訊くの？　もしかして王様と何かあったの？」

「まあ、私がちょっと悪いことしちゃったみたい」

　サンが本当にかわいそうだと思った。誰でもいいから恨みたかったはずだ。しかし、彼には恨む人がいなかった。祖父も祖母も母方の祖父も父も母も責めることができなかった。この儒教の国において決してしてはならないことだった。それゆえ今までの歳月、荒れ狂いそうになる心を懸命に抑え続けてきたのだろう。恨む対象は自分だけだったはずだ。

　ドギムはようやく理解した。彼が自ら父親の話をしてくれたことに、どれほど大きな意味があったのかを……。

　ドギムの告白を聞き、「あなた、おかしくなったの？」とギョンヒは本気で怒った。「一生懸命に愛嬌を振りまいても足りないくらいなのに！　王様が来られたら、きちんとお詫びして。また無駄にぐずぐずしないで」

ギョンヒの言うことはもっともだったから、ドギムは素直にうなずいた。

朝は拗《す》ねて出ていったから今夜は来ることはないと思っていた。悶々とした気持ちで早く寝床に横になったのだが、ドギムはすぐに起き上がらなければならなかった。

「待っていたふりもしないのか」

ばたばたと起きてきた様子を見て、サンは床を鳴らしながら入ってくる。そんな姿さえ、今日は愛しく思えてしまう。

「お食事は召し上がりましたか？」

「忙しくて抜いた」

「お腹の足しに夜食でも用意しましょうか」

「朝食も食べない私が夜食を望むわけがない」

そう言って、サンは目をそらした。

「少々お待ちください。すぐにお持ちいたします」

厨房に食材が少しあった。決して料理上手ではないが多少の心得はある。漬物用のエゴマの葉があったので、ひと口で食べられる包み飯を作った。

「長くかかったな」

御膳を出すや、すぐにサンは不満を漏らした。

「腕がないので」

「お前が自分で作ったのか」

サンは驚き、目を見開く。茶菓ではなく食事をサンに作ったのは初めてだ。

「十分ではありませんが、料理は少しできます」

大したことではないとドギムは謙遜した。包み飯を一つとり、サンの前に置く。ところが、彼は手を伸ばそうとはしなかった。

「お気に召しませんか？」

「急にどうして……？」

怪訝そうにつぶやいたが、すぐにサンは包み飯を手に取った。なぜか照れくさそうにほおばる。

「お口に合いますか？」

「まあまあだな」

「よかったです」

「まあ、特においしいからではなく、とても空腹だからだ」

ぱくぱくと食べながらどうして余計な減らず口を叩くのか、わからない。

きれいに平らげると、サンは口直しのシッケまで所望した。好き嫌いが激しい彼が、こんなふうに食べてくれるなんて驚きだ。ドギムが後片づけをしている間に、サンは整髪を終えた。

「お前は……」

ふたたび向かい合うと、サンは何か言おうと口を開いた。

「……いや、なんでもない」

また黙ってしまった。心の中にはたくさん言いたいことがあるはずなのに、そうでないふりをする。その代わりとばかりに、ドギムの服のひもに手を伸ばす。

「王様、ちょっとお待ちを……」

「無駄だと言ったじゃないか」

ドギムは結び目を狙う彼の手をぎゅっとつかんだ。

「お顔を拝見してもよろしいですか」

「今、見てるじゃないか？」

「王様を真っすぐ目にしたことが一度もありません」

「じゃあ、今までお前が見ていたのはなんなのだ？」

サンの苦笑をドギムは許諾の意と受け取った。

彼女の指先は最初に彼の強靭なあごに触れた。そのまま頬へと伝っていく。肌は少しざらざらしていた。疲れからできた吹き出物はいつの間にかきれいに治っている。高くくっきりとした鼻筋と落ちくぼんだ目の下を通り、額へと上がった。ふたたび下り、両手で優しく頬を包んだ。

「とてもお疲れでしたか？」

手に触れた感覚は、この若さにしては熟しすぎている。

「急にどうしたんだ？」

サンは彼女の手を振り払うことはなかった。

「朝のことが気にかかっているのか？」

この人は体も心も疲れている。今までそれを知らないふりしていた。

「それとも昼に何かあったのか？　チョンヨンが立ち寄ったそうだな。ひょっとして、お前に何か言ったのか」

「……私は王様に腹が立っていました」

サンが硬直するのが手のひらで感じられた。

「そして、これからも腹を立てることでしょう」

「なんだって?」

「王様は私をずっと怒らせ続けますから」

「私がどうして?」

「ご自分でもどうしようもなく、そういう方じゃないですか」

サンは不服そうにドギムをにらむ。

「私は王様の許しを望んでいません」

「私をからかっているのか」

ドギムの手を強く握り、サンが問う。

「でも、私が間違っていました」

瞬間、サンの瞳が揺れた。

「何を間違ったというのだ」

「王様の心を傷つけました。実は傷つくとわかっていました。にもかかわらず、ひどい振る舞いをしてしまいました。王様だから大丈夫だと思っていたのです」

思いもかけぬ告白に、彼は固まってしまう。

「王様だからこそ、大丈夫ではなかったのに……」

「私は、宮女ごときに傷つくことはない」

「それでも私が悪かったのです」

「どうして私に同情する?」

サンは顔をそらした。感情があらわになっているようで、隠したかった。

「同情したらどうだというのですか。それは悪いことですか？」

「……お前のせいだ」

サンはドギムに顔を向け、真っ赤になったその目をそらした。

「私はなんともないが……とにかく全部お前のせいだ」

サンの体が崩れ落ちた。

サンは長い間ともに過ごした恋人のように、彼女の膝を枕にして横になった。救いを求めるようにチマの裾をつかんだ。彼が支える世の中の重さがそのまま伝わってきた。

「お前は私のものだ」

「はい、ここにおります」

「相変わらず私を恋慕するつもりはないのか」

ドギムは答えられなかった。

「かまわない。とにかくお前は私のものだ」

サンがドギムの膝に顔を埋めると、ドギムは体を丸め、彼の肩に頬を当てた。

愛するという意味ではない。サンが欲望をぶつける側室になるという意味でもない。ただ、サンの存在を受け入れることはできる。哀れに思うかもしれない。少なくともそう思えるなら、大丈夫だろう。

気がついたときは夜明けだった。遠くから鶏の鳴き声が聞こえてきた。

「……眠ってしまいました」

「凝っているな」

サンが身を起こし、肩を揉んだ。思わず立ち上がろうとしたドギムだったが、なよなよとその場にしゃがみ込んだ。足が死ぬほどしびれていた。

「王様、私の足を見てください」

痛いには痛いのだが、それよりもおかしくてたまらなかった。まともに伸びもしない太ももとふくらはぎを叩きながら、幼い娘のように笑った。

そんなドギムをサンが妙な顔で眺めている。

面白いのは私だけ？　ドギムは急に恥ずかしくなった。

「どうされたんですか？」

「いや、笑顔は久しぶりだな」

そう言って、咳払いをした。

「夢を見たのかと思った」

なんだか照れている様子だった。

「……お前は、私に何か悪いことをしたんだろう？」

もう一度確認するかのように彼は訊ねた。人が一夜にして変わるわけはない。

「本気で言ったのか？」

「もちろんです」

「チョンヨンがでたらめを吹き込んだんじゃなくて？」

「いいえ。チョンヨン郡主様はむしろ王様を心配されていました」

「なんと言っていたんだ？」

「よく面倒を見てあげなさいと」

「やはり、純粋に心から湧き出た言葉ではなく、チョンヨンのせいじゃないか」

「どうしてそういう話になるんですか？」

あきれて笑うと、サンは顔を赤らめた。

「まあ、いい。本気だったなら……私もひと言、言っておかなくてはならない」

「なんですか？」

「私はお前に申し訳ないと思うことができない」

彼はどうにも気が進まない様子で頭をかいた。

「もしあのときのようなことがまた起きても、私は同じようにするだろう。もっと大きな展望を見なければならないからだ。罪のない宮女たちが苦境に陥っても構わないし、涙で訴え、孤軍奮闘するお前をあざむくだろう。王の政《まつりごと》というものは本来そういうものだからだ」

「ええ、そうでしょう」

どのみち望んだこともない。

「だからといって私が何も思わなかったというわけではない」

淡々としたドギムの反応に、サンが焦って加えた。

「私を恋慕しなくてもいい。ただ、泣くことだけはするな。今すぐ命を差し出すなんてあきれたことも言うな。私のそばを離れるな。そんなことは……耐えられない」

心からの思いがあふれ、ふと我に返ったサンは照れ隠しに怒り出した。

「身の程も知らずに腹が立ったというから話すのだ。女人が恨みを抱くと全く恐ろしい！」

耳たぶから首筋まですっかり赤くなった姿がなんだか可愛かった。

「女人の恨みが怖いですか？」

「怖くないわけがない。お前のような女人の本音はさっぱりわからないのだから」

「どうしましょう。私は心が狭くて、あと腐れも長引きますけど」

絶句するサンを見て、ドギムは吹き出した。

「からかってるんだな」

サンはぶつぶつ文句を言い始める。

「私に冗談を言う人間はお前しかいない。お前がいない間は静かなものだった」

ドギムの笑いが収まる気配がないのを見て、サンは声を大きくした。

「静かでよかったという意味だ！」

過去の空白などまるで感じられないお馴染みの空気が戻り、ドギムは安堵した。

「朝の食膳を差し上げましょうか？」

「いい。遅く食べて寝たから胃もたれした」

「ええ、ご都合のいいように」

サンがにらんだ。

「夫君《ふくん》が飢えているというのに、平気なのか？」

「いざ勧められたら嫌がるくせに何をおっしゃるんですか」

むっとした顔を見て、彼女はふたたび笑い出した。

そんなドギムを見て、「本当にかなわないな」とサンも苦笑する。

いや、とても恋しかった笑顔をようやく取り戻した、喜びの笑みだった。

＊

年末が過ぎ、新年が明けた。

さまざまな儀礼を行わねばならず、サンは目が回るほどに忙しかった。衣帯《ウィデ》（王の衣服）を着替えるやいなや眠りに落ちるのが普通だろうが、疲れなんてとばかりにひと晩中付き合わされることが多かった。彼の体を心配して拒めば、意地を張って駄々をこねるので、ドギムはもう身を任せるしかない。

「周りの目がないということがこんなにいいことだとは知らなかった」とサンは思う存分ドギムとの夜を満喫した。

そのおかげで、当然の兆しが現れた。

「月経が止まりました」

呼ばれてやって来た医女《イニョ》ナムギはぽかんと口を開けた。

「鬼のように恐ろしい王様と同じ布団で寝るなんて、ソン尚宮様は側室になるどころか、つらすぎて死んでしまうだろうと皆言っていましたが……」

「ソン尚宮様と呼ばれることのほうがつらいわ」

ドギムはうんざりした顔で返した。

「とにかく本当におめでたいことです」とナムギは笑顔になった。

「ちょっと待って。体の調子が悪いだけとか、そういうこともあり得るじゃないですか」

「ご懐妊ですって」

「医女がそんなにお粗末でいいのかしら」とドギムはきっとにらむ。

「わかった。わかりましたって！　いつからないのですか？」

「先月からありませんでした。念のために様子を見ていたのです。そして……」

どこまで話せばいいのか、ドギムはしばらくためらった。

「実は以前にも二度ほど懐妊したのかと思ったことがありました。月経がかなり遅れたり、体調もおかしくて……」

「あぁ、それで宮中に噂が流れたんですね」

「噂？」

「ソン尚宮様が懐妊したという噂です」

ドギムは口をあんぐりと開けた。

「どこでそんな話が出回ったの？」

「前のように宮女たちと交わることができなくなって、お耳に入らなかったようですね」

ナムギは大したことないように言った。

「おそらくソン尚宮様のお部屋をうかがう婢子《ピジャ》を通じて、いろいろなことが漏れていたと思います。多くの人の口伝えにより二度も相次いで流産して隠しているとか、実はソン尚宮様はごまかしでほかの宮人が妊娠したとか……ありとあらゆる話が飛び交いました」

ドギムはため息をついた。

「みんな他人のことに関心が高いわね」

ナムギは憐憫に満ちた視線を送った。

「ソン尚宮様が初めて承恩を受けたときも、どんなに騒がしかったか」

「とにかく今回は本当に感じが違うので、訊ねているのです」とドギムは話を戻した。

「酸っぱいものが食べたいですか？」

「そうね、このところずっと林檎が食べたいとは思うけど」

「眠くなったり、めまいがしたりは？」

「めまいはないけれど、睡眠は増えました。座っているとよく眠れるし」

「食べ物の匂いが不快に感じたことは？」

「特にそんなことはないわ」

「まだ悪阻《おそ》（つわり）はないようですね」

ナムギは袖をまくり上げた。

「それでは脈を一度診ましょう」

彼女はドギムの左手首とくるぶしのあたりの脈拍を慎重に取った。首筋と骨盤、下腹部も触り、うんうんとうなずく。

「どれだけ確信しているの？」

「私は診脈《チンメク》には少し疎いのですが……それでもほぼ確実だと思います」

「正確に知ることはできないの？」

「薬を使ってみましょうか？　内医院《ネイウォン》に知らせます」

「内医院に知らせなければならないの？」

「もちろんです。薬剤は貴重なので、王様に処方を許可していただかなければなりません」

ドギムはしばらく悩んだ。

「どうしても内医院を通さなければならないの？」

「実家のものを手に入れることはできますが、法度《はっと》に反します」

「ばれなければいいわ」

「いや、もし問題でも起こったらどうするんですか！」

ようやくナムギは彼女の態度に不審を感じた。

「こんな吉報をどうして隠そうとされるのですか？」

「じっとしているだけでも人々の噂になるんでしょ？」とドギムは表情を暗くした。「和嬪様のご出産を待ちわびているときに、私が下手に出しゃばってはどのような目に遭うかしら？」

「いやいや、皆喜ばれると思いますよ？」

皆が待っている子供はそちらだ。両班《ヤンバン》出の側室が産む、嫡子に準ずる王子。正統性のために側室を王妃と同じ無品で封じたのだ。たとえ和嬪の出産が奇異なほど遅れているとしても、それを無視してはならない。もし自分が本当に懐妊し、王子を産んでも歓迎されることはない。むしろ後継順位がこじれて不満が巻き起こるだろう。そして、その不満は大きな災いになりかねない。

子供ができたなら仕方ないが、少なくとも確実になるまでは黙っていなければならない。

「王様の血筋です。隠すだけで罪になるんですよ」

「三か月が過ぎればはっきりわかりますか？」

「ええ、おそらく」

「わかったわ。もう一か月待ってみることにしましょう」

ドギムは安全な道を選んだ。

「それでも……懐妊なら初期は特に気をつけなければならないですよ」

「仕方ないわ」

蝶よ花よと大事に守らずとも丈夫で耐える子でなければならない。それができなければ、王室というこの上なく危険な垣根の中では、どうせ生き残れない。

「できるだけ体を大事にしてください。服を重ね着せず、合宮《ハプクン》も避けてください。食べ物は食べたいものをまんべんなく召し上がれますが、食べすぎは厳禁。お酒も絶対にいけません」

うまく言い訳さえすれば、そのくらいは簡単だ。

「このことは秘密です。約束して」

しぶしぶながらもナムギは承知してくれた。


しかし、いざ隠すとなるとなかなか難しかった。

今夜は体の調子が悪くて仕えることができないと言づけを送ったにもかかわらず、サンはやって来た。ドギムの顔をじっと覗き込み、「顔色はいいようだが……」とつぶやく。

「どこがどう悪いって？」

「軽い風邪でしょう。王様にうつしてしまうのではないかと怖いのです。だから……」

「いいから症状を言いなさい。病のことなら少しは知っている」

サンは世孫時代から医学に興味を持ち、造詣が深いということをすっかり忘れていた。

「た、ただ、めまいがして体が熱くて……」

ドギムは病になったことがあまりなく、仮病の才も全くなかった。

「熱もないみたいだが」

サンは大きな手で彼女の額を触って首をかしげた。

「めまいがするって？　真っすぐ立ってみなさい。一度見てみよう」

「そんな……お気になさらずに」

「牛のように丈夫なお前が具合が悪いと言っているのに、いい加減にやり過ごせるか」

王の好意を厭《いと》うなど不届きだ。ドギムは言うとおりにした。

「病もひどくない程度にかかるなら得になる。病魔と闘って勝つ力が生まれる。しかし、お前のように丈夫な人が急に病になると、かえって簡単に治らないものなのだ」

彼は部屋を行ったり来たりしてみろと何度も催促した。仕方なくよろめくふりなどしてみたが、とてもぎこちなかった。

「もしかして私を追い出そうと、かかってもいない病のふりをしてるのではないか？」

そんなドギムの姿を怪しく思ったのか、サンが訊ねる。

「いいえ！」

「まぁ、お前はそんな無情な女ではないだろう」

彼は半信半疑でつぶやいた。

「王様は私のことがそんなにお好きですか？」

ドギムは奥の手を取り出した。

「恥ずかしすぎて、さらに熱が上がってきました」

「そんな戯言《たわごと》を申すとは本当に具合が悪いようだな！」

サンは顔を赤くして、叫ぶ。

「戯言を言っていないで寝なさい！」

これ幸いと早々に見送ろうとすると、

「私にこんな真夜中に大殿まで帰れというのか」と声を張り上げ、サンは横になってしまった。

「……隣に誰かがいたら眠れないと言ったのはいつのことかしら」

「うるさい」

灯りが消えた部屋で天井を見ていたドギムは、ふと不思議だと思った。なぜかとても心地いい。暗い沈黙のなかでお互いの息づかいを数えるのも、触れ合う肩から感じられる温もりも。

「王様」

「寝ろと言っておる」

「お訊きしたいことがあります」

サンは返事をしなかった。わずかに体がこわばるのが感じられる。

「王様は宮殿の外に出たらどうだったか、考えたことがありますか?」

「宮殿の外?」

「王様ではなく、ただソンビとして生きていたら……まぁそんなことです」

「平凡な男のことか」

おかしな質問だとでもいうように、彼は即答した。

「ない」

「一度もですか?」

「私がどうしてそんなことを考えねばならないのだ」

「人なら誰でも夢を見ませんか」

彼の反応は鈍かった。

「休みたいとはたまに思うが、ほかの人になりたいと思ったことはない」

「どうして?」

「私は王であることが好きだ」

その返事にはためらいがなかった。

「私の才を完全にこの国のために使う甲斐があるではないか。また、優れた文章を思う存分読むことができ、博識な人材をあまねく使うことができ、母上を大切にお世話することもできる」

世にはびこる権力欲とは少し違うようだ。

「私は、もともとひとりの男であることよりも君主であることを思い描きながら生きてきた。王でない私などあり得ない」

「それでも大変ではないですか？」

「非道な下級官吏にすべてを奪われ、腹を空かす民を見なさい。彼らのほうが私より大変ではないか。それだけの苦難を経験しても、手にしたものはやせ細った畑だけだというのだから気の毒でならない。少なくとも私はもっと大きなものを持っている。それでも満足できなければ、恥知らずな器の小さい人間にほかならない」

彼は王となるべく生まれた宿命を天からの恵みだと思っているようだった。その境遇ゆえ少年時代から多くの傷を負ったはずなのに、これほど確信に満ちているとは驚きだった。

彼が特に強靭な人だからなのだろうか。ドギムは思わず自分の腹に触れた。平らだ。なんの感じもしない。宮殿の中で生まれるべき子供がいるとは信じられないほど。そして、その子供が父親のようにこの血筋を天からの恵みだと思うか確信できないほど。

「どうしてそんなことを？」

「ただ……空いた時間には何を考えていらっしゃるのか気になりまして」

自分自身、サンに何を訊きたかったのか、どんな答えを望んだのかわからない。

「王でありながら男にもなりたいときはたまにある……」

ぼそっとつぶやき、サンは咳払いをした。

「ふむ！　お前はほかの人になりたいのか？」

「宮女じゃなかったらと思うときがあります」

ドギムはもつれにもつれた自分の人生を顧み、それとは違う人生を夢想した。

「平凡な女人として生きるのです。兄たちに愛され、憎らしい義理の妹の役割もし、そのうちにオドンと結婚して舅姑を養い、ぽっちゃりとした子供を産んで弓を射させたり……」

「オドン？」

「ええ、村に住んでいた頃の幼なじみです。笑い話が上手で人気がありました。その子と大きくなったら結婚しようって。私が数多くの乙女たちを押しのけたんです」

本当に幼くて純粋だった。ドギムは恋しくて笑った。風の噂で初恋相手のその後を知った。父親に従って訳官《ヨックァン》になったという。外国人を相手にしているので、故郷に戻る暇はないと。昔、ドギムの下っ端だった女の子と結婚して、天下を飛び回っていると。状況が違っていたら、それが彼女の人生になっていたかもしれない。懐妊を隠し、心配ごとも多い今に比べれば、はるかにつまらない人生。しかし、ただひたすら自分のためだけの細くて長い人生だ。

「本当に絵空事を夢見るのが好きだな」とサンは不愉快そうにつぶやき、ドギムに言った。

「お前は宮女にぴったりだ。私が断言しよう」

「具合がよくないので、つまらないことを考えてしまいます」

半分は真実だ。もはや仮病ではないかのように胸が痛む。むかついて吐き気がする。

「そうだな。やはり調子が悪いのだな。承恩を受けて感激するどころか、オドンだかマンドゥンだかを懐かしんでいたというのか」

ぶつぶつ文句を言うサンを見て、彼女はふっと笑った。

「王様も君主であることがお似合いです」

「いい意味か？」

答えなかった。今日はすでに嘘をたくさんついた。

黙って寝たふりをした。視線が感じられた。痛いほど執拗に顔に留まった。やがてサンの胸にぐっと引っ張られた。怒りと笑いが交ざった息づかいが頬に触れた。抱きしめられたその腕は、危うく心を許してしまうほど優しかった。

たくましい腕に包まれたまま、ドギムはお腹をかばうように体を丸めた。


元旦に、今年も福あれと祈ったおかげか、王室に朗報が届いた。忍苦の歳月を耐えたチョンソン郡主がふくよかで健やかな息子を産んだのだ。

遊び人の夫のためにずっと心労に苦しんでいた娘を知る恵慶宮はことのほか喜び、茶礼を用意するから孫を見せにくるようにと招いた。

「チョンソンは本当に苦労したわね」

肩を並べて歩きながらチョンヨン郡主がドギムに言った。

「都では少しにぎやかな場所に出るだけで、興恩副尉《フンウンプウィ》殿が手をつけた妓生が目に入るのよ」

彼女は舌打ちし、続ける。

「嫁に出た娘は他人だからと愚痴をこぼすこともできず、我慢していたわ。私が初めての懐妊のときは、しょっちゅうお母様を訪ねて泣いていたのに。心休まるのは、なんと言っても実家よね」

チョンヨン郡主はようやくドギムの反応がないことに気づいた。

「ずっと私ひとりにしゃべらせるつもり？」

「ああ、申し訳ございません」

「何を考え込んでるの？」

「それが……恵慶宮様がどうして私までお呼びになられたのかわからなくて」

そう言ってドギムは足を止めた。

あっという間に恵慶宮の屋敷が目に入った。見慣れない場所だった。ドギムが幼い頃、養女として恵慶宮に引きとられ、仕えていたあの懐かしい場所ではなかった。サンが即位した年に、母后のために新しく美しい殿閣を建てたのだ。

チョンソン郡主が無事に出産したのはおめでたいし、茶礼をするのもいい。しかし、それを祝うために王族が集まるその場に、ドギムを招待するという恵慶宮の好意には戸惑いが先に立った。昔から親しい間柄とはいえ、側室にもなっていない身で、そんなふうに王室に近づいてはいけない。地位にふさわしくない待遇は混乱を招くだろう。最高権力を手にした兄、ホン・ドンノという存在があっても苦労した元嬪《ウォンビン》がどうなったかを知らないわけでもない。

「時がくれば世話をしてくださると言ったでしょう」

心配しすぎだとチョンヨン郡主はドギムを諭す。

「お母様はとても情が深いのよ。昔はお父様が連れてきた酔った宮人たちの面倒までみていたそうよ。何を考えているのかとお祖母様から叱られたんだって」

いたずらっぽい笑みを浮かべ、さらに続ける。

「まあ、あなたは感情のない王様を虜《とりこ》にした宮女ですからね。さらに見直されるでしょう」

「つまらないことはおっしゃらないでください」

そうでなくても、そこで王妃と和嬪に向き合うことを考えると冷や汗が出るのだ。承恩を受けて以来、ふたりに会うのは初めてだ。

「私も王様があなたにどう接するのか見たかったのに。忙しくて来られないらしいわ」

助かった。これでサンまで同じ場にいたなら冷や汗どころじゃない。痴情のもつれた修羅場劇など小説だけで十分だ。

「でも、あなたにとっては大変なことになったわね。もし王妃様や和嬪様がにらみつけてきても、王様がいれば盾になってくれるだろうに。ひとりで耐えられる？」

「王様がいらっしゃっても、私はどうせひとりでしょう」

「なぜ？」

「まさか私の味方になってくれると思いますか」

王がどうしようもなくそういう人だと説明する術がなく、ドギムはただ苦笑するばかりだった。

宮殿は和気あいあいとした雰囲気ではあったが、皆の表情はまちまちだった。大妃は無表情で心のうちを察するのが難しかった。王妃はいつものようにとても緊張した様子で、和嬪は安らかではない気持ちを隠しながら微笑んでいた。そして、恵慶宮は少し浮き足立っているように見えた。息子がほかでもなく、自分が選んだ宮女に承恩を与えたという満足感。どういう経緯でサンとそうなったのかに対する好奇心。それでもどうせなら良家出身の側室にかけたい期待……あからさまに向けられる彼女の感情を無視するのにドギムは苦労した。

まずチョンヨン郡主に従い、挨拶をした。

「この人はこのような席が初めてなので、老婆心から私が同行いたしました」

チョンヨン郡主がにこやかに言い、ドギムが続く。

「光栄で身の置きどころがわかりません」

「難しく考えなくてもよい。福は分かち合う人が多ければ多いほどよい。だから呼んだのだ」

恵慶宮は寛大な笑みをドギムに向けた。

「にぎやかだった昔が懐かしい。今は王室の家族も少なくなって、寂しいものだから」

「今日、お孫様をご覧になるおめでたいことがありましたから、これからもにぎやかになりそうではありませんか」

「そう……そうだな」

心から願うかのように恵慶宮はうなずいた。

「ふたりの娘が息子を生んだから、あとは王様さえ王子を得ればいいのだが」

習慣のような嘆きだったが、王妃と和嬪は肩身が狭そうだった。ドギムは泡のように消えてしまいたかった。

「あら、誰に似てこんなに美男子なの！」

チョンヨン郡主はチョンソン郡主が抱いている赤ん坊を見て、取り繕うかのように大きな声をあげた。

「あら、よく見ると、あなたのお父様にそっくりね！」

子育て経験のあるチョンヨン郡主は上手に甥をあやした。

「ところで、あなたは前に会ったときと全然違って見えるわね」

娘たちをうれしそうに見つめて恵慶宮が、ふとドギムに声をかけた。

「ここがどうとははっきり言えないが、確かに違う」

彼女は首をかしげた。どこが悪いのかとサンにじっと見つめられたことを思い出す。やはり母子だ。ふたりの目はよく似ている。

「ふむ、とにかくちゃんと向かい合うのは久しぶりだ。これまでのことを話そうではないか」

恵慶宮は軽く本の話題から切り出した。彼女は十数年前に読んだ本の内容をすらすら話せるほど記憶力に優れていた。雑文が嫌いだという息子のため、最近は自制しているのだと不満げに言った。外出が容易でないため宮殿の外の事情も気になるようだったが、恩彦君が話題に上がると不満そうに唇をすぼめた。

「王様に迷惑ばかりおかけする駄目なお人だ」

いくら情が深くても、側室の子は不快なようだ。

「その息子も同じだ。仮東宮などと！」

恵慶宮は元嬪をまるでいない者扱いするほどの怒りを見せた。ホン氏兄妹とのつながりを断ち切ろうとしている様子だった。

「縁起の悪い君号は改めたからいいけれど……王様に王子がお生まれになったら、恩彦君とその息子を追いやることができるのに」

彼女の無遠慮な視線が和嬪へと向けられ、ドギムは他人事ながらはらはらした。

やがてドギムにも王の子孫を抱く機会がきた。赤ん坊は小さくて温かかった。うまく抱かなければと緊張してしまうほどか弱かった。柔らかい頭からは乳の香りが漂っていた。

「あなたのことが気に入ったようだ」

赤ん坊がにっこり笑うと母親のチョンソン郡主も喜んだ。

ドギムは思わず自分のお腹に手を当てていた。無垢な笑顔を見ながら、もし子供が授かっていても悪くないなと思ってしまった。

そのときだった。突然扉が開き、サンが現れた。

「間に合ったようですね。母上の真心をやり過ごすのが残念で、政務の合間を縫って参りました」

孝行息子らしい優しい目で母后を見てから、サンは王妃と和嬪、妹たちを順に見渡した。

「見てください、王様。賢そうな赤ん坊でしょう」とチョンヨン群主が声をかける。

しかし、サンは赤ん坊を見なかった。

「お前はここで何をしているのだ」

彼が名指しした人はドギムだった。

「格式ある王室の茶礼に、一介の宮人がなぜ入り込んでいるのかと訊いた」

激しい口調で責め立てる。恐ろしいとか申し訳ないとか思う前に、あまりにも理不尽だった。今朝、出かけるときにはサンはとても機嫌がよさそうだった。ところが、今は優しい様子は一つもない。同じ人なのかと信じられないほど、温かかった昨夜ともまるで違っていた。

「この母が呼びました」と恵慶宮が慌てて前に出た。

「どうして、私にあらかじめ知らせもなくいきなり……」

思わず怒りをぶつけそうになって、相手が母親だと気づき、サンは気勢を下げた。

「身の程にすぎる扱いではないですか」

「王様からの承恩を受けた貴重な身なのですから、よいではありませんか」

「きちんとした封爵も受けていない者を甘やかしてはいけません」

彼は怒りに燃える視線をドギムへと向けた。

「恵慶宮様がどんなに勧めても遠慮すべきだった」

それがどれほどとんでもない非難なのか、サンが知らないはずはない。言葉どおり、封爵も受けられなかった宮人が、王室の上長の誘いをどうやって断ることができるだろうか。

「申し訳ございません」

しかし、ドギムに与えられた選択肢はただ一つ。謝ることだけだった。

「さっさと下がれ」

気が進まない足をどうにか引きずって来たと思ったら、いきなり頬を殴られたようなものだ。ドギムはいつの間にか可愛い仕草をぱたっと止めた赤ん坊をチョンソン郡主に返した。

「ああ、王様！　本当に何が気に入らないというのですか。祝ってくれる人が多ければ多いほど、赤ん坊が福を受けるのではないですか！」

恵慶宮が声を高めた。

「そうですよ。小さな王孫のことを考えて、喜んで帰すべきでしょう」

じっと見守っていた大妃も静かに加勢した。

「下々の者であってもお客様です。そのように追い出してはいけません」

険悪な雰囲気に耐えられず、ついに赤ん坊が泣き出した。チョンソン郡主がなだめていると、サンが言った。

「おふたりがそうおっしゃるのなら仕方ありません」

不満が言葉の端からにじみ出ていた。さらに、彼は冷たく付け加えた。

「このような傲慢さを二度と許すことはないだろう」

また座るにしても、そこはもう針の筵《むしろ》だ。

「あの、王様！　赤ん坊を見てください。本当に愛らしいんです」

どうにか場の空気を和らげようと、チョンヨン郡主がかろうじて泣きやんだ赤ん坊をサンに見せた。サンは不機嫌な顔のまま、幼い甥の背中をさすった。

「よき日に王様まで来られたので、私がとっておきのものをお勧めしましょう」

大妃が取り出したのは瓢箪《ひょうたん》だった。

「あ！　合歓《ねむ》の木酒じゃないですか？」

匂いを嗅いで恵慶宮は歓喜した。

合歓の木酒は特別な酒だ。夫婦が愛を尽くし、仲睦まじい家庭を作るという合歓の木の花で作られ、閨房酒《キュバンスル》としても知られていた。家の女将が万福をあまねく分けるという意味で息子と嫁に勧める風習もある。

「赤子の無病長寿を祈り、王室と宗室の多産が続くことを願う意味があるので、遠慮なく召し上がってください」

そう言って、大妃はちらっとサンをうかがった。

「たった一杯で酔って、政務をこなせないということはないでしょう」

「大妃様がくださるお酒はいくら飲んでも酔わないでしょう」とサンは豪快に応えた。

一杯目は大妃が飲んだ。そして空けた杯を満たし、恵慶宮に渡した。恵慶宮が空けた杯はふたたび満たされサンに渡り、次は王妃の番だった。上の者の福を下の者たちにあまねく配るという意味で、この順番だった。お腹に子供がいる和嬪は茶を代わりに飲んだが、チョンヨン郡主とチョンソン郡主はとても気分よく合歓の木酒を飲んだ。

「この子も一杯やりたいみたいですね」

チョンヨン郡主が空いた杯を振ると、赤ん坊はきゃっきゃっと笑い出した。

「大きくなったら酒を教えてあげよう」

酒の力か赤ん坊の笑顔の力か、サンの機嫌も直っていた。

「さあ、そなたが最後だ」

大妃は次々と回された杯をドギムに差し出した。

「恐れ多くも私などが受けることはできません」

思いもよらなかったので驚いた。サンの目があるのはもちろんだが、医女から酒は絶対に駄目だと言われている。本当に懐妊しているなら害になるだろうと。

「福を祈る酒をまた退けるのは道理に反する」

大妃は断固として譲らない。

「かまわぬ、早く」

ドギムはその尊い酒をじっと見た。一杯くらいならいいのではないか。たとえお腹の中に赤ん坊がいても、まだ幼くて酒の味と水の味も区別できないだろう。女人が飲む酒ならさほどきつくもないだろう。じっくりと考えた末、ドギムは杯に手を伸ばした。そう、たった一杯だ。

しかし、そこで妙なことが起きた。

目をつぶって飲めばいいのに、手が動かなかった。今の体の状態を隠さなければならない。それが身のためだ。わかっているのに、赤ん坊に有害だという忠告以外の言葉は頭からかき消されていた。

「恐縮ですが、どうしてもお受けできません」

そう言って、ドギムはおずおずと手を引いた。

「大妃様がくださった賜物の恩を退けるのか」

叱責する彼の表情に不審の色が見えた。ドギムの普段の行動とは違うと怪しんでいるようだ。

「体調を崩しており、お酒は絶対に飲まぬようにと処方を受けたので、お察しくださいませ」

「体調がまだ悪いと？」

サンが戸惑いながら訊き返した。

「おや、ドギム……そなた、もしかして身ごもったのか？」

彼の疑問を解いたのは意外にも恵慶宮だった。まさか、いきなり的を射るとは思わなかった。

「私は観察力には自信があるのだ。見ればわかる」

彼女は自信満々だった。子供を何人も産んだ経験があるためか、あるいは寝ても覚めても王子だけを待っているためか、その直感と観察力は確かに素晴らしいものだった。

「そなたの姿が前と違う感じがしたのだが、お酒まで飲めないなんて、やはりそうなのだろう？」

「違います！」

思わず否定したが、王室の尊い酒を拒む口実を適当に言うわけにはいかなかった。

「月のものがしばらく止まっているだけで、確かではありません」

期待をさせないよう言葉を選んだにもかかわらず、歓声が沸き起こった。

「本当にうれしい知らせです！」

言葉が続かないほど感激した母親の代わりに、チョンヨン郡主がはしゃいだ。

「今年は慶事が続く――」

「騒ぎ立てるな」

しかし、サンが冷たくさえぎった。

「慎重にすべきだ」

喜ぶサンを期待していたわけではなかった。むしろ、懐妊を知られたらどうしようかと心配ばかりしていた。

「世継ぎに対する王室と朝廷の期待が極《きわ》みに達して久しい。このような時期に不確かな懐妊をうんぬんすることは、すなわち迷惑なことだ」

ただ、こうまで冷たい反応をされるとは思わなかった。とてつもない寂しさに襲われ、懸命にこらえても涙がにじんだ。

「大妃様と恵慶宮様は聞かなかったことにしてください」

サンは席を蹴って立ち上がった。

「忙しいのでこれで失礼します」

そう言い残し、去ってしまった。

冷水が差された場に温かな空気は戻らなかった。しばらくして、チョンヨン郡主とチョンソン郡主がもう宮殿から退かなければならないと言い、一緒に出ることができたのは幸いだった。


住処に戻ったドギムは昼間の出来事を何度も噛みしめた。だが、思い返すほどに泥沼に陥るという結論に至ると、気分を変えるため外に出た。内医院に寄って医女たちとおしゃべりをし、塀の辺りをうろうろしていた老犬と遊んだ。山積みの洗濯物と格闘するボギョンも助けた。ボギョンは恐れ多いと止めたが、砧叩きまで代わりにしてあげた。一番憎い男の顔を思い浮かべながら、洗濯物に喜んで砧を振り下ろした。

いつの間にか日が暮れていた。ボギョンと別れて帰る道では、かなりお腹もすいていた。戻ったらすぐに何か食べようと思ったが、それどころではなかった。

「一体、どこに行ってきたんだ?」

前庭にサンが立っていた。いつものように部屋の上座で本を読むのではなく、ドギムを出迎えるかのように外に出て、苛立たしげに足を揺すっていた。

「いなくなったと思って、宮人たちに捜させたのだから！」

怒りをぶつけられ、ドギムはむっとした。誰が気分転換が必要なほど腹を立てさせたというのだ。盗人猛々しいとはこのことだ。

「ここにいなければ、ちょっと出かけたんだろうと思われたらいいでしょう。私がどこへ行くというのですか」

サンの視線は水に濡れた彼女のチマの裾に向けられた。ところどころ黄色い犬の毛までついている。ドギムはさりげなくそれを払い落とした。

「何をしてきたんだ？」

「ちょっとしたことです」

手を水につけたと言えば余計に文句を言われる気がしてそれ以上は答えなかったが、サンはとりあえず引くことにしたようだ。顔が赤くなったり、青くなったりして面白い。

「また何か隠して、いきなりぶつけようとしているのか」

言いすぎたと思ったのか、彼は口ごもった。

「なぜ私に先に告げずに今まで隠して……もういい！　うろうろ出歩くな。気になるだろう。こんなふうにふらりと消えるようなら、宮人を付けなければならないな」

これ以上口喧嘩をしても気分が悪くなるだけだ。

「申し訳ございません。ところで、どうされたんですか？」

ああも冷たく言い放っておきながら、今になってどうしてこんなに必死に私を捜したのだろう。

「水を持ってきなさい。いらいらする」

冷たい水をがぶがぶ飲み、ようやく彼は用件を切り出した。

「明日、夜が明けたらすぐに脈を診るから、そう思え」

音を立てて器を置き、サンは舌打ちをした。

「本当に思いもよらなかった。こんなに早く……お前は年も若くないのに……」

つぶやき、彼は目をそらした。

「この頃、様子が妙だった理由がやっとわかった」

「不確かなことで王様の御心を乱したくなかっただけです」

「いつまで隠そうとした？」

「三か月で明確になると聞きました」

「愚かだ。懐妊は軽く見計らうものではないのに！」

あきれ果て、吹き出してしまった。

「さっきは申し上げたと責め、今は隠したと怒る。私は王様の考えがまるでわかりません」

辛辣な物言いにサンの表情が固まった。

「お前は私をただ王様のように振る舞うと思っているだろう。そう、間違ってはいない。さっきあの場でお前を話を聞いて、一瞬のうちに数多くのことを考え尽くしたのだから」

一体どんな考えだったのか気になったが、サンは教えてはくれなかった。

「お前は私に先に言うべきだった。こんな重大事をお前ひとりの胸のうちに秘めるとは、かつてお前が私のことを信じられず大妃様に頼ろうとしたのと同じくらい……！」

衝動的な口づけの末に別れたあの日のように、彼は爆発しそうだった。しかし、その瞳が揺れ、怒りはあっけなく収まった。

「まあ、お前にはきっとお前なりの理由があったのだろう」

今回も自分は彼女の強固な意思を曲げることはできないだろう。そんなあきらめに似た色が揺れる瞳には映っていた。

「私はお前に最も厳しく接するつもりだ」

そして、サンは自分なりの理由を語り出した。

「私はお前に心を置いた。それは否定できない」

正直に告白し、彼はわずかに顔を赤らめる。

「だからといって宮女出の側室ばかりを寵愛しているという声が出てはならない。王妃と和嬪はしかるべき式を挙げて結婚した夫人たちだ。彼女たちの父親はこの国の官僚であり、彼女たちの親族は世論を作る士大夫たちだ」

一度息を整えてからきっぱりと加える。

「そして私は王だ。官僚たちがそれぞれ派閥を作り、些細なことにも目くじらを立てる今のような状況では、私が揺らぐわけにはいかない。重大な課題が山積しているなか、いかなる者にも足を引っ張られるわけにはいかない。牙城を崩す口実を与えてはならないのだ」

苦悩がこぼれるように、彼の口から低いうめき声が漏れる。

「だから、私はもっと厳しくならなければならない。私自身にも、お前にも」

彼は自らを聖人であるべきと考えていた。王が宮女を抱くような些細な振る舞いさえも欠点と考えるほど峻厳《しゅんげん》な政治を夢見る。そうしてこそ初めて、天下を思いどおりに導けると思っているのだ。

それゆえ、愛を与える分だけ苦痛も与えようとする。自ら耐えるべき激しい節制と鞭打ちを分けようとする。公明正大さと名分という理由で閉じ込めようとする。今日のようなことが一生続くだろう。彼の愛を得た代償だとしても、耐えるにはとてもつらいことだ。

「私はお前を苦しめるだろうし、お前の心を傷つけるだろう。だから永遠にお前の心は得られないかもしれない。この前、お前が言ったとおりだ。私はどうしようもなく王だ。ほかの何者にもなれないし、なりたいとも思わない」

じっと見つめる瞳は、少し寂しげだった。

「従えるか」

通俗的な小説だったら、彼の胸に抱かれたときに物語は幕を閉じただろう。妻と側室がお互いを姉妹のように思うほど楽しげに笑って和睦しただとか、息子と娘をそれぞれ七人ずつ産んだとか……一生添い遂げる人生を暗示しながらだ。

しかし、これは現実の人生だ。そんなふうには終わらない。

「はい、王様」

ひっくり返った人生に与えられたのは唯一の選択肢のみ。ドギムは今、それに直面した。

「偉いぞ」

サンの顔に優しい笑みが浮かんだ。

「拗ねて逃げ出したと思って、捜し回ったのが馬鹿みたいだな」

照れくさそうに打ち明けてから、彼はもう一杯水を飲んだ。

「逃げたいと言ったら、放してくれますか？」

「いや」

サンは躊躇なく答えた。

「なぜ、逃げたいんだ？」

「幼い頃から逃げるのだけは得意なんです」

「その気になれば、いつでも出ていくことができるかのように言うな」

彼はドギムの肩を引き寄せ、そして平らな腹を愛しげに撫でた。

「懐妊であってほしい」

「迷惑なことだとおっしゃったのに？」

好機とみるやドギムは逃さず打ち返した。

「和嬪の体面を考えての言葉だ」

サンはそれでも気まずそうに見えた。

「わざわざ厄介事に巻き込まれるなど愚かだから」

どういう意味かすぐに理解した。サンがドギムを見る目つきが釈然としないという理由で起きたあの騒動を、容易に忘れることなどできはしない。

「子は多ければ多いほどいい」

生まれたばかりの甥の可愛い笑顔を思い出したのか、彼は優しく微笑んだ。

「和嬪が元子を産んで王室が栄え、お前が王子を産んで宗室が栄えれば、こんな幸福はないだろう」

耳ざわりのいい言葉だ。ただ、それ以上は夢にも見るなという言い方が問題だった。思いがけず深く傷ついた。まるで、私が息子を産んだら元子にしてほしいと哀願したかのようだ。たとえそのような意図で言った言葉ではないとしても、ドギムとしては曲解して受けとる余地は十分にあった。

「私は貴主（王室の女児）を産みたいと思っています」

ドギムは少し意地悪な機転で打ち返した。

「それも私にそっくりな子を、次から次へと七人くらい」

「なんだって？」

「そうすれば頭を痛めることはないじゃないですか」

「怒っているのか？」

「いいえ。だから、王様に頑張ってくださいと申し出ているのです」

サンは一瞬怪訝そうな顔をしたが、すぐ冗談として受け入れた。

「いざ横になれば従順なくせに生意気なことを」

間違ってはいなかったので恥ずかしさより負けず嫌いの性分が勝り、ドギムは言った。

「お、覚えておいてくださいよ！」

「何を？」

「男性は年を取れば精力が落ちる反面、女性は日々湧き出ると聞いています。五人目を産む頃には、王様は私を強く抱きしめることもできなくなるでしょう」

天井を揺らさんばかりにサンは腹を抱えて笑った。

「お前に似た娘が七人なら、本当に手に負えない」

やっとのことで笑いやみ、彼は言った。

「まあ、息子であれ娘であれ、どちらでもいいから元気な子を産みなさい」

そうして、彼女を優しく抱きしめた。

「これからは自ら妾《チョプ》と称せよ」

「……え？」

「私と言わずに臣妾《シンチョプ》とか、小妾《ソチョプ》とか」

ドギムは彼の胸にもたれかかった。初めて自分の居場所を悟った。義烈宮がいた場所だ。

王に愛される側室の座。とても大変で苦しい座。妻より厳しい規範に縛りつけられるのに、決して妻のようには扱われることのない座。

「嫌です」

「なぜ嫌なんだ？」

「怖いです」

「怖いとは？　恥ずかしいという意味か？」

抱きしめる力がふっと強くなった。

「恥ずかしいくらいなんだ。それくらいのことが嫌なのか？」

それくらいのことではない。

臣妾とは、彼の妻だと自ら名乗るようなもの。見えない線をまた越えるということだ。抜け出せないくらい彼に従属してしまう大きな変化だ。まだ準備ができていない。

「一度だけやってみなさい」

「嫌です」

慣れてはいけない。愛してはいけない。揺れ動いて、心が弱くなると耐えられない。どうしようもなく、そんな彼の愛に傷ついてしまう。

「全く……やってみろと言っているのに」

いやいやと頭を横に振りながらサンの胸にもぐり込んだ。サンは甘く笑った。

「ほら、お前は私を弱くする」

彼はそれ以上問わなかった。その代わり、頬を寄せ合ってつぶやいた。

「だから私も怖い」

ドギムは目を閉じた。彼女の運命を握った子供が宿っているかもしれないお腹からは、依然として何も感じられなかった。

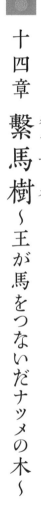

十四章　繋馬樹《クェマス》～王が馬をつないだナツメの木～

サンはドギムの脈を診る医女を用意する必要はなかった。恵慶宮が先手を打ったからだ。夜が明けるや、内医院の医女という医女をすべてかき集めて現れた彼女を見て、ドギムは驚愕した。

脈拍を見極めるにはかなり時間がかかった。医女たちは死活問題のように慎重に行動し、懐妊かどうかについても明確な答えはできるだけ避けた。たぶん妊娠しているだろうという見立てをさまざまな表現で伝えるのに苦労した。

それでも恵慶宮は失望しなかった。医女たちが診察を終えるや、すぐに息子のもとへと駆けつけ、このうれしい知らせを伝えた。

それを聞いたサンは穏やかに笑った。

その後も内医院は結論を先延ばしにした。正確を期すため脈をもう一度探ってみようとか、神方験胎散《シンバンホテサン》（妊娠検査薬）だけでは微妙だから、艾醋湯《エチョタン》（懐妊を確かめるための薬湯）も使ってみようとか意見も分かれた。和嬪の懐妊をあまりにも早く確定し、その後の騒動を引き起こした前科があったためだ。

とはいえ、それにしてもやりすぎだった。

四月に入ると、サンの忍耐心も徐々に底をついた。もう一度でもごまかせば叱りつけてやると意気込んでいたところ、危険を察知した御医《オイ》がついに懐妊であることを確定した。

「そうでなくても目に見えてお腹が出始めた」

焦《じ》れてなどいなかったように、サンは淡々と返した。

ドギムへの扱いは格段によくなった。荒涼としていた住処に調度品が整い、雑用をさせる内人《ナイン》もできた。色の入った唐衣《タンイ》が許され、香袋や装飾品などで容姿を飾ってもいいという。

胎教に励むため、日課も増えた。朝目覚めると聖人や賢人の言葉を唱え、瞑想をした。亀や鹿など縁起のよい動物の刺繍をしたり、赤ん坊のおくるみを作ったりするのも修養の一種だ。おかげで指先が傷だらけになった。針仕事が苦手なのは相変わらずだった。子供をたやすく産めるようによく散歩もした。あれこれ面倒ではあるが文句は言えない。出産の日まで日差しも浴びられずに閉じ込められていたという昔の女性たちに比べれば、贅沢な話だ。

そして毎日午《うま》の刻（正午）になると、恵慶宮のもとに挨拶に伺った。サンは不満だったが、目で直接見て初めて安心するのだという母后の我がままに屈せざるを得なかった。

「そなたはどうして太らないんだ？」

今日も恵慶宮はそう言って舌打ちした。

「悪阻がひどいので、そのせいではと」

ドギムは丁寧に答えたが真っ赤な嘘だ。悪阻はあっという間に過ぎ去った。かえって食欲が旺盛になった。お腹がすいて眠れないほどだが、食事に文句を言える立場ではなかった。

「必要なものがあれば私に言いなさい」とサンからは言われている。もちろん、本心だと思ってはいたが、ドギムはその言葉をそのまま信じることもなかった。皆、和嬪の吉報を待つことが当然のようになっていた。そのような雰囲気のなかで、周りの者がそばで口出しすることなどできなかった。時には一杯の水を飲むことさえ躊躇した。口寂しい日には豆や麦米などを炒め、それを長く噛むことでどうにかしのいだ。

「王様があまりにも厳しいから、甘えるのは難しいでしょう」

恵慶宮は本音を正確に見抜いた。

「そなたの家は手伝ってくれないのか？」

ドギムはぎこちなく笑うことでその問いに答えた。苦しい家庭の事情を隠せるような相手ではなかった。

「貧しい家柄ゆえ仕方がないだろうが、それでは出産するまで面倒を見てくれる人もいないだろう。普通、実家の母親が宮殿に入って面倒を見てくれるものだが……。私の母も私が臨月のたびに手伝ってくれたものだ」

「ひとりでいるほうが面倒ではないですし、このままでかまいません」

「いや、私が面倒を見てあげよう」

もともとそういうつもりだったのだろう。恵慶宮はすぐにそう言った。

「私の本房内人《ポンパン》のボクレに様子を見るように言っておこう。そなたとは昔からよく知った仲ではないか。臨月になったら私の乳母も付けるようにしよう。非常に老練な人だ。私が王様を産むとき産婆の役割をしただけでなく、チョンヨンとチョンソンを分娩するときも手伝ってくれた」

「とんでもございません」

「かまわぬ。養生だけはよくしなさい」

続いてのひと言はドギムを凍りつかせた。

「和嬪の懐妊は誤りだろう」

ずっと隠していた本心をついに表に出したのだ。

「どういう理由であんなことになったのかはわからないが、誤りであることは確かだ。もう私はそなたに期待をかけるつもりだ」

息が詰まった。恵慶宮は確かに情が深くて優しい人だ。しかし、彼女の愛情は実の子にだけ向けられ、嫁たちにはそうではなかった。風見鶏のようなところもあった。元嬪が入ってくると実の娘のように思っていた王妃を押しのけたにもかかわらず、和嬪が入ってきた途端、そのような人は知らないとばかりにホン・ドンノと元嬪の悪口を言った。

そして今度は自分の番だ。これまで続いてきた情深い関係がどのように変わるかわからず、ドギムは喜ばしいどころか怖くなった。

「王子さえ産めばいいのだ」

自ら撒いた不和の種に全く気づかないかのように、恵慶宮は微笑んだ。

お腹の子が息子であることを望んだことはない。王になれなかった王子は宗親にならなければならず、宗親はいつ首が落ちるかもしれないと一生びくびくしながら暮らさなければならない。自分の子供にそんな運命を与えたくない。しかし、娘だったらという気持ちが間違っているようにも感じられる。もどかしいのはどちらも同じだ。

食事を終えて兄に会うときまで、やりきれない気分だった。

「これを受け取りなさい」

お腹がふくらんだ妹が見慣れないのか、シクはそわそわしながら様子を訊ね、いきなり包みを持たせた。漂ってきた生臭さに思わず顔をしかめる。

「名節（旧正月）にも食べられない肉をどこで手に入れましたか？」

「そんなことは気にするな。それにしても私の妻《さい》は子を身ごもると太るのに、お前はどうしてますます痩せていくのか。じっくり煮込んで、汁でも作って食べなさい」

そう言って、シクは頭をかいた。

「貴いお嬢様にこんな安い肉を……全く」

肉の塊は赤々としていて、食欲をそそった。そうでなくても肉が恋しくて、ついつい鶏小屋を覗き込んだのが今朝のことだった。

「いまだに信じられない」とシクがつぶやく。「お前が王様と結ばれるなんて」

「今さらなんですか？」

「いや、直接お会いしたのに夢でも見ているようで」

「直接お会いした？」

警戒するようなドギムの顔を見て、「それが……」とシクは言いよどんだ。

「……まあ、お前も知っておいたほうがいいだろう」

兄の話によると、こういうことだった。

一昨日の夕方。過酷な一日を終え、退庁しようとしたとき、なぜか内官に一緒について来いと言われた。よく見ると、以前から自分を密かに監視していた男だった。いよいよ決着をつけようというのかと思い、何も言わずについて行ったら、どうにも様子がおかしくなった。その男は宮殿の奥へと入り、便殿の前に着くとひざまずけと命じた。気の回る人間なら理由を問い詰めただろうが、シクは素直にひざまずいた。内官は彼を置いて慌ただしく中へと入っていった。

やがて内官が門を開けた。その先には、当然のように王がいた。

「やはり全然似てないな。誤解せざるを得ないわけだ」

ゆっくりシクを見回し、王はそうつぶやいた。

「御営庁《オヨンチョン》の軍校として過ごしているそうだが、怠けずに務めているか？」

「は、はい、王様！」

衮龍袍《コンリョンボ》の赤い裾すら見られず、シクはただただその場にひれ伏した。

王はいろいろなことを訊いてきた。祖父と父について、兄弟と親戚たちはどのように暮らしているのか。知人に官職がいるのか。おおむねはそのようなことだ。満足できるほどドギムの家の事情を把握した頃、王はそれまでとは毛色の違う質問を投げかけてきた。

「入宮する前のお前の妹はどうだった？」

素直でおとなしい娘だったと告げたら、全く信じなかった。仕方なくシクは本当のことを話した。

「誰にも気兼ねなく明るく接するのでみんなから可愛がられましたが、たびたびいたずらをするうえ、女だてらにガキ大将のように勇ましく振る舞い、ふくらはぎをよく叩かれたものです」

「まぁ、そうであろうな」と王はにやりと笑った。

「今までお前の妹が兄弟の面倒を見ていたそうだが？」

「さようでございます」

「及第してよかった。大の男が年下の女人に頼るなど道理に反する」

王の言葉にシクは身を縮めた。一瞬にして場の空気が張りつめる。

「お前の妹は承恩を受け、龍種《ヨンジョン》を身ごもった」

「ご聖恩の限りでございます」

「兄として害を及ぼしたくはないだろう？」

「はい、王様」

「それなら、余の言うことを肝に銘じなさい」

王の顔から笑みが消えた。

「この国の朝廷はたびたび戚臣によって揺るがされた。なかでも悪質な者はいつも王室の女たちの兄だった。粛宗《スクチョン》朝の側室の禧嬪《ヒビン》の兄、チャン・ヒジェであり、先王様の側室である淑儀《スギ》の兄、ムン・ソングクらだ。彼らは極刑で罪の償いを払った。大妃様の兄もまた災いをもたらす者だったので、余が追放せねばならなかった」

氷のような視線から逃れようと、シクは床に頭をこすりつけた。

「もうお前の立場も彼らと変わらない。もし増長して外戚のように振る舞うなら、四肢を引き裂く極刑を免れないだろう。わかったか」

「肝に銘じます」

「人を選り分けて付き合え。お前の妹を困らせる言動も一切慎まなければならない」

恐ろしさのあまり王の訓戒はほとんど耳に入ってこなかった。

「身の程をよく知るならば、余が怒る理由はないだろう」

「はい、王様」

「わかってもらえてよかった。下がってよい」

踵《きびす》を返そうとした王が足を止め、振り返った。

「……もう一つだけ」

先ほどの強剛な様子と違い、ややためらいがちに訊ねた。

「オドンという男を知っているのか?」

「えっ？」

「一体どんな男なのだ。お前の妹が……」

そこまで言って、王は口を閉じた。顔を赤らめながら、何度か左右に首を振る。

「……どうにも情けないな」

そうつぶやき、あらためてシクに告げる。「よし。早く下がれ」

シクは後ろを振り返ることなく、そそくさと退出したという。

「噂どおり厳しい方だったよ。足がしびれて死ぬかと思った。お前は本当にすごいな。どうしてそんなに平然とあのお方をもてなすことができるのだ」

王との時間を思い出したのか、シクは身を震わせた。

「ところで、オドンって昔お前の尻に敷かれていた訳官の息子だよな？　どうしてあいつを知ってらっしゃるんだ？」

ドギムはサンが外戚について厳しく言及した部分に気を取られ、兄の質問を聞き逃した。外戚に過敏な反応をすることは知っていたが、子供を産む前から騒ぐとは思わなかった。

「お兄様、本当に気をつけてくださいね」

「なんだよ、お前までそんな心配を。この兄がそんな人間だと思うのか」

「知らず知らず絡み取られてしまうこともあります。王様は安易な脅しをかける方ではありません。怒りに触れれば我が家は極刑を免れないでしょう」

「どうしてそんなに怖がるのだ？　王様は寵愛してくださっているんじゃないのか？」

妹の恐れがシクを不安にさせた。

「もし王様がお前をひどく扱うのなら……」

「いいえ、よくしてくださいます」とドギムは慌てて否定する。「でも、王室じゃないですか」

この足もとの礎石の下にどれだけ多くの血が染み込んでいるかを知っている。ここでは世の道理も常識も通じない。頂点の権力のために叔父が甥を殺《あや》め、夫が妻の一族を屠戮《とりく》し、父親が息子を手にかける。そして、今やそれは対岸の火事ではない。

「怖がらずにはいられません」

お前に最も厳しく接するというサンの言葉が耳によみがえった。次いで、むしろそなたのほうがましだと言う王妃の皮肉めいた言葉や、王子を産んでほしいという恵慶宮の期待までもが心の中で入り乱れ始め、ドギムは息苦しくなってきた。

「おい、どうしたんだ?」

よろめくドギムを慌ててシクが支える。

「大丈夫です。大丈夫……」

懐妊によるめまいだと言い張ったが、兄はあまり信じていない様子だった。もちろん彼女自身もそうではないことはわかっていた。


「どこかで脂臭い匂いがするが」

日が暮れると訪ねてきた王は、嗅ぎ慣れない匂いにすぐに反応した。

「あ、肉汁を煮ておりました」

それほど質のよい肉ではなかったが味はよくて、食い意地が張った子供のようにお腹いっぱい食べてしまった。

「ああ、むやみに食べて腹を痛めたらどうするんだ」

「大丈夫です。兄がくれたのです」

　サンの目がすっと細くなった。すぐに無関心を装ったが、ドギムは内心はらはらした。数週間前、婢子に市場でチョクピョン（牛の煮こごり）と肉串を買ってくるようにお使いに出したら、サンから市井《しせい》の食べ物に夢中になったと責められた。胎教にいいことなら、何でもかまわず外から持ち込んで食べる和嬪に比べれば大したことではないが、実に大げさだった。

　もちろん、彼の本音は理解している。誤ったものを食べて病気になるとか、宮中の侍婢が宮殿の外に出ることで人々の間にあらぬ噂になったりするのを避けろということだろう。さらに彼は、大殿の提調尚宮と医女だけでは足りず、大妃と恵慶宮の宮人までドギムの面倒を見ているのに、なぜわざわざ市井のものまで必要なのかが理解できないようだった。

　しかし、ドギムは今の環境が窮屈でたまらなかった。王室の妊婦が何をよく食べ、何を食べられないのかを事細かに記録する尚宮の目つきも、腰がどれだけ伸びたのかを確認するといって体をまさぐる医女の手も、決まった時間に用意される宮中の淡白な料理も、すべてが息を詰まらせた。

　気分が優れないときはひとりになりたかった。太っただの、痩せただの、会う人によって食い違う小言も嫌だった。側室の暮らしぶりは朝廷が鋭い目で見守るという理由で、毎月几帳面に支出を記録しなければならないのもうんざりだ。宮女時代にはつまんで食べてもなんの問題もなかった駄菓子の安っぽい味が懐かしかった。貸本屋の面白い新刊の知らせなどもってのほかだ。お腹だけではなくいつも魂の飢えを感じた。

　自ら選択できる幅が狭くなればなるほど、ドギムは憂鬱になった。ある程度覚悟はしていたのだが、実際に経験してみると思った以上に心が蝕《むしば》まれた。ひどい日は、朝、寝室の外で経典を読んでくれる内官の声すら耐えられず、両手で耳をふさいだ。

それでも、愚痴をこぼせる友がいたのは幸いだった。

高貴な赤子を妊娠したのだから、そんなことには耐えなければならないというギョンヒはあまり役に立たなかったが、ボギョンとヨンヒが代わりにドギムの悲しい境遇に対して怒ってくれた。おかげで心労に押しつぶされるようなことはなかった。

「お前の兄に会ったのか？　なんと言っていたんだ」

サンがさりげない口調で訊ねた。

「お顔だけちょっと見て別れましたが」

しらを切ったら、わかりやすく安堵の表情になった。

そういえば、シクに隣に住んでいたオドンについて訊ねたようだ。まさか、子供の頃あの子と結婚したかったという寝物語を真に受けて、また拗ねたのだろうか？　ドギムはじっと彼を見た。

「あぁ、実家からはよく何かをもらうのか？」

その目つきが嫌だったのか、サンは自分が有利に立てる話題に切り替えた。

「今回が初めてでした」

「前にも言っただろう。お前は俸禄をもらう身なのだから、それに合わせた生活をしなければならない。庶民の品を持ち込むのは正しくない。側室の封爵を受けなかったとしても、今はお前も王室の人と変わらない。常に万民の模範にならなければならないのだ」

「私がどうして王室の人なんですか。ただの宮人です」

ドギムは謙虚なふりをして皮肉った。機嫌を損ねたドギムにサンは戸惑う。

「また怒る……」

宙をさまよっていたサンの視線が茶菓と果物が入った包みのところで止まった。

「あれもお前の兄がくれたのか」

愚痴などもうやめて、よく食べなさいとギョンヒがくれたものだった。

「ギョンヒが……幼い頃から親しくしている友達がくれました」

適当にごまかせばよかった。言ってすぐ、ドギムは後悔した。王は先日、大妃と恵慶宮が下した補薬も受け入れられないようにした。護産庁《ホサンチョン》（正一品以下の側室の出産に関わる臨時官庁）を本格的に建てるまでは、特別な王命がない限り内医院ともあまり接してはならないと釘も刺した。

「中宮殿の内人だろう？」

案の定、王が勢い込んで訊ねてきた。

「ひょっとしてお前に頼みごとでもしたのか」

「いいえ！」

ドギムは思わず声を荒げた。

「お互いのために命も懸けるほど信じ合っている友です」

これもまた賢い答えではなかった。ギョンヒを救うためなら王を後ろから討つと決心したあの出来事を思い出させるのは危険だ。しかし、思わず口をついて出てしまうほど、まごうことなき真実でもあった。

「では、その者の父は？」

「え？」

「訳官を務めるペ・イクファンという者ではないか」

サンが続ける。

「国境を超えて見識を広げ、財を得たそうだな。先王時代には大妃様の実家や宮人たちにも伝手《つて》を作っていた。私が即位して戚臣たちと提調尚宮チョ氏を追い出す頃にはドンノ側に乗り換え、ドンノが没落するときにはまた別の伝手を握ったそうだが」

何一つ視線が届かないところはないようにするとは言っていたが、彼は本当に詳細に事情を把握していた。

「お前の友だという内人がこういうものを宮に入れるには、きっと父親を通していたはずだ」

サンの目が冷たく光った。

「お前はあの者の父もまた命を懸けるほど信じているのか？」

認めたくないが、一理ある指摘だった。ギョンヒにはなんの私心もなかったはずだ。口ではいつも野望に酔ったように騒ぎはするが、心は穏やか極まりないからだ。しかし、その父親に底意がないとは断定できなかった。いや、そういう狙いが全くないとは言えないだろう。好意を受けるということは、すなわち借りをつくる行為であることをドギムも知らないわけではなかった。

何も言い返せず黙ってしまったドギムに、サンは言った。

「全部返しなさい」

サンは不機嫌さを隠さなかった。ドギムは答えず、頭だけ下げた。

「本当に足りないものがあったら私に言いなさい」

「……」

「自分ひとりで何かを企んだり、外の者を通さないで、私に言いなさい」

不承不承もう一度うなずいた。ドギムの反応がよくないため、サンは慌てて言った。

「ついでに聞いてやる。必要なものがあるのか」

「ございません」

「一つも？」

「はい。あまりの福にもう気絶しそうです」

サンは眉をつり上げた。

「本気か？」

「そうでないはずはございません」

「なかなか肉がつかないのに食べたいものもないのか」

「ございません」

悲しい話がまた一つ増えるくらいなら、飢えたほうがましだ。

「ふむ！　お前は肉をよく食べるようだったから、探しておいたのに……」

「悪阻がひどくて食べられません」

王様が思う存分食べたらいいという怒りの言葉は、どうにかのみ込んだ。

「兄が与えた肉は脂臭い匂いがしてもよく食べるのに、私が与える肉は吐き気がして食べられないということか」

子供のように拗ねるサンに、ドギムはあきれてしまった。

「本当に頼みを聞いてくれますか？」

「今、そう言ったではないか」

腹が立ったから、もう少しいじめてやろう。

「それなら絹の服を二十着作ってください」

「なんだって？」

「春の花が盛りなので、華やかに装って花見に行こうと思います」

言葉に詰まるサンを見て、ドギムはさらにつけ加える。

「瓢箪チマがまた流行っているそうですが、真っ赤な色のものが欲しいです。米も百俵ください。花見に行ったとき、魚に投げようと思います。宮人たちの顔に米粒を撒いて遊んだら、暇つぶしになるでしょうね」

「図々しくもまた私をからかってるんだな」

気づいたサンはひどく憤慨した。

「最初から聞いてくださるつもりなどなかったでしょうに。あれこれ言ったとて、それがどうだとおっしゃるのですか」

「一体私をどれだけ薄情だと思っているのだ？」

「いつもお叱りになるばかりなので、そう思うしかございません」

そんなことはないとは言えず、サンは反論しなかった。

「本当に一つ聞いてやる。それでいいであろう。だが、ちゃんとした願いだぞ」

これ以上ふざけてサンが本気で怒ると大変だ。ドギムは真顔をサンに向けた。

「……実は一つあります」

しばし、悩んだ末に切り出した。

「カン・ウォレという名前を覚えていますか？」

「誰だ？」

「丁酉年《ひのととり》に宮殿の塀を越えた逆賊がいたではないですか。ウォレもそこに加担した宮人のひとりなのですが……」

「ああ、自分の父親を宮殿に手引きした、あのたちの悪い宮女のことか」

「はい。すでに五年以上、典獄署《チョノクソ》の獄舎に閉じ込められています。殺そうが生かそうがどちらにせよ、もう処罰なさってください」

サンは全く理解できなかった。

「それが頼みだというのか」

「はい」

「王が願いを叶えてやるというのに、頼みごとがそれか？」

「ずっと何かが心に引っかかっているようでもやもやしていたのですが、もしかしたらウォレのことなのかもしれないかと思って……」

「その女はお前の友なのか？　お前は私の子を身ごもりながらも逆賊を庇護するのか？」

「いいえ！」とドギムは慌てて否定した。

「では、なぜ？　かわいそうだと？」

自分でもよくわからず、ドギムは目を伏せた。

「服を買ってくれと言うほうがずっとましだ。ずる賢いのか足りないのかわからん」

ここで癇癪を起こしてもろくなことにならない。ドギムは愛嬌を見せた。

「聞いていただければ、私も王様を喜ばせて差し上げます」

「どうやって？」

「まず約束してください」

いつもなら先に約束など絶対しない彼が、なぜか興味がわいたようだった。

「いいだろう。兄に官職を与えるなどという陳腐な願いよりは新鮮だな。どうせ処理しなければならないことでもあるし」

サンは餌に食いついた。

「さあ、喜ばせてみなさい」

ドギムはサンの手を取って、そっと自分の腹に置いた。

「今日初めて胎動を感じました」

サンは驚き、両手で丸いお腹を包んだ。

「兄に会って帰る途中、急に足で蹴ってきました。いったん静かになったと思ったら、夕食を食べてからまた遊び始めました」

手に反応したのか赤ん坊がぽんとお腹を蹴った。サンは明るく笑った。

「我が王子はとても力があるな！」

「牛のように丈夫な女の子かもしれませんよ」

あまりにも素直に喜ばれたので、ドギムはつい余計なひと言をつけ加えてしまう。

「そうだな。お前に似ていれば丈夫ではあるだろう」

はしゃいだ振る舞いを恥ずかしく思ったのか、サンは素直にうなずいた。

「ちょっと待て。でも、この知らせを隠そうとしたんじゃないのか？」

「決して、そのようなことは」

「願いを叶えてくれと私を丸め込む心算がなかったら、話さなかったんじゃないのか」

「王様は丸め込まれるような方ではないではないですか」

的を射ていたが、ドギムは負けずに言い返した。

「私のすることはいつも不満に思われるので、また叱られるのではとびくびくしていました」

「お前は本当に……私のことをどう思っているのだ？」

サンはふくれっ面をドギムへと向けた。

「無事に出産を終えたら、また厳しく叱らなければならないな」

「いつも叱っているくせに、これ以上どうされるおつもりですか？」

「お前が素直になった夜に会おう。覚えていなさい。許してほしいと謝るに違いない」

さすがにそれ以上ドギムは反論できなかった。

翌日、サンは約束を守った。刑曹判書《ヒョンジョパンソ》の奏請をもってウォレを黒山島《フクサンド》の奴婢にするよう命じたのだ。しかし、それでもドギムは心のうちを覆う雲を振り払うことができなかった。

＊

夏には宮殿が騒がしくなった。朝廷への立て続けの上疏（意見や事情を上の者に訴える文書）が問題だった。王が蕩平策《タンピョン》（各派閥から人材を採用し党派権力の偏りをなくす政策）を論じながらも、閣臣だけをひいきして個人的な仕事を頼んでいるなど非難一色だった。そのため、サンは大臣たちを呼んでいちいち釈明しなければならなかった。どうにか不満を収めても、また別の上疏が続き、落ち着かなかった。詳しくはわからないが、老論派に属す王妃の実家について悪く書き、王と王妃の夫婦仲もよくないというような耳ざわりな上疏もあった。そしてこれらの内容は大妃と恵慶宮まで仲たがいさせようとする意図が透けて見えた。サンは、党派を盾にして仕組んだ馬鹿げた企てだと大いに腹を立て、サンが直接尋問する事態にまでなった。しかも尋問中に罪人たちが王のことを暴君となじったとか、王の前なのにへりくだりもせずにぞんざいな態度を取ったとか、それはもう大変な騒ぎだった。

サンは数日間、鞠問場《きくもん》である慶熙宮《キョンヒグン》の金商門《クムサンムン》に足止めされた。宮殿内には不穏な雰囲気が蔓延した。出自まで深く関わる党派争いは女たちにとっても気まずい話題なので、互いに避けようとする空気になった。

ただ、党派など特に関係のない出自のドギムにも別の悩みがあった。

「なんでこんなににぎやかなの？」

ギョンヒが窓の外をちらっと眺め、言った。

「恵慶宮様があれこれ気づかってくれたのよ」

胎教のためだと見知らぬ顔が一日中出入りしていた。昼には掌楽院《チャンアグォン》の宮人たちが退屈な音曲を演奏をし、夕方には内官が単調な声音で四書三経を読んだ。朝覚えただけでは物足りなかったようだ。そのうえ、目に入るいたるところによくわからないお守りや十長生図（長生きのものを集めた縁起のいい画）が掛かっていた。最近は入浴後、はちみつと卵を混ぜた水で、凝った肩と腰からしびれた手足まで揉んでもらえる。しかし、手厚く扱われれば扱われるほどドギムの心は重くなっていった。

「実は私ちょっと怖い」

「なんで？　ものすごく痛いかもしれないって？」

違うとは言えなかった。女にとって出産は命懸けの大仕事だ。

「それもそうだけど……」

ただ、彼女を苦しめる心配事はほかにあった。

「誰も私のことなど気にしないでしょう」

「こんな贅沢させてもらって、何言ってるの？」

「いや、だから……私はひとりでしょう。王室の後継ぎを望む人々に囲まれているだけ。もし出産中に何か不手際が起きたら、誰が私を助けようとすると思う？　私は宮女の端くれだけど、赤ん坊は貴重な王子じゃないの。だから赤ん坊さえ救えるなら、私なんか百回だって殺すでしょう」

ドギムはかなり大きくなったお腹を注意深くさすった。

「怖いというよりは寂しいと言ったほうが正しいかもしれないわ」

赤ん坊は待っていたかのように、どんどんお腹を蹴って存在感を示した。まだ母親になる準備ができていない自分には、過分なほど愛らしかった。

「そんなこと絶対ないから、心配しないで」

一蹴したが、ドギムの気持ちはわからなくもない。ギョンヒは訊ねた。

「お産のときにソ尚宮様にお入りいただけないかな？」

「王様に訊いてみたけど、駄目だとおっしゃられたわ」

法度に反するだけでなく、解産房《ヘサンバン》に入ることができる人数が限られるので、お産の経験があり、知識のある人を優先して入れなければならないとサンは説明した。そうしてこそ、心配を減らすことができるのだ、と。

「それならいっそお継母様を入宮させろとおっしゃるんだけど……」

ドギムはため息をついた。

「お母様が生きていたらよかったのに」

結局、複雑な感情を最も切実な願いで締めくくった。

ドギムの気鬱はなかなか収まらなかった。どうにか朝廷の騒乱を平定して久しぶりに訪れたサンも、彼女の沈んだ顔を見て驚くほどだった。

「わずか数日の間になぜまた痩せたんだ」

サンは心配そうにドギムを見回し、ため息をついた。

「これで産苦をどうやって耐えるというのだ？」

「王様こそお顔が暗いです」

「どうしようもない輩を相手にして疲れ果てたんだ」

鞫問中にあったことについては、あまり話したくない様子だった。

「不愉快な話はしたくない。それよりも明日、私と出かけよう」

「出かけるって、どこにですか？」

珍しい申し出にドギムは少し警戒した。

「近いところだ。見せたいものがある」

「懐妊中にむやみに外に出かけてもいいんですか？」

「私と出かけるのはむやみではないから大丈夫だ」

あれほど法度を守れと言っていたくせに。ちょっと兄に会っただけでも嫌な顔をするような人だ。にもかかわらず、どこかに連れて行くなんて、まったくもって怪しかった。

サンは未《ひつじ》の刻（午後二時）までに慶熙宮、それも世孫時代に滞在していた鬼の殿閣に来るようにと言った。朝は忙しいから、そこで落ち合おうと。

「駕籠《かご》を出してやるからそれに乗ってきなさい。寄り道しないで」

久しぶりに当たる外の風は熱く、じめじめしていた。それでもうんざりする日常から抜け出したという事実だけでドギムは浮かれていた。昌徳宮《チャンドックン》を離れて慶熙宮にたどり着いた。懐かしい鬼の殿閣の上には青い空がのどかに広がっていた。

サンはすでに到着していた。開いた戸の間からその姿が見えた。世孫時代のように背を真っすぐ伸ばして本を読んでいる。離れていた鬼が我が家に帰ってきたようで、思わず笑みがこぼれた。

「ようやく来たと思ったら、何をへらへら笑っているんだ？」

ドギムに気づいたサンが本から顔を上げた。

「昔のことを思い出したので。ずいぶん変わったはずなのに、何も変わっていないようです」

「そうだな。あのときはお前とこうなるとは思わなかった」

「えっ、私にひと目惚れされたと思いましたけど？」

上気嫌のままドギムは軽口を叩く。

「ひ、ひと目惚れだと？」

「最初から熱い目で見つめてきて、承恩を受けてみろと迫られたじゃないですか。私が力比べで競ってみましょうとお頼みしたときから、好きで仕方がなかったなんて」

いたずらっぽく肩をすくめ、ドギムは続ける。

「確か数年ぶりに再会したときも体面をなくされましたよね。興味がないというのに話しかけてきて、お金まで握らせてくださったじゃないですか」

「お前はまだ調子がよくないようだな！」

歪曲された記憶にサンの顔が赤くなった。

「くだらないことを言っていないで眠りにつくか？　このまま帰ろうか？」

「いいえ、見せてくださるものがあるんでしょう？」

「こんな厄介な女のどこがきれいと！」

ぶつぶつ言いながら、サンは本を閉じて立ち上がった。

連れられてやって来たのは、夏の香りが漂う鬼の殿閣の庭だった。ちょうど彼が本を読んでいた部屋から見える位置でもある。

「この木を知っているか」

サンはある木の前で足を止めた。

真っ黒に枯れてみすぼらしい木肌が古い記憶を呼び起こす。この木にはこんな由来がある。

昔、元宗《ウォンジョン》（第十六代王・仁祖の父、定遠君《ジョンウォングン》。死後、王名を与えられた）がこの木によく馬をつないでいたことから、繋馬樹《クェマス》と呼ばれた。以後、百年余りが過ぎて木は老いて腐り、切り株だけが残った。ところがある日、枯れた木から枝一つが生えてきて、王子が生まれる慶事があった。それが粛宗だ。その後、ふたたび枯れてしまったのだが突然また生い茂って、その年に先王、英祖《ヨンジョ》が王位に上がった。

そのため、サンはこの木を非常に縁起のよいものと考えた。いつかまた新たな枝が生えるときが来ると信じ、大切に守った。本を読んでいる途中、ふと窓越しに目に入ると笑みがこぼれ、むやみに触ってはいけないと幼い宮女たちは近づけないようにした。

「こっちを見なさい」

サンが指さした不格好な幹の後ろにはかなり太い枝が一つ伸びていた。先端には黄色い花まで咲かせている。

「鞠問中に頭を冷やすのを兼ねて見に来たら、ほぼ百年ぶりに枝が生えていた」

ドギムは慎重に花房をたどった。か弱く柔らかかった。

「実に縁起のいい兆候だ」

優しく花びらに触れる彼女の指先をサンはじっと見つめた。

「今ほど息子の存在を切実に望むことはない」

そんなふうに切り出した。

「両班同士がやいのやいの言い争っている。今はどうにか抑えているが、私が老いて衰えれば収拾できないほどに騒ぎ立て、結局は民にしわ寄せがいくだろう。重臣たちを巧みに扱える後継者を急いで育てなければならない」

「王様はしっかりしていらっしゃいます。焦る必要などないのではないですか」

「王の役割がこなせるように育てるには二十年は必要だ。今すぐ始めても遅いくらいだ」

明るい日差しの下で見ると、顔がとても疲れて見えた。

即位してから続いた大小の謀反。各党派から人材を登用する蕩平策に反発し、辞職するという上疏の山。そして荒唐無稽な鞠問の内情……いくら政《まつりごと》が好きで学問が好きでも、疲れないわけはないだろう。

「そんななか、縁起のよい兆候を見て憂いを忘れることができた」

そのとき、お腹の中の赤ん坊がびっくりするほど強く蹴った。今、私の話をしているのかと訊ねるかのように。しかし、ドギムはあえてそれを無視した。この子が息子かもしれないと考えるだけでも恐ろしかった。歓迎されない王子になるかもしれないと思ったら、気を失いそうだ。

「どうした？　急に体を震わせて」

サンは彼女の肩を引き寄せる。

「気分が悪いのか？」

「いいえ。可愛いお花を見ることができたのがうれしくて」

そう言い繕うとサンは信じたようだった。

「そうか。少しは気分がよくなったか？」

心配そうにドギムを覗き込む。

「目に見えて痩せたし、宮人たちもお前の表情が最近暗いと言っていた。もともと妊婦は感情の起伏が激しいと言われているが、そのためか？」

「申し訳ございません」

「今日たくさん笑ったからいい」

言葉に甘い響きがある。

「花見は駄目だが、これで我慢しなさい」

「ほんの戯言で申し上げた言葉を覚えておいでだったのですか？」

「お前のことは何も忘れないのだ」

顔がまた赤くなったサンは、暑さのせいにして余計に手で顔を扇いだ。

「お前が言うことは冗談なのか本気なのか、区別がつかないことが多い」

ドギムは苦笑いした。それこそ、サンが感心する彼女の処世術の一つだ。ともすれば面倒になりそうなこの対話の行方も曖昧になった。

「やっぱりひと目惚れじゃないですか？」

「お前は……もう行きなさい！　暑さのせいで正気を失っているようだ」

すぐに駕籠を持てと怒りだす王に、ドギムは笑った。

涼しい軒下に並んで座り、ふたりはさらに時を過ごした。人けのない宮殿は風情に優れ、庭を彩る草花は目を喜ばせた。その風景をサンが絵に描いてくれたりもした。ドギムが持参したすももも食べた。相変わらずサンは、ドギムがチョゴリの懐からその果実を取り出す姿を不思議に思った。そして、夕闇が沈む頃になってようやく宮殿に戻った。

ひと目惚れしたのかという戯言に、サンが憤慨しつつも決して否定しなかったということに、ドギムはその日が終わる頃になってようやく気づいた。

サンは息子が多くて幸せに暮らしている役人を捲草官《クォンチョグァン》に選んだ。彼らは縁起のよい方向に産屋を作らせ、安産を祈る捲草礼（宮殿で妃嬪が出産した後に行われた儀式）を準備した。

九月になって子供が産まれた。予定日より一日早い夕方に突然破水したが、あれほど憂鬱だったのが恥ずかしいほどドギムはあっさりと子を産んだ。初産がこんなに簡単だなんて、これも天運なのかと皆、不思議がった。その日は宮殿の上空から赤い光が降り注ぎ、さらに縁起がよかった。月も星も眠っている寅《とら》の刻（午前四時）に起こった初泣きは強く勇ましかった。

実にこの国の王の長男らしかった。

＊

歓喜の一夜を明かした王は、日が昇るやいなや教旨を下した。

「宗室が今後栄えるのは幸いであるだけでなく、国の慶事が続くという確信と期待も生まれた。側室は妊娠したら封爵すべしという命令を出している。よって宮人のソン氏を昭容《ソヨン》（内命婦正三品の側室）とする」

宮殿の門が開かれるやいなや、臣僚たちが少女の群れのように歓声をあげながら集まった。

「夜明けから皆が集まるとは、一体どうしたのだ？」

いざ接見すると、王はそんなふうにとぼけた。

「喜ばしい気持ちを禁じ得ず、皆で出仕しました」

「前例がないというのに、そろって謁見とは行きすぎだ」

「大きな慶事を迎えたのに、つまらぬ礼儀にとらわれることがありますでしょうか」

これ以上は王も笑顔を隠せなかった。

「今まで多くの吉事があったなかでも、これほどうれしいことはございません」

お祝いの言葉は、寄せては返す波のように果てることなく続いた。

御年三十一にしてようやく王が得た男児だけに、直ちに元子《ウォンジャ》（正室から生まれた長男）にするだろうと誰もが考えた。ところが、そうはならなかった。王は生まれたばかりの息子を自慢することはなかった。これまで不可解なほど存在を隠してきたその生母に対しても言葉を慎んだ。産後の捲草礼のことと、護産庁に医女を入れることを命じるなど必要な指示をしただけだった。

王の顔色をうかがいながら大臣たちが陳《の》べた。

「今月は先王様と王様が誕生された月ですが、王子様が生まれる慶事がまたできましたので、臣下一同、王子様にご挨拶を申し上げに参りたいと思っております」

元子の誕生時に大臣たちが正式に挨拶をする法度があるので、遠回しに側室から生まれた王子を元子とすることを願い出たのだ。

「許可することはできない」

思いがけず、サンはあっさり切って捨てた。

「すべてのことには順序があり、名を決める前に挨拶する前例はない」

大臣たちは混乱してしまった。かなり遅くなってようやく息子を得た。それも宮女というだけで顔をしかめる気難しい王が自ら選んだ側室から。顔を見れば、王が心から息子の誕生を喜んでいるのは明らかだ。

それなのに、なぜ臣下たちの挨拶を拒むのか。先の教旨をもう一度解釈しながら大臣たちは議論した。国の繁栄と慶事が続くこと、二つの内容を読んで、もしかしたらまだ和嬪の出産を待っているのではないかという疑いが提起された。王はそんなに夢想家ではないと反論する声が多かったが、安易に見過ごすのもはばかられる可能性ではあった。

それから四日後、王はまた不可解な宣言をした。

「王子が生まれたら宮殿と土地を下賜しなければならないが、余は勤倹節約して福を大切にする。成長するまでどのような物品の進上も控えるように」

大切な息子に何も与えるなとはと工曹《コンジョ》の官吏たちは唖然とした。薪だけでも十分に差し上げますと言うと、王はまた無愛想に答えた。

「福を大切にしなくては」

王子誕生七日目には王が大臣たちに食事をもてなした。恵慶宮が自ら用意した料理だった。食事をしながら大臣のひとりが遠回しに王の真意を訊ねると、ぶっきらぼうな答えが返ってきた。

「福を大切にしなければならないのだ」

どんな福をどうやって大事にするというのか、まるで五里霧中だった。結局大臣たちは、下手なことをして王の機嫌を損ねるのではなく、とりあえず見守るべきだという暗黙の同意を交わした。

そんな騒ぎはどこ吹く風とばかりにドギムは小さな王子に夢中になっていた。

赤くしわくちゃで猿のようだった息子の顔が日に日に人間らしくなっていくのが不思議だった。小さな顔をくしゃくしゃにして笑うのを見ると可愛くてたまらなかった。サンの親馬鹿っぷりも同様だった。政務の合間に何度も赤ん坊に会いに来るので、敷居がすり減ってしまうほどだった。

「母上と大妃様が王子を抱き合う権利を争っているそうだが」

赤ん坊を慎重にあやしながらサンが訊ねた。王室が約二十年ぶりに迎える王子だけに愛を独り占めせざるを得なかった。

「最近は赤ん坊のどこが王様にそっくりなのかをめぐって言い争いをしています」

「私が見るに、お前に似ているようだが」

赤ん坊の大きな瞳を見て彼は微笑んだ。

「王妃と和嬪も王子を覗いていったのか？」

出産直後に訪れた王妃は淡々としていた。王のすべての子供は側室の腹を借りて生まれたとしても、自分の子であることをよく知っている人らしい振る舞いだった。いずれにせよ、子が授からない罪は脱したことになるので安堵しているようにも見えた。

いっぽう、和嬪は動揺を隠せなかった。心のうちを見せまいとしていたが、様子が実にぎこちなかった。「姉妹のように仲のよい正室と側室」というのがどれほど珍しい美徳なのかよくわかった。

ドギムは詳しい話はせず適当にお茶をにごした。

「そうだな。とにかくお前が王子のことをよく見なければならない」

サンはもぞもぞ動く小さな手を撫でながら、言った。

「幼い子供には生母が一番だ」

正直、意外だった。子供が産まれれば、法度がどうこう言いながらすぐに奪っていくと思っていた。厳しく教育させる宮を設けて、乳母をつけてとそんなふうに。王子でなくても王室ではそのように子供を育てるものだ。

ところが、驚いたことにサンは王子をドギムのそばに置くことを望んだ。

「肉親の懐で駄々をこねたり叱られながら、ゆっくり育てることこそ理にかなっている」

ふと彼の目に暗い陰が宿った。

「母上がおっしゃっていた。私の父上はあまりにも早く世継ぎに命じられ、早くから両親と離れて育った。そのため家族の絆を築くことができず、ずる賢い宮人たちの仲違いの闇に陥ってしまった。そのせいで父王との仲が離れたのだと」

前世代の悲劇にはそのような背景があると固く信じているようだった。

「すべて福を大切にしなかったためだ」

ふと、サンは何かを思案するように口を閉じた。しばらくして、また話し始める。

「もちろん、お前も一生懸命学ばなければならない。側室に仲間入りしたのだから、王室の歴史や前例くらいはよく知っておくべきだ」

「先生を付けてくださるんですか?」

「いや、大妃様がお前を直接教えるそうだ」

やれやれという顔で王は笑った。

「どこがそんなに可愛いのかわからないが、いつもお前をよく見てくださるのだから、迷惑だけはかけるな」

もう便殿に戻らなければならないのに、帰っちゃ駄目とでも言うかのように息子がしきりに笑いかけてくるのでサンは困ってしまった。子供の笑顔に勝てるものなどない。サンは残った上疏は夜にでもまとめて読むことに決め、柔らかなお腹をくすぐり始めた。赤ん坊の笑い声が光の粒のように散らばり、周囲を明るくしていく。

息子をあやしていたサンが、ふと思い出したように懐から何かを取り出した。ふっくらとした五粒ほどのナツメの実だった。

「一昨日、あの繋馬樹から取ったものだ。十斗を少し超えるほど実ったようだ」

「あれはナツメの木だったんですか?」

「そうだ。承旨《スンジ》と閣臣たちにも分けたが、皆よく食べていたよ。お前も味見してみなさい」

ひと粒口にふくんで噛んでみたら、心地のいい歯ごたえとともに甘酸っぱいさわやかな味が口の中に広がった。

「文臣たちに繋馬樹のナツメを主題に文を書けと課題を出したところ、かなり面白い文がたくさんあった。今度、我が王子にも読んであげないと」

そう言って肩の上まで高々と持ち上げると、赤ん坊は興奮してけらけら笑った。

「やはり、繋馬樹の枝は縁起のよい兆候だった」

王の顔には息子とそっくりな笑みが浮かび、しばらく消えなかった。

「お慶び申し上げます」

久しぶりに会ったギョンヒは、いきなり深々とお辞儀をしてきた。世にも奇妙な光景に、ドギムは雷にでも打たれたように大げさに震えてみせた。

「鳥肌が立つわね。どうしたの?」

「今は立派な側室であられます。下の者に侮られぬよう自ら威厳を保ってください」

宮人出身なんだから、あなた自身がもっと頑張らなければならないとギョンヒは強い口調でドギムに忠告した。そうして、つけ加えるようにボギョンとヨンヒに言った。

「あなたたちも昭容様を以前のように扱ってはいけないわ」

「だったら、入る前に言ってよ！　自分だけ偉そうに、全く！」

ボギョンが抗議するもギョンヒは無視した。

「晴れて側室として封爵されたおかげで昭容様は土地もいただけたそうで、これで一生食べる……じゃない、召し上がることを心配する必要もなくていらっしゃいますよね」

「全くそのとおりですわ。今まで昼も夜も大変でいらっしゃったでしょう。本当によかったです」

ぎこちない敬語に四苦八苦しながらボギョンとヨンヒは堅苦しい挨拶めいた言葉を口にした。友との間に突然壁ができたようで、ドギムは居心地が悪くてたまらない。

ちょうど乳母が王子を連れてきてくれたのは幸いだった。硬かった空気が一気にやわらいだ。三人は順番に王子を抱いた。ボギョンは赤ん坊をつぶしちゃうかもしれないとぶるぶる手を震わせていたが、ヨンヒはかなり上手だった。

「本当にうらやましいです」

つぶやきながら王子を胸に抱き、その顔を眺める目は、なんだか魂を抜かれたようにぼんやりしていた。最後にギョンヒの腕に抱かれると、突然王子が駄々をこね始めた。

「やはり若様は人を見る目がおありですね」

ボギョンがくすくす笑い、ギョンヒがきっとにらみつける。やがて王子が泣き出したので、乳母が急いで連れ去らなければならなかったが、赤ん坊のおかげですっかりいつもの空気に戻っていた。ドギムはサンからもらった繋馬樹のナツメを三人に一つずつ配った。

「いつも縁起がいいとおっしゃいますが、王様からはまだ王子様を元子とすることについての言及はありませんか？」

ギョンヒが鋭くドギムに訊ねた。

「和嬪様のお子がお産まれになるのを待っているんでしょう」

ドギムは大したことではないという顔で答える。

「最初からお世継ぎはそっちだと釘を刺されていたから」

「のんきなことばかり言ってないで！」

「あなた、私に丁寧に接することにしたんじゃないの？」

ギョンヒは聞かなかったふりをした。言葉づかいだけを丁寧にし、続ける。

「王様の庶長子です。元子とされずに追い出されてしまったら、一生風前の灯火のような身の上になることでしょう」

友を祝いに来たのになぜそんな不吉なことを言うのかとヨンヒがギョンヒのわき腹をつつく。ギョンヒは無視し、声を落として続ける。

「数日前、慶寿宮殿《キョンスグン》が大騒ぎになりました。産室庁で和嬪様が実家から持ち込んで服用していた湯薬を見つけたんですって」

「どこで聞いてきたの？」

「小銭を握らせると口が軽くなる宮女はどこにでもいます」

知っていながら何を今さらとギョンヒは鼻を鳴らす。

「ただでさえ関心が遠ざかり、いくつかの懐妊症状が消えたところでした。薬まで発覚したとなると和嬪様のお立場もどうなることやら……」

「勝手に飲んでいた湯薬のせいなら、かなりひどい目に遭うんじゃないの」

しかし、ボギョンに向かってギョンヒは首を横に振った。

「和嬪様の懐妊が誤りだったことが明らかになっても、王様は冷静に見過ごされるでしょうね。とにもかくにも男の子は授かったのだから。これ以上騒いだところで体面が損なわれるだけですから」

「そうよね。何もしないのがいいわ」とヨンヒは安堵の表情になる。

「昭容様は運がよかったです。承恩を受けたおかげで慶寿宮殿を離れたではないですか。ク尚宮様は責任を負って追い出されたんですよ。先王様に仕えた功があるため、棍棒で打たれる刑は免れたそうです」

避けられない結果だったろうが、それでもドギムは罪悪感を抱いた。

「薬を差し上げたミユクとヤンスンも一緒に追い出されました」

「侍女たちが側室の顔に泥を塗ったのだから、本家は放っておかないでしょう」

ボギョンが首を絞められるふりをすると、ヨンヒは青くなった。

「嫌な子たちだったけど、かわいそう」

「そうね。よく考えてみれば、あいつらのせいというわけでもないかも」

同情するふたりを無視し、ギョンヒがドギムに言った。

「大勢は今、昭容様のほうに傾いています。細く長く暮らしていた時代は終わりました。王子を守るためには、昭容様にできることを全力でなされなければなりません」

あと押しをしてくれる勢力を作れという意味だ。王子はもともと血筋で作られるものだが、今のような世の中では後ろ盾は必要だ。

「私は何もできない」

乳母が王子を連れ出した扉に目をやり、ドギムは言った。

「王様の意に従う以外は」

「枕もとで夫に願い事を言うこともできないんですか？」

「そんなことをしたら賜薬を下されるわよ」

王の愛とその限界は明確だ。自分の前に延びている道は、義烈宮のようにただひたすら従順に王に尽くすことだけなのだ。

「王様はそのような方よ。少しでも私が誤った道を行こうものなら、一気に私を突き放すわ。ホン・ドンノ様にしたように」

あまりにも率直な吐露に、皆は衝撃を受けたようだった。

「前から言ってたじゃない。側室なんてなるものじゃないって」

絶句する友に向かって、ドギムは切なげに笑ってみせた。

*

大妃との勉強はかなり楽しかった。はるかな建国時代からの太い幹をずっとたどりながら、かつての妃嬪たちの美しい徳行を学ぶ。ただ、奇妙なことに大妃は垂簾聴政《スリョンチョンジョン》をした王妃たちに関心が高かった。女が出しゃばると世間がよく思わないのに。

「世間知らずの王を助けるのも王妃の役目ではないか」

確かにと相づちを打つと彼女は満足した。

だからといって、自分にとって耳ざわりのいい言葉だけを欲しているわけではなかった。むしろ、自分を論破するくらいの厳しい意見で打ち返してほしいと望んでいた。まるで王が臣下たちと討論するように、だ。ドギムが昔、彼女に与えられた性理学書で読んだ一節を引用すると、とても褒めてくれた。もちろん宿題は山ほど出された。その日に学んだ文に対する感想文は必須で、決められた文字数で詩を書けという難題もしばしばあった。

ドギムが大量の宿題に夜まで没頭すると、サンはふくれっ面になった。

「私は王様が大好きな勉強をしているのに何がご不満なんですか?」

「勉強は私が好きなのだ。誰がお前にやれと言った」

「一生懸命学べとおっしゃったじゃないですか」

「やっとの思いで時間を空けて、やって来た夫を冷たく扱うんだな」

そう言うと、書机をどかして肩をつかみ、ドギムを押し倒した。

「私も大妃様に劣らず教えることがある」

「そこまでは手に負えません!」

抜け出そうともがいたが、サンの力で押さえ込まれたらビクとも動けない。

「時が来れば厳しく叱ると言ったじゃないか」

サンの言葉どおり、ドギムは叱責という名の王の愛をたっぷりと教え込まれるのだった。


気恥ずかしさと息苦しさを伴う新しい日常にもようやく慣れた頃、ドギムは出産後、シクに一度も会っていないという事実に気づいた。大変な失態だったが、短い文《ふみ》の一つも送ってこなかったのは兄らしくない。寂しい気持ちで便りを送ると、青天の霹靂《へきれき》のような知らせが返ってきた。

「お兄様が御営庁にいらっしゃらないとは、どういうこと?」

使いに出した宮人は困ったように言った。

「それが……罷免《ひめん》になったそうです」

「罷免されたと？」

「ええ、王子様が生まれた直後に急に……」

それ以上は調べられなかったと宮人は言葉をにごした。

ギョンヒがいたのは幸いだった。彼女は二日後には詳細な経緯を報告してくれた。

王子が生まれて七日目のことだった。大臣たちに食事をもてなしながら、王が尋常でない訓戒をしたという。外戚を警戒する道理についてだった。外戚の弊害をよく知っているだけに、あぶり出しに没頭したと力説し、今後もそのようなことがないようにしろと厳重に警告した。また、その場で御営大将に、側室の兄であるソン・シクを罷免せよとの王命を下したという。

「どうしてそんなこと……」

「悪いことではありません。むしろ、王様が王子様をお世継ぎにする準備をしているという証しではないですか」

今のギョンヒの目は策略を企てるときのサンの目によく似ている。

「御営庁の軍校がそんなに大したものですか。もうすぐ王子の外戚になるというのに」

王の行いは極めて正しいことだ。それでも頭に血がのぼった。

他人には取るに足らない職務だとしても自分には誇りだった。父親のように兄弟たちが堂々と軍服を着ることを望んだ。それで可愛い娘の役割はやめて、宮殿に入った。つらくて悲しくても我慢できた。息苦しくて貧乏たらしくても彼女には目的があった。それこそが彼女の人生だった。

ところが、間違っていた。彼女の人生は王の力で泡となって消えた。苦労してここまで積み上げてきたが、それはいとも簡単に崩れる砂山だった。名前も夢も努力もすべて消え、側室という肩書だけが残った。

一生名前すら呼ぶことのできない息子を産んだ側室。王の愛だけが頼りの側室。自分がどんな娘で、どんな宮人だったかは関係ない。王を愛していたかどうかすら意味がない。王にどれほど愛されたか、それだけが己の生涯を計る尺度になるだろう。

ソン・ドギムという女人の存在理由など、その程度だったかのように。

しかし、そんなドギムの思いはギョンヒには全く理解できなかった。

「王子様にとってはいいことですよ」

「そう。それなら、いいわ」

怒りの末に訪れた虚しさでドギムは応えた。

翌日、シクを呼んだ。顔を合わせてはいけないと宮人たちが御簾を垂らした。御簾越しにおぼろげに見えるシクは、冷たい床にひざまずいている。

「本当に立派なことをやり遂げられました。すぐお目にかかれず申し訳ございません」

今は兄でさえ自分に敬語を使う。

「罷免されたんですって?」

「はい。昭容様と王子様のためだと御営大将がおっしゃいました」

シクは純朴に笑った。

「心配しないでください」

「そんな……心配しないわけはないでしょう!」

側室になって土地を与えられた。豊かではなくても、自分はもう食べることに苦労はしないだろう。しかし、以前のように家族の面倒をみることはできない。支出が全部記録される。淑儀ムン氏のような寵姫が兄の面倒を見てどれほど激しい非難を浴びただろう。実家を気づかうという理由で王宮の財物に手をつけるなど夢にも考えられない。

「持っていってください。小銭ですが念のため隠しておきました」

最後となった筆写の仕事の賃金だ。当然サンは知らない。

御簾から伸びた小袋を持った手を、「なりません」とシクは押し戻した。

「大丈夫ですよ。近いうちに王様が私を戸曹書吏《ホジョソリ》にしてくれると思いますから」

「書吏なら俸禄もあってないようなものだし、以前よりずっと待遇は悪いじゃないですか！　どのように生計を立てるつもりですか？」

「最近は書吏でも、うまくやれば米を九斗まではもらえるそうです」

シクは明るくそう言ったが、窮乏を免れるほどの禄ではなかった。さらに書吏は出世が制限された身役にほかならないので、それ以上に待遇がよくなる見込みもない。

「それに正直、軍校でも書吏でも……もう私には関係ありません」

すべてをあきらめたような兄の口調に、ドギムの心は強く痛んだ。

「申し訳ありません。まさかこんなふうに迷惑をかけるとは思いませんでした」

単純に職を失ったというだけの問題ではない。サンの警戒心がさらにひどくなれば、兄が命を失う可能性もあるのだ。ドギムはそれが恐ろしかった。

「いや、迷惑をおかけするのは私のほうです。いつもそうだったでしょう」

そう言って、シクは王子の母となった妹を心の底から誇るように笑った。

「お前の兄と会ったそうだが？」

ドギムが告げる前にすでにサンは知っていた。

「血縁であっても男が後宮に出入りするのは正しくない」

やはりお咎《とが》めは厳しかった。駄目なことが本当に多くて嫌になる。

「しばらく消息がなくて気になっただけです」

ドギムの内心をうかがうようにサンがじっと見つめる。

「……どうしてお前の兄を罷免させたのか訊ねないのか？」

「王様が決めた人事に口出しなどできますか」

そう言って、ドギムは顔をそむけた。今は言葉を交わしたくない。できれば顔も見たくない。断ることができないから、仕方なく迎えただけだ。

「乳母は王子を連れていけ」

あやしていた赤ん坊を乳母に渡すと、サンは椅子の背もたれに体を預けた。

「大妃殿ではどこまで学んだのか」

ドギムの怒りを察し、サンは話題を変えた。その厚かましさに唇を噛みしめながら、ドギムは最近何を学んでいるかを伝える。

「もうそんなに進んだのか」

「大妃様の教え方がよいのです」

「さすれば太宗《テジョン》朝の歴史も学んだろう」

ふと彼の声音が意味深長になった。

「太宗朝と世宗《セジョン》朝は私が手本として仰ぐ時代だ。前王朝の乱れた習俗を切り捨て、新しい時代の基礎を固めた実り豊かな時代だった。そのおかげで四百年以上経った今日まで、この国はびくともしないのだ」

相づちを打たなければならないと思うが、口が開かなかった。

「特に君主の力が強かった。志のために太宗は妻とその実家まで滅ぼしたが、その価値があった。どうしようもないことだ。もともと有害な一族が外戚であり、人情に縛られては執り行えないのが政なのだ」

勘違いだった。話題は変わっていない。

彼はすまないと思ったりしない。言い訳もしない。顔を上げると避けていた視線が合った。その瞬間、サンはドギムの肩をつかんで自分のほうへと引き寄せた。鼻先が触れる位置で彼女に告げた。

「そなたと王子は王である私が守る。だから無駄なことは考えるな。外の人たちのささやきに惑わされず、おとなしく私の胸に身を預けなさい。私がお前を守れないようにしてはならぬ」

身のほども知らずに政治色を帯びれば、ただではおかないということだ。息子を産んだ側室をこのようにやり込めるのも王の才能だ。側室の敵は正室や別の側室という世の常識がドギムはとてもおかしく感じた。側室の敵は王だ。生かすも殺すも、愛すも憎むも、すべては王の思うまま。その事実は絶対に拒否できない。おかしくて笑ってしまう。

押しのけようとするとサンは手首を押さえつけた。

「答えなさい」

「本当に返事が必要ですか？」

「そうだ。私はお前の心の底がさっぱりわからない」

「従うべきでしょう。どのみち頼れるのは守ってくださるというその言葉だけですから」

自分を揶揄するような笑いがこぼれる。

「これで私の気持ちがわかりましたか？」

「いや、やはりわからない」

彼の瞳が不安に揺れた。

「それでも、その答えを信じる」

そして、ドギムを押しつけるように口づけた。固く抵抗する唇をこじ開け、完全に自分のものにする。息切れして気が遠くなるまで断固として征服する。

「……腹が立ったのか？」

長く奇妙な接触の末、彼はドギムを抱き寄せた。

「私がお前を怒らせると言ったじゃないか」

「最初はそうでした」

「今は？」

「怖いです」

誰のものなのかわからない、胸を内側から激しく叩く音に、ドギムはぼんやりと耳を傾けた。

「何が？」

「失うのではないかと……」

「私の心が変わるのが怖いということか」

ドギムは吹き出した。笑いながら王に告げる。

「いいえ、自分自身を失うのではないかと怖いのです」

その夜は一つの布団の中で寄り添っていても、ふたりの間のぎこちなさは消えなかった。

＊

三か月以上、王は頑として動かなかった。結局、領議政《ヨンイジョン》のソ・ゲジュンが猫の首に鈴をつけることになった。主流党派からやや外れた彼は、王が繰り広げる蕩平策の最大の受恵者だった。また、不遇な東宮時代の王を庇護した功があり、寵臣でもあった。

「元子正号をこれ以上遅らせることはできません」

彼は背水の陣を張るように高官たちを率いて話を切り出した。

王が過労で倒れたりすると、国の状況がめちゃくちゃになる。早く後継者を立てて準備をさせなければならないので、彼には当然の名分があった。

「余が晩年になってようやく慶事を得たので、福を大切に育てようと思う。成長するのを待っても前例に反しない」

王はまだ抗おうとした。

「爵位を決めることと福を大切にすることはなんの関係もありません。このようにあと回しにされるとは思いませんでした」

「まだ赤子ではないか」

領議政は一歩も退かなかった。正論で責め立てられ、王は返答を変えた。

「では、大妃様に訊いてから決める」

「王様が決断すべきことをあえて訊く必要はありません」

「いったん退きなさい。熟慮のうえ、余が命を下す」

「王命を奉るまでは退けません」

一進一退の攻防が続くと次第に王は苛立ってきた。それでも実直な寵臣の忠義のうえの奏請を拒み続けるのは恥ずかしくもあった。

「福を大切にする気持ちでずっと迷っていたが、そのために臣下たちと争うことになればかえって福に仇《あた》なすことになるだろう」

強く主張する「福を大切にする道理」に対する明快な説明は最後まで避けたが、王はついに名分の前に己の固執を破った。

「当然のことをこれ以上躊躇はしない」

「王様の命は実に正しきことです」

「これで大計が決まった」

ついに王が宣言した。これまで抵抗していたのが信じられないほど嬉々《きき》として。

幼い王子は直ちに王妃の養子として入籍され、元子に封じられた。ついでに王室の系図である族《チョク》譜《ボ》と王室の系図にも手を入れた。

元子の生後百日のお祝いは質素に行われた。宴は開かなかったが、藿湯《クァクタン》（わかめ汁）と餅がたくさん振る舞われた。初めて色鮮やかな服を着た息子を見て喜んだ王は、朝臣たちと酒を飲みに出かけた。そうして、ほろ酔い状態で夜明けの星が輝く頃に現れた。

「おお、薬酒を飲んだ」

よろめく足どりを見れば、薬酒などではないことは一目瞭然だ。

「お体も支えられないのに大殿にお連れせずに?」

「どうしてもお渡りになると譲らなかったので……」

弟子の出世にまだうまく適応できないソ尚宮が、恥じ入るように弁解した。

寝所に入ったが、安らかに寝るはずもなかった。膝を枕に寝転がるや、いきなり大声で四書三経を唱え始めた。どうして酔うとこうなるのかとドギムは深いため息をつく。

「お前のせいで私がどれだけ心配したことか」

サンは回らぬ舌でよくしゃべった。

「その小さな体でどうやって子供を産むんだ。痛いと泣き叫ぶ声が聞こえるたびに、すぐに解産房に飛び込みたいのを我慢するのが大変だった。早く産まれたからよかったものの……」

ドギムは怪訝に思った。第一子を待つ父にしては、サンはとても静かだった。皆が右往左往しているときもじっと本を読んでた。赤ん坊が産声をあげた直後も、「よくやった」とたったひと言、言っただけだった。

「ありもしないことをおっしゃっても、私の歓心は買えませんよ」

「お前はどうしてそんなふうに私を薄情に思うんだ？」

「十分にそう思えるではないですか！」とドギムは口をとがらせた。

「王の体面があるのに、民の男のように軽はずみに振る舞えるか」

「でしたら、ずっと体裁を守ればいいのに。どうして今さらおっしゃるんですか？」

「お前が私の心をわかってくれないからだ！」

「私が何をわからないんですか？」

サンは返事の代わりに寝返りを打った。

「……我が息子はどこにいるのか」

「ぐっすり眠っております。王様も見習ってお眠りになられてください」

「息子、どこにいるんだ。父が来たのに……」

彼は起き上がろうともがいた。やっと寝かせた赤子をかまうのではないかとドギムはすばやく肩をつかんで押し戻した。サンはまた何かつぶやき始めた。

「お前、大変だ。もう逃げられない」

「酔われましたね。早く……」

「お前を私の家族にしたんだから、もう帳消しにはできないぞ」

「家族にしたって？」

「お前を族譜に載せ、王朝系図にも載せたということだ。私の子を産んだのだからな。和嬪を載せる前にお前から載せたのだ。どうだ？」

何を言っているのかと思ったら大したことではない。王室の族譜に載せたとしても、隅のほうに王子の生母は誰々と蟻《あり》ほどの小さな字で書いてあるだけだ。たとえ大きな文字だったとしても、そんなのは自分の日常とは関係のないことなので、ドギムは特に感慨もなかった。

「ええ、聖恩のかぎりでございますから、ちゃんと横になってください」

「もうお前の家族は私なんだから。お前の兄じゃなくて……」

焦点の定まらぬ目つきでサンはぶつぶつとつぶやき続ける。外戚だとか嫁に出た娘は他人だとかの小言はもうたくさんなので、ドギムは聞かないふりをした。

「……怒るな」

しかし、聞き逃せない言葉が相次いで漏れた。

「私は王だからお前をなぐさめることができない。そんなことはしてはならないのだ」

彼はゆっくりとまばたきした。

「私が知っていることは王の役割しかないのに、それがお前の心を傷つけるならばどうすればいいのかわからない。私がこんな男でも従うと言ったじゃないか。たとえ、ひどい男だとしても受け入れてくれ。怒らないでくれ。距離を置かないでくれ……」

あとはもう何を言っているのかわからなかった。そして、ようやく眠りについた。

ドギムは静かな寝息を立てるサンの顔を眺めた。いっそ何も考えずに彼を恋慕できたら、どんなに楽だったろう。しかし、仕方なかった。むやみに愛しがたい男だ。手放しで恨むこともできない男だ。そして、自分は利己的な王の愛に浸るにはあまりにもひねくれた女だった。

あっという間に夜が明けた。サンはひどい二日酔いに苦しんだ。頭の中で鐘が鳴り響き、そのたびに鈍痛に襲われる。彼は決心した。

「酒をやめるしかない」

「飲みすぎなければいいのです」

「風流を楽しんでいるとおのずと興じるのだからどうしようもない」

はちみつ水を飲んでもまるで効き目がなかった。

「昨夜のお話は覚えていらっしゃいますか？」

もう一杯差し出しながらドギムが訊ねた。

「一つも覚えていない！」

赤くなった顔を見るかぎり、しっかり覚えているようだ。

「そうおっしゃるのなら、まあそうでしょう」

「本当に何も思い出せない……。もういい。頭が痛くてたまらない」

癇癪すら起こさないということは、よほどひどい頭痛なのだろう。ドギムは柔らかな手のひらで頭と首筋を揉んであげた。

「どうして優しくするんだ？」

彼は怪訝そうに訊ねる。

「家族は仲よくしないと」

ドギムは肩をすくめた。

「臣妾が頼れる方は王様しかいませんので、どうぞ末永くご康寧ください」

今回も負ける側を選んでしまった。いつも先に手を差し伸べるのはあまりうれしいことではない。それでもこの程度のことなら、すぐに仲直りはできる。

切に願った言葉を聞いたにもかかわらず、サンは黙ったままだった。袞龍袍を身に着け、屋敷を出る頃になってようやく口を開いた。

「行ってくる。はちみつ水をたくさん作っておけ」

首筋まで真っ赤にして、好きな子にどう振る舞っていいかわからない少年のようだ。それでドギムはまた笑った。

十五章　いつかの約束

　新年にはドギムの品階が上がった。元子を封じるときから話が出ていたが、二月になってようやく決まったのだ。最高位の嬪（内命婦正一品の側室）である。宜の字を使って宜嬪《ウィビン》となった。揀択《カンテク》側室たちのように宮号は与えられなかった。

　嬪号《ビンホ》を決めるときは不思議なことがあった。

　サンは最初、大臣たちに決めるよう命じた。それで左議政《チャイジョン》と右議政《ウイジョン》が頭を絞り、奏上した。「物事に明るいこと」を意味する「哲」、「ゆったりとして大きいこと」を意味する「泰」、「豊かでゆとりがあること」を意味する「裕」、「興して盛んになること」を意味する「興」、「安らかであること」を意味する「綏」。この五文字だった。ところがサンはすべて退け、すぐにこう下命した。

「『当然なこと』を意味する『宜』の字に決める」

　知らせを聞いたドギムは好奇心を隠せなかった。

「どうしてよりによってその文字なのですか？」

「嫌なのか？」

「王様らしくなく、とてもよい文字をくださるのでおかしいなと思いまして」

「私らしい文字とはなんなんだ？」

「愚かの愚の字を使って愚嬪とか、足りないという意味の乏を使って乏嬪とか……」

「ああ、世の中にそんな文字があれば、お前にぴったりだろう」

サンは馬鹿にするなとドギムの鼻をつまんだ。

「何も考えずによく使う文字に決めただけだ！」

「丞相《じょうしょう》たちが考えた五文字のなかから選ぶのではなかったのですか？」

なぜか返事をごまかそうとするので、ドギムは執拗に訊ねた。いつになく愛嬌を振りまくと、サンはついに陥落した。

「君主は本来、義を追求するが、『正しいこと』を意味する『義』という字は、『当然なこと』を意味する『宜』という字と相通じる点がある。朱子は『当然のごとく乱れた心を鎮めることこそが義だ』と諭したし、『中庸』には『義はすなわち当然のことなり』と書いてある。人が当然、追い求めるべきである正しい道理のなかには、亡き父に対する供養、美しくかつ善い行い、仲睦まじい家族などがある。つまり『義』という字には『当然なこと』という意味のほかにも美しい意味があるのだ」

しばしためらったあと、サンは続けた。

「宜家宜室《ウィガウィシル》という言葉を知っているか」

「夫婦になって和やかに過ごすという意味です」

「宜家之楽《ウィガジラク》という言葉は？」

「夫婦間の仲睦まじさが楽に至るということですよね」

「それがまさに私がお前に与えた宜という字だ」

この人は私と家族を作りたがっている。

彼の家族は険悪だった。互いに憎み合い、それぞれの痴態には目を閉じた。いっぽう、彼女の家族は和やかだった。あまりにも早くに離れてしまったが。それゆえ、法度と見栄などでいくつもの壁を築くのが王室の家族というものだと知りながらも、ドギムは心が動いた。家族になったとして、王ゆえに夫とは呼べず、息子のことも我が子と呼ぶことはできない。それでも胸がいっぱいになった。どうしようもなく心が高鳴ってしまった。

いっぽうがはにかむと、もういっぽうは意気揚々となるのがお決まりだったが、このときだけはサンもドギムも気恥ずかしくて、互いに目を合わせることができなかった。

「何をしてるんだ。いつものようにつまらぬ軽口で返さないか！」

面映ゆいのを我慢できず、サンがとんでもない言いがかりをつけた。

「すぐ台無しにされますね」とドギムはあきれる。

「まあいい。王が直接考えた名だ。光栄に思え」

「ええ、身に余る光栄でございます」

とはいえ、これ以上崩れてはいけない。これはままごとのようなものだ。あまりにも酔ってしまうと、彼が男である以前に王だという事実さえ忘れてしまうだろう。

「言葉だけか？」

しかし、サンがなおも話を進めてしまう。

「光栄だと言っておきながら知らんふりをするのか？」

手綱を締める彼女と違って、彼はさらに先を望んでいた。

「さて恩返しか……そうだな。赤子をもう一人産んでくれればいい」

「王様はますます性格が悪くなっていらっしゃいます」

「ああ！　産まなければならない娘がまだ七人いた」

「年を取ってから覚えた道楽は怖いとおっしゃっていましたが……」

伸びた彼の手から、ドギムはそっと身を引いた。

「一生女色を遠ざけたはずのお方が、側室の扱いはどうしてお上手なのでしょう?」

「知らずとも学びというのは意思さえあれば叶うものだ」

実に雲をつかむような言葉だった。偉そうにされ、負けるわけにはいかないとドギムは意地悪く訊ねた。

「ところで、『宜』の字には『好き』という意味もあるのではないですか?」

顔を赤くしたサンは、聞こえないふりをした。


一年の出だしは祝福気分だったが、よい日ばかりとはいかなかった。

「建国以来、二十か月も産室庁を据えていたときがあっただろうか」

痛憤のこもった一枚の上疏はこのような文章から始まった。

「医官たちが理屈に合わないことを断言し、三年も時間を延ばしました。民心が沸き立つのはもちろん、元子が誕降された日にご挨拶すらうかがうことができず、元子正号さえも三か月が過ぎてからようやく下されました。すべて御医と医官の罪です」

ほかでもない大司諫《テサガン》の文だった。先王時代から物議をかもす上疏を書くことで有名な彼は、今回も躊躇なく筆を振るった。皆が今まで見て見ぬふりをしていた和嬪の懐妊問題の核心を突いたのだ。

サンは激怒した。

「国に慶事があればただ喜べばいいものを、紛乱を起こそうというのか! 朝廷に疑惑を植えつけるだけでなく、幼い元子を嘲弄するものだ。責任を医官たちに転嫁しているが、実際は余に対する非難にほかならない。ゆえに厳重に排斥せざるを得ない」

彼は上疏を突き返し、大司諫をすぐに辞職させた。

決して間違った進言ではないのに、反応があまりにも過敏で大臣たちはざわついた。罷職まではやりすぎだと大司諫を擁護する声もあがったが、サンはそれもまた退けた。

「当時は、余が相応の年齢を過ぎているにもかかわらず息子がおらず、朝廷の危機でもあった。ゆえに祈願の気持ちで産室庁を置いたのだ。それを元子を定めた今になって問題視するのは、余を責める口実にすぎない。これはユ・ウィハンの影も同然だ！」

さらに、今後彼に関する上疏は奏上するなと言い渡した。

「王様の言葉が正しい。あの件を問い詰めたところで王室の威信が損われるだけだ」

朝廷でこんなことがあったらしいと話を切り出したのは大妃だった。

「あえて和嬪に恥をかかせる理由もない」

ドギムも同意した。

ただでさえ、和嬪は苦しんでいた。弱り目に祟り目とはこのことだ。恵慶宮から受けた愛は、元子が生まれるや消えた。ありもしない子供のことで一喜一憂させられたことが腹立たしい様子だった。以来、和嬪はほとんど外に出ず、宮に引きこもって暮らしていた。

「もちろん王様も恥ずかしいだろう。あの性格だというのに過ちを残したのだから」

「ところで大妃様、『ユ・ウィハンの影』とはどういう意味ですか？」

「粛宗治世時の故事の当てつけだ」

大妃は厳粛に話した。

「当時、禧嬪チャン氏の子を元子にしようとしたが朝廷が反対した。まだ王妃は若く、今後嫡子が生まれるかもしれないのに性急だと。しかし、成均館《ソンギュングァン》の儒生だったユ・ウィハンだけは同調した。巧妙に王子を押し出し、王を煽って執権朋党を追い出そうとしたのだ。あのような奸臣はほかにいない」

非常に意味深な比喩だった。サンは大司諫の上疏を、過ちに対する忠告にとどまらず、自分が苦労して維持している現政局と蕩平策に対する脅威とみなしたわけだ。

それにしても、よりによって賜死させられた側室の故事を引き合いに出す必要があったのだろうか。ドギムの胸に暗い影が差した。自分が守れなくなるようなことは決してするなというサンの警告のような気がした。

「そなたを責めはしないだろう」

何を考えているのか察したように大妃が言った。

「ただ元子を持ち出して余計な利を謀らないよう大臣たちに警告しているだけだ」

鋭い目つきではあるが、優しいなぐさめが続いた。

「そなたの振る舞いには非の打ち所がない」

「いつもよく見てくださるので、身の置き所がございません」

「私は長い年月を寂しく過ごしてきた」

大妃は机の上の表紙がすり減った本をじっと見つめる。

「今はそなたが近くにいてうれしい」

珍しく彼女の口もとに笑みが浮かんでいる。

「そなたと元子は私が支えよう」

心強い約束を得て、ドギムの胸に落ちた影が薄れていく。

「さて、昨日出した課題で文は作ってきたか？」

宿題にかぎっては、大妃は全く慈悲がなかった。


ドギムはしばらくサンの顔色をうかがっていた。口答えを慎み、おとなしく従った。疲れたと癇癪を起こされても鷹揚《おうよう》に受けとめた。酒に酔って強引な振る舞いをされても我慢した。

「お前……最近おかしいな」

それはサンにとっても不可解な変化だった。

「信じられないほど従順だ」

普段なら言い返すのに、ドギムは黙って聞いていた。

「何かあったのか？」

「いいえ、いつもと同じです」

彼女は腕の中の元子をあやすふりをしてサンの視線から逃れた。

「何か隠しているんじゃないのか？」

幸い、元子が抜け道を作ってくれた。大きな声で泣き出したのだ。

「赤ん坊のお腹がすいているようです。乳母に預けてまいります」

「いや、乳母は勝手に来るだろう」

捕まえようとする手をすばやく避けた。気がふさぐのも仕方なかった。宮殿は幼い頃からドギムが暮らしてきた場所だが、いつからか王によって賜薬《サヤク》を下されるかもしれない廃家のように感じられた。無論、そのような本心は到底打ち明けることはできなかった。

サンは忙しすぎて、ドギムの不可解な変化のことなどすぐに忘れた。変わりばえのしない日常のなかで、徐々にドギムの恐怖も薄まってきた。要は賜薬を下されるような過ちを起こさなければいいだけだ。

心配事がなくなったのはよかったが、宮仕えに出されて以来働きづめだったドギムにとって、ひとに世話をされる暮らしは、罪を犯しているような申し訳なさをぬぐいきれなかった。

何かしなければならないと思い、まずは料理を習い始めた。誰かに習ったわけでもなく適当に作っていた今までの料理と正式な宮中料理は全く違った。それなりの腕前を身につけたので冷たいククスを作って大妃と恵慶宮にお出ししたところ、とても喜ばれた。特に恵慶宮からは過度に褒め称えられたため、顔が熱くなった。息子を生んだ効果は十分にもたらされているわけだ。

大妃と恵慶宮からの好意が深まるほど、ドギムは王妃により心を配った。姑の愛を奪ったという理由で彼女が元嬪にどのように接していたのかを、ずっと間近で見続けていたからだ。幸い王妃は、以前からの態度を守ってくれた。ある面ではとても優しかったりもした。ときどき、王妃のほうからお茶や菓子を勧められたりもした。もちろん昔のような妙な問答を要請されることもなかった。察するに、鼻を折られて奈落に落ちた和嬪を見て、傷ついた自尊心を回復した様子だった。

いっぽう、和嬪との関係性は相変わらず微妙だった。過去の複雑に絡み合った事情がそのまま積もっていた。より険悪になることはなかったが、すっきり和解し、仲睦まじくなるようなこともなかった。狭い宮殿の中で気まずいままでいるのは嫌だった。だからといって積極的に近づけば、嘲弄しているのではないかと誤解されるかもしれない。ドギムはそれを危惧した。なのでご機嫌うかがいを兼ねて簡単な食べ物を宮人に送らせるくらいに留めた。幸いなことに、感謝の気持ちを綴った短い文くらいは返ってきた。

いっぽう、チョンヨン郡主とチョンソン郡主は以前より頻繁に訪ねてきた。

「都の流行がまた変わったのよ」

今日も大妃や恵慶宮に挨拶にうかがい、豪勢な昼食をもてなされた姉妹は、その足でドギムのもとに立ち寄った。チョンヨン郡主は貸本屋で手に入れた本でドギムの心を揺さぶった。

「しばらく男装女物が流行ってたのに……」

「それは百年も前から流行っていましたが」

ふたりより前に遊びにきていたギョンヒが何げなく返す。

「最近は身分差をのり越えた恋の物語で大騒ぎよ」

「それも百年も前からずっと大騒ぎでしたね」

「おそらく、卑しい宮人出身の側室が元子を産み、王に最も寵愛されているという噂のためだわ」

チョンヨン郡主はギョンヒを無視し、自分の言いたいことをしゃべり続ける。

「これは本当にあなたを当てはめたようだわ」

彼女が差し出したいかにも粗雑な表紙の本にドギムは目を通した。

「異郷万里の皇室が背景だが、側室に仕えていた聡明な宮女が若い皇帝の目に留まり、横暴な側室を追い抜いて愛される話なのよ」

「ありふれた内容なのに、何を根拠に私を当てはめたとおっしゃるんですか？」

そう言いつつも、なぜか顔が赤くなってしまい、ドギムはうつむく。

「後半になるとさらに面白くなるの。側室が悲しみに耐えられず、宮女を消そうと謀略したり毒薬を使ったりするのよ」

「面白いけれど、気に入らないです」

黙って聞いていたチョンソン郡主が口をはさんだ。

「厳粛な王室のことが愚民の好みに合うように勝手に味つけされて噂になるなんて。王様がこれを知れば、大いに嘆かれるでしょう」

彼女の兄に似た厳粛な口調だった。

「あなたもそう思わないか」

チョンソン郡主がドギムに訊ねた。

「もちろんそうです」

気が重くなり、ドギムはさらに頭を下げた。

「ちょうど話が出たので申しますが」とギョンヒが割って入った。

「今は宜嬪様が郡主様方より高い品階にあります。法度に従って宜嬪様にお仕えにならなければ、王様が同じように嘆かれるでしょう」

ドギムが膝を叩いて制止してもギョンヒは気にしなかった。

そうでなくとも、チョンヨン郡主とチョンソン郡主は昔のようにドギムを気楽に扱った。いくら品階が上がったとはいえ、宮女だった者に敬語を使うのは抵抗があるようだった。

そして、ギョンヒはそのような状況に耐えられなかった。かつて義烈宮も宮人時代のことを知る者のせいでよく恥をかかされたという。そこはきちんとけじめをつけておかないと、卑賤な側室だと軽視する雰囲気が生まれるかもしれない。そんな悲観的な予測を立てて、ふたりを説得しようとする。

「いいえ！」

反論できず、気分を害したようなチョンヨン郡主を見て、ドギムが慌てて前に出た。

「幼い頃から恵慶宮様の恩を受けた私が、どうして……。私はおふたりをおぶって面倒をみていた宮人です。以前のように気楽に接してください」

隣でギョンヒが鼻息をもらしたため、ドギムの礼儀を尽くした謙遜は薄れてしまった。

それでも本気だった。ドギムは体裁など全く気にしなかった。すでに宮殿には難しい人間関係のほうが多い。たまに会える親しい人を難しくは扱いたくない。まして、生まれながら王室の血筋であるふたりに序列を問うのもおかしい。

「お前は中宮殿の所属だそうだが、忙しくはないのか？」

チョンヨン郡主がギョンヒへと顔を向けた。

「そうよ。仕える主人以外の屋敷への出入りって本当に簡単なのね」

自尊心なら目上の姉よりも強いチョンソン郡主も加勢する。

「確かに。嫁いだ方々よりは立ち寄りやすいでしょう」

圧に屈せず、ギョンヒが答える。その横柄な態度にふたりが怒りを爆発させようとしたとき、外から内人の声が割り込んできた。

「王様のおなりでございます！」

チョンヨン郡主とチョンソン郡主は開きかけた口をさっと閉じた。

「お前たちはまた入宮したのか」

敷居を越えるやいなや、サンは妹たちを見てため息をついた。

「昨夜はよくお眠りになりましたか？」

年を取るにつれ肝っ玉だけは大きくなったチョンヨン郡主が、図々しく返す。

「いくら教えても馬の耳に念仏だとは思ったが……」

サンは半ばあきらめたように言った。

「嫁いだ者が頻繁に宮殿に出入りするのは好ましくない」

「お母様がいつでも来いとおっしゃったんですよ！」とチョンヨン郡主は口をとがらせる。

「王様はどのような御用でございますか？」

姉よりは礼儀をわきまえたチョンソン郡主が訊ねた。

「私は……」

サンは咳払いをした。

「腹がすいたから何か入れようと立ち寄ったのだ」

「空腹は便殿でも十分に満たすことができるのに」

チョンヨン郡主はいたずらっぽく兄を見つめる。いっぽう、チョンソン郡主は恥ずかしそうにうつむいた。そして、ギョンヒは王の登場に驚くこともなく、目を輝かせている。

「もうよい！　来客があるのを思い出した。私は行くぞ」

拗ねたようにサンは踵を返した。慌ててドギムが引き止めた。

「せっかくお渡りになられたのですから、簡単にでもお召し上がりになっていかれてください」

忙しいときには決まった食事すら平気で抜く方が、どういうわけかお腹がすいたと言う。ここで逃したら、また空腹の胃に酒ばかり注ぎ込むだろう。

「よいというのだ」

「ちょうど薬果《ヤックァ》を作ったんです」

「それなら、その誠意を受けよう……」

やむを得ないふりをしてサンがつぶやくと、チョンヨン郡主はにやりと笑った。

「ひどく空腹だからだ！」

むっとしながらも、サンは結局席についた。

途端に屋敷はざわざわし始めた。内人たちが客にもてなす茶菓子を用意して運んだ。ギョンヒはドギムに目配せし、こっそり抜け出す隙をうかがった。ドギムの住処に宮女たちが私的に出入りすることを王が喜ばないことを彼女はよく知っていた。

「ちょっと、ドギム！　あなたが作ったというこれは何？」

チョンヨン郡主が笑いながら膳に載せられた薬果を指さした。

「饅頭果《マンドゥグァ》でございます！」

「饅頭果ですって？　なんか石ころみたいな形をしているんだけど」

チョンソン郡主にいたっては心から驚いた様子だったから、余計に傷ついた。

「よく見ると爆発した饅頭（餃子）みたいね」

生地が破れ、中身がはみ出した饅頭果をつついて、チョンヨン郡主が笑う。

「薬果はまだ習っているところです。初めてこしらえたにしてはよい出来ではないですか」

ドギムは内心むっとしながら言い訳する。

「だったら、もっと簡単なものから作ればよかったのに」とチョンソン郡主が言った。恵慶宮に似て手先が器用な彼女には、この不格好さは信じがたいようだ。

「どうせなら饅頭に似たものがいいと思ったからです」

「どうして？」

「食の細い王様ですが、饅頭はよく召し上がりますから」

「これを見たら好きな饅頭も嫌いになりそうだけど」とチョンヨン郡主がからかう。

「まともに作れない料理なら出さないほうがましです」

チョンソン郡主は手厳しい。

気兼ねのない間柄ゆえの言葉だろうが、ドギムは決まりが悪かった。ただでさえ食が細いのに、腕のいい水刺間の料理に慣れているサンの口にも合わないだろう。が、当のサン自身はひと言も発していないことにふと気づいた。

「……私の知らないところで郡主たちの言動は、このような有様だったのか」

黙ったままの王を皆が怪訝に思ったとき、突然雷が落とされた。

「この人は品階で計っても正一位であり、元子の生みの母だというのに、宜嬪様と仕えることもできないとは、なんと無礼なことか！」

王の承恩を受けた宮人を初めて経験したので緩く振る舞ってしまったという言い訳が通じる相手ではなかった。生まれついての貴人と一歩遅れて貴人となった者の間にも厳然と区別がなければならないと反論できるような相手ではなおさらなかった。

「お前たちは王室から降嫁して士大夫家の夫人になったが、この人は出身は貧しい身分であっても王家の班列《パニョル》に上がったのだ」

サンの考えは確固たるものだった。

「この簡単な道理も教えてやらねばわからぬとは、実にあきれたものだ！」

サンは激しく責め立てた。宮人たちが見守る前で叱られ、姉妹は涙があふれそうになっている。

「そなたも同じだ！」

はらはらしながら見守っていたドギムにサンが指を突きつけた。

「これからはチョンヨン郡主とチョンソン郡主を目下の者として扱え」

彼は断固とした顔つきで宣言した。

「無礼をお許しください……宜嬪様」

チョンヨン郡主とチョンソン郡主から深々と頭を下げられたとき、ドギムは自分が想像以上に高い地位にいるのだと切実に悟った。これ以上もう上はないくらいの場所に。

「罪を理解したなら、退いて反省せよ！」

厳しい叱責にチョンヨン郡主とチョンソン郡主は仕方なく去った。こっそり抜け出すこともできず、じっと様子をうかがっていたギョンヒは、この上なくすっきりしたような表情を浮かべた。

おそるおそる見守っていた宮人たちの姿もいつの間にか消え、用意したたくさんの茶菓の膳だけが残った。荒れた気持ちを落ちつけようと一気に茶を飲み干すサンに、ドギムが言った。

「どうして妹たちにあのような恥をかかせなければならなかったんですか」

「そうでなくても、多くの宮人がお前に敬語とぞんざいな言葉遣いを交ぜる姿が気に入らなくて、機会をうかがっていたのだ」

サンは厳粛に答えた。

「郡主のような位の高い者を叱ったのだから、宮人たちのような位の低い者たちは自然と態度を直すだろう」

「当然でしょう。こんなに大騒ぎされたのですから効果は確かでしょう」

そう言って、ドギムは顔をしかめた。

「噂が広がったなら、特にソ尚宮はぞっとなさるでしょう。今だって、昔の弟子と目を合わせるだけでぺこぺこされるというのに」

「当然そうでなくては！」

サンは満を持しての叱責の効果を想像し、口もとをゆるめる。

「べつにお前のことを思ってではなく、法度を正しただけだ」

余計なひと言も相変わらずだ。しかも、目をそらしながら。腹が立ったので、言ってやった。

「だとしたら、王様も臣妾に優しく接してくださらなければなりませんね。品階で計っても正一位で、元子の生母なのに、『お前』なんて呼び方はいけないんじゃないですか？」

「正一位のくせに何をつけ上がっているのだ」

サンはまるで動じなかった。

「本当に望むなら優しくしてやる」と鼻をつままれた。「お前は王に仕える態度が本当に油断ならない」

サンはドギムの鼻をつまんだまま、顔を近づけてくる。

「さて、今日も夜を徹して、寝床の道理について学ばせてやろうか？」

「いいえ！　いつもの態度にお戻しください！」

恥ずかしくて一気に顔が熱くなった。

「それのどこが優しい態度だとおっしゃるのですか？　いやらしくてたまりません」

予想どおりの反応にサンは笑った。いつもは厳しい彼の表情がやわらかく崩れるのがまるで市井の男のようだった。危うくなかなか素敵だと思うところだった。

「こんなにたくさん茶菓を用意したというのに、食べる人がいなくなってしまいました」

ドギムはどぎまぎしながら話を変えた。

「私が全部食べる。私が！」

サンはこれ見よがしに饅頭果をほおばった。

「……お口に合いますか？」

チョンヨン郡主とチョンソン郡主の厳しい評価を思い出し、ドギムはおずおずと訊ねた。

「私は饅頭が好きだ」

「それは饅頭のように見えるだけで饅頭ではないのですけど……おいしいですか？」

「私は饅頭が好きなのだ」

サンがもう一つ口に放り、もぐもぐさせながら言った。

「……お前がそんなふうに気づかってくれたなら、たとえまずくても食べなければ」

だんだん彼の声が近づいてきた。

「うまいな」

その声を聞き、ドギムの表情もやわらかく崩れた。

「王様は臣妾が作ったものならなんでも残さずお召し上がりになりますね。臣妾のことがそんなにお好きですか？」

「……お前はちょっとでも褒めると限りなくつけあがるな」

あきれるサンに、ドギムはうざったく絡み続ける。にもかかわらず、彼が本当に一つ残さず食べたという事実は、彼女をとても幸せにした。

＊

これ以上はないと思っていたが、まだ上があるようだ。

一歳の誕生日、サンは自ら息子を抱いて便殿に進み、臣僚たちに披露した。天に輝く太陽のようにまぶしいと賛辞が飛び交い、先を争ってお世辞がこぼれた。

「民の家でさえ子供に絹の服を着せようと大騒ぎしているのに、元子の衣服が質素な木綿とは。敬《けい》仰《ぎょう》せざるを得ません」

「素朴なのが最もよい。余の普段着も木綿で作るのに子供に絹なんてとんでもない！」

サンはからからと笑った。和やかな雰囲気に便乗して誰かがこっそりと奏請した。

「元子が誕生日を迎えましたので、世子冊封も急ぐのはいかがでしょうか」

「余も八歳のときになってようやく冊封を受けたのだから、まだ先の話だ」

一切悩むことなくサンは切って捨てた。


「世子冊封を早く受けなければなりません」

もちろんギョンヒはサンの決定を不満に思った。

「どうしてそんなに急ぐの？　もう元子なんだから焦らなくてもいいじゃない」

のんきなボギョンの意見にギョンヒは口をとがらせた。

「先に手を打っておかないと。これから王妃様や和嬪様が王子を産んだとしたら！」

「とうに足が途絶えてるのにどうやって？」とボギョンは鼻で笑った。「合宮を全くされないんだって。王様が宜嬪様ばかりそばに置いているという噂でもちきりです」

「この子は！　いい加減にしてよ」

ドギムは胸騒ぎがした。側室が王の愛を独り占めしているという噂は諸刃の剣になる。

「堂々と愛されることの何が悪いんですか？」とヨンヒは遠い目になる。

「まあ、あの緻密な王様のことだから、万が一も後継者のことで揺れることはないでしょう」

ひとり勝手に納得しているギョンヒにあきれ、ドギムが茶菓を差し出した。

「取らぬ狸の皮算用はやめて、これでも食べなさい」

元子の誕生祝いに供された貴重な茶菓だ。

一歳の誕生祝いは楽しかった。トルジャビ（初誕生日のお祝いの膳にいろいろなものを並べ、幼児にそのうちの一つを自由に取らせて将来を占う事）も申し分なかった。元子はすぐに本をつかみサンは破顔した。どうやら、幼子は頼みの綱が誰なのかを知っているようだった。サンが抱けば喜びの声をあげ、手離すと国が滅びたように大声で泣き叫ぶのだ。

「実は報告があるの」

ドギムは笑みを浮かべ、あらたまって三人の友を見渡した。

「一昨日、脈を取ったの。懐妊だって」

一斉に歓声があがった。今回は誰にも隠す必要もないので気が楽だった。

「王様はなんとおっしゃいましたか？」とギョンヒが訊ねる。

「小言を言われたわ、全く」

実際、月のものが途絶えるやサンはやきもきし始めた。すでに一度経験があるのに彼は余計な心配に悩み、それを口うるさくドギムにぶつけるのだ。

「王様の寵愛が強固なので安心しました」

ギョンヒは安堵したように返す。いっぽう、ボギョンはにやにやと笑った。

「赤ん坊がすぐできるところを見ると、おふたりの相性は実によろしいようで」

仲よく談笑していたら時間が経つのも忘れてしまった。最近、宮女の間で流行している恋愛小説と洗手間《セスガン》の倉庫から大量にあふれ出た春画帖の話題などでひとしきり盛り上がったあと、これでもう私もいじめられないわとギョンヒは肩をすくめた。

「まだあなたをいじめる子がいるの？」

天真爛漫なヨンヒの問いにギョンヒは「ふん」と鼻を鳴らした。

「もういないわ。私が宜嬪様と親しいから、逆に媚びてくるわ」

「そうね。うちのギョンヒに手を出して私にばれたら、ひどい目に遭うと伝えなさい」

大げさに胸を張って、ドギムはくすくす笑った。

「結構です」とギョンヒは顔を赤らめた。

「最近、宜嬪様の勢いがすごいと皆、大騒ぎですよ。そうそう、この前なんかある別監が宜嬪様に伝えてくれるかとわき腹を突いてきたんです」

膝をぽんと叩き、ボギョンがそんなことを言った。

「私に何を?」

「何って……これじゃないですか?」とボギョンは小銭をじゃらじゃらさせる仕草をする。

「王様の怖さがわかっていながらそんな恐ろしいことをするの?」

ドギムの疑問に訳知り顔でギョンヒが答える。

「もしかしたらと思うのでしょう。側室が外部の人間と結託して勢力を作り、利益も得る……。今までもよくあった話じゃないですか」

確かに先王の時代までは通用した。しかし、今の王が相手となれば一蹴されるだろう。

「心配しないでください。叱りましたから」

ボギョンは釜の蓋のような拳をぶんぶんと振り回し、「でも……」と続けた。

「世子様に冊封されたとなると、さらにうるさいハエがたかってくるのではないかと心配です」

「そうね。そうじゃなくてもお疲れでいらっしゃるのに」

ドギムは自分ではなくサンのことを心配した。息子を元子にする際、サンがどれほど慎重に、妙な動きを厳しく取り締まっていたかを思い返すと、答えが出ない。世子冊封について何度も取り上げられれば、また悩まされることは自明だった。もちろん、冊封を下したあとも同じだ。

「ところで、福を大切にするとはどういう意味でしょうか？」

ヨンヒが訊ねた。

「王子様がお生まれになったときからずっとおっしゃっていたじゃないですか」

「私は大体見当がつきます」

ギョンヒが言った。得意な話題に水を得た魚のようだ。

「ここ最近、早くに冊封された方々のなかで長生きした前例がないじゃないですか」

三歳のときに世子に冊封されて夭折した先々大王（景宗《キョンジョン》）、景慕宮《キョンモグン》（サンの父）、そしてサンの上にいたという長兄……とギョンヒは指を折りながら挙げていく。

「王様って次男だったの？」とボギョンは目を見開いた。

「長男は別にいらっしゃった。二歳のとき、王世孫に冊封され、翌年に薨去《こうきょ》されたの」

「べつに迷信を信じるほうではないんだけど……」とドギムは納得がいかない。

「やっとのことで生まれた男子ですよ。慎重になるのも当然です」

ギョンヒは最後まで自説を曲げなかった。

「まあ、王様がどうにかされるでしょう。私は目も耳もふさいで過ごすわ」

とにかく、余計な雑音にわずらわされるのは嫌だった。

元子はすくすく大きくなった。もみじのような手で屛風に書かれた文字を指さしながら遊び、やがて歩き始めた。サンが一歳の誕生日のときに息子に与えた「千字文《せんじもん》」（漢字の教科書）が光を放つ日も遠くない。

冷たい風が吹き始めると元子は鼻をぐずぐずさせるようになった。風邪はなかなか治らなかったが、冬至の日ばかりはにぎやかに過ごした。宮廷に小豆粥を炊く匂いが立ち込めた。サンは風習に従って、臣僚たちには玉璽《ぎょくじ》を押した暦を、元子にはおもちゃの弓を与えた。ドギムは幼い息子と一緒に弓を射て、風邪の邪鬼を追い出し、その朝を楽しく過ごした。

日が高く昇ると、宗親たちが雲霞《うんか》のごとく押し寄せてきた。先を争って元子と側室に挨拶しようと大騒ぎだ。しかし、ドギムは元子の風邪を口実に全部退けた。それが正しい振る舞いだった。ただ、恩彦君に代わって挨拶にやってきたヨンエだけは喜んで迎えた。

曲がった腰を深く折って、ヨンエはドギムにお辞儀をした。

「初めてお目にかかったときから、特別なお方だと思っていました」

「何をおっしゃいます……いや、何を言っておる……ああ、全く」

七十歳を迎えた老婆に上からものを言おうとするとどうにも居心地が悪くてたまらなかった。そんなドギムを見ながら、ヨンエは慈しみ深く笑った。

「宜嬪様にお会いするたびに亡くなった義烈宮様を思い浮かべた理由が今になってわかりました」

ドギムはどう反応していいかわからず、話を変えた。

「恩彦君様と完豊君《ワンプングン》……いや、常溪君《サンゲグン》様はお元気ですか?」

「はい。坊ちゃんはまだ宜嬪様を恋しく思われています。直接ご挨拶をしたいとおっしゃっていましたが……」

目をつけられている身の上で入宮できるはずがなかった。

うれしい再会だったが、残念ながらヨンエは長居することができなかった。恵慶宮が彼女を探していると督促されたためだった。宗親宅の近況を知りたがっている様子だった。

「宜嬪様と恩彦君様の縁はとても深いので、すぐにまたお会いする日が来るでしょう」

ヨンエは意味深な言葉を残し、去っていった。


夕方には友たちに小豆粥をご馳走することにした。少し焦げはしたが美味には変わりない。残してしまうのはもったいないと思ったのだ。真っ先に現れたのはヨンヒだった。

「体も重いでしょう。つらくはないのですか!?」

いつの間にか大きくふくらんだドギムのお腹を見てヨンヒは驚いた。

ギョンヒとボギョンを待ちながら、ふたりは福笊籬《ボクチョリ》（福じゃくし。その年に福をもたらすといわれる飾り）を作った。冬至の日には長い冬の福があることを祈り、福笊籬や福袋を作ってかけておく風習がある。

「毎年作っていたのにうまくできないわ」

膝を突き合わせて篠竹《すずたけ》を編みながら、ふとドギムが言った。

「私たちふたりきりで過ごすのは久しぶりね」

「そうですね。もともとは当たり前のことだったのに……」

ヨンヒは懐かしそうに笑った。

「私が大殿を離れて寂しい？」

「ボギョンとも悪くないけど……やっぱり宜嬪様と一緒に過ごした日々が一番です」

「本当？」

「もちろんです。いたずらだけは勘弁してほしかったけど」とヨンヒは身震いしてみせる。「とにかく、おかげさまで子供の頃は楽しく過ごせました」

「そうよね。私がいなかったら、仕事がきつくて生きた心地がしなかったはずよ」

ドギムは厚かましく胸を張った。

「あ！　私たち、幼い頃に友情の誓いもしたじゃない」

「そうです。針で指先を刺して流した血を混ぜたりしました」

「あなたとやったことを知ってギョンヒが自分ともやろうとせがんだっけ」

「最後まで嫌だとおっしゃったので、あの子がすごく拗ねたじゃないですか」

「指を刺すのが痛くて二度はできなかったのよ」

根に持つとしつこいギョンヒは、いまだに文句を言うときがある。

「最近の見習い宮女たちもするのかな？　私たちのときだけ流行ってたのかな？」

しばらくの間ふたりは郷愁に浸っていたが、ふいにヨンヒが口を開いた。

「すみません、宜嬪様……」

ドギムの顔色をうかがい、篠竹を持つ手も止まっている。

「今、お幸せですか？」

「うん？」

「前より心配事が増えて、なんだか怖がっているようだったので」

「まあ……大丈夫よ」

「……王様を慕っているんですか？」

それはドギム自身も数え切れないほど考えた問いだった。

「側室が王様を慕うのは当然でしょう」

ドギムは続けた。

「でも……私はよくわからない」

「わからないって？」

「王様は私なんかの手に負えない。そばにいると気をゆるめることができない。小言や癇癪まで受け入れなければならないし。理由もなく疑うことが多くて、すぐに腹のうちを探ってくる。寂しくても甘えることもできず、腹が立つからといって喧嘩することもできない。自分から近づける相手ではないじゃない。私を求めてくれるのを待たなければならない。私の人生なのに、何を始めるのも何を終わらせるのも全部ひと任せ。私はただ見物してるだけなの」

口に出せば出すほど、馬鹿げたことに思えてくる。

「愛なんて話にならない。一方的な関係には限界があるでしょう」

ましてや側室だ。

王のためだけの関係が終わったときに向き合わなければならない現実は苛酷だ。つまらなく捨てられた女人だと笑いものになるだろう。まるで王の愛だけが唯一の存在価値だったかのように。完全に飽きられてしまった愛の終わりは死かもしれない。子供を産んだ功労があって多少の保護は受けるだろうが、王が本気になればできないことはない。

「私は嫌。女はどうして絶対愛さなければならないの？」

「じゃあ、やっぱり、む、無理に……？」

ヨンヒは愕然とした。顔色も真っ青だ。ドギムは慌てて、首を横に振った。

「いいえ、うれしいときもたくさんあるわ。私がいたずらすると怒りで震えながらも受け入れてくださる。ひどいことを言ったあとは、口下手ながらもなだめようともしてくださるし。そうでないふりをして、何げに配慮もある。だから、元子様から王様に似ている部分を見つけるたびにうきうきするの」

「愛する方に似た子を産んで幸せな女心のように？」

ヨンヒの顔に血の気が戻り、うっとりした目つきになる。ドギムはうなずき、つぶやいた。

「でもやっぱり、よくわからない」

「私もよくわかりません」

目が合い、ドギムが先に吹き出した。

「もう、あなたはどうして急に変なことを訊くの？」

ヨンヒは頬を赤く染めた。

「親友同士はこういう話を全部打ち明けるんです」

一瞬妙な気分になった。確か以前にも似たような状況があった。

「さあ、小豆粥よ。小豆粥！」

なんともいえない違和感に包まれるなかで、割り込んできたのはボギョンの大きな声だった。そして、当然のようにギョンヒのとがった声が追いかけてくる。

「うるさいわね。恥ずかしい」

「お腹と背中がくっつきそうなのよ」

「ふん。あなたの体つきを見て、誰が飢えてると思うのよ」

「なんですって？　ちゃっかり者の言うことは聞こえないわ」

放っておけば髪をつかみ合っての闘いが始まりそうだ。喧嘩しながらも、わざわざ一緒に過ごすのはどういう心持ちなのか全くわからない。入ってきたボギョンは大きな声をあげた。

「あぁ！　ふたりだけで福笊籬を作るなんて！」

「そんなに作ってないわよ。座って。食べてからにしよう」

浮かれて小豆粥の釜を熱しすぎた。薪が多かったのだろうか、鍋底をまた焦がしてしまった。お碗いっぱいすくって差し出したら、ヨンヒは匂いを嗅いで「うっ」とえずいた。

「懐妊したのは宜嬪様なのに、どうしてあなたが悪阻になるの？」

ボギョンがくすくす笑い、ギョンヒも鼻をひくつかせる。

「食べたら死ぬんじゃないですか？」

「おいしいんだから！　下のほうがちょっと焦げただけよ！」

楽しく騒ぎながら、皆で小豆粥を堪能した。どうしても食べられないというヨンヒの分は、ボギョンが代わりに平らげた。そのあと、一緒に福笊籬を作った。手先の器用なギョンヒが一番きれいに作り、残りの三人は中途半端な下手さが似ていた。

「私は元子様の寝殿にかけておきます」

ギョンヒが恥ずかしそうに言った。

「どうして可愛いことを言うの？」

ドギムがわき腹を突くと、「きゃっ」と彼女は跳ねた。

「私もそうする」

「じゃあ、私も」

ヨンヒとボギョンも同調した。

四つの福笊籬が元子の寝殿の壁に並んでかけられた。きれいで不器用で歪んでいて……ばらばらなのが四人が友として一緒に過ごしてきた時のようだ。

「来年はもっとうまく作るわ」

「いっそのことギョンヒに四つとも作らせたらどうですか？」

「絶対にないわ」

なぜだかヨンヒだけが黙っていた。彼女は福笊籬を見て、友を見て、きれいに畳んである元子の小さな服を見て……とても幸せそうに、たおやかに笑うだけだった。


その日の真夜中にサンが訪れた。一日中忙しかったのか疲れて見えた。彼はぐっすり眠る元子を眺めたあと、壁にかけられた福笊籬を見つけ、明るく微笑んだ。

「お前が作ったものはどれだい？」

「一番左のものです」

サンはそれを壁から剥がした。

「私の寝殿にもかけておかないと」

「息子のものを奪っていかれますか？」

「四《し》は子供にとってよくないからだ！」

「どうせなら一番きれいなものを持っていってください」

ドギムはギョンヒが作った福笊籬を指さした。

「……お前が作ったものじゃないじゃないか」

そう言って、「ふん！」とサンは目をそらした。

「元子の風邪は？」

「汗をかいて遊んだら、体の調子もよくなりました」

「お前は？　楽しいからといってやたらに食べたんじゃないのか？」

「いいえ！」

「体調は変わらぬか？　胎動はあったのか？」

「今日もありませんでした」

「こいつは元子と違って静かだな」

彼は赤ん坊が居座るお腹をそっとさすった。

「弟が活発で周囲を慮《おもんぱか》ってこそ兄弟の仲がよくなるのに」

また、息子を期待している様子だった。窮屈な思いになり、ドギムは話を変えた。

「大妃様と恵慶宮様におかれましてはお膳はお召し上がりになったのですか？」

「ああ、茹でた肉をとてもよく召し上がられた」

王室用に冬至の日の膳立てをするため宮中は数日前から忙しかった。

「ところで大妃様からあきれた話を聞いた」

ふとサンの顔がふくれっ面になった。

「お前は大妃様と母上に料理を直接作って差し上げているんだって？」

「ええ、たまに珍味として」

「王妃と和嬪にも？」

ドギムはうなずいた。

「チョンヨン郡主とチョンソン郡主が訪ねてきたときも？」

「そうでございます」

「それだけでなく宮女たちにも配ると？」

なんだか嫌な予感がしてきた。

「どうして、そんなことができるんだ？」

案の定、サンは怒り始めた。ドギムはすぐに下手《したて》に出た。

「大妃様と恵慶宮様が服用されている湯薬とよく合うかどうか、医女に訊いて用意した料理ですので、ご心配なさらないでください」

「そうじゃない」

「質がよく、容易に手に入る食材だけを使って無駄なく用意したのですが……」

「そういうことでもない」

「そ、それでしたら宮女たちと交わったからで……？」

「それは副次的な問題だ」

これ以上は思い当たるところがなかった。顔色をうかがうとサンの小言が始まった。

「お前の行動が理不尽だから叱るのだ」

「理不尽ですか？」

「私の家で私の側室が私だけを仲間外れにするのが正常なことか！」

そういうことか……。

拍子抜けしたドギムを見て、サンの怒りの熱量はさらに上がっていく。

「お前は私に一番よく見られなければならないのではないか？　それなのに、どうして四方八方に気を配りながら、夫だけ蚊帳の外に追いやるんだ」

「不満でいらっしゃいますか？」

「不満じゃなくて、叱っているんだ！」

唐突に笑いがこぼれた。

「大変な思いで政務を執る王様におかれましては、しっかり水刺を召し上がるべきです」

「食事の合間におやつもあるし、夜食もあるのに、なんで水刺のことばかり！」

「王様はあまりにも食のお好みがややこしいので、下手なものをお出しすると怒らせてしまうのではないかと遠慮しておりました」

「難しくても合わせようとしないと！」

「お忙しいときは、お口に合う食べ物をお出ししても面倒くさがるじゃないですか」

ドギムも負けていない。

「王室の女たちがあまねく仲睦まじくするのはよいことなのに、何がそんなに気に入らないのですか？」

「私が作ってもらったのは、はるか昔に包み飯しかないのに……」

「薬果もあったじゃないですか」

「わかった！　それも入れてやる。それでも……」

「とかく人はよくされたことは忘れて、悪いことばかり覚えているものです」

「もういい！」

すっかり拗ねたサンの顔を見て、ようやく溜飲が下がった。なので、素直に謝った。

「ええ。臣妾が悪かったです」

「もういい」

「私の頭が足りず、そこまで考えられませんでした。どうかお怒りを和らげてください」

優しく微笑みながら抱きしめた。サンは顔をそむけたが、振り切りはしなかった。

「お腹がすかれましたか？　真心を込めて小豆粥を作っておきました」

「いい。一日中ずっと食べていたから気持ちが悪い」

「臣妾が王様を思いながら作った小豆粥ですよ。はるかにおいしいでしょう」

この程度の嘘は害になるまい。

「食べないと言っておる」

幸い、こちらには切り札がある。

「え、何か音が聞こえませんか？」

「何？」

「お腹の赤ん坊が駄々をこねているようですが」

ドギムは妙なことを言い出した。

「父上様、おいしい小豆粥を食べてください、父上様……。聞こえませんか？」

赤ん坊を真似た舌足らずの声に、もうサンは耐えられなかった。

「ますます見苦しい」

そう言いつつ、父上様という言葉にサンの顔はあまりにも簡単にゆるんでいく。彼は元子が「ちちうえ」と最初の言葉を発したときも、だらしなく下がる頬をどうしていいかわからなかった。

「本当にそんなに駄々をこねるなら、母に似て性悪な娘に違いない」

サンはふくらんだお腹に耳を当て、舌打ちをした。

「早く用意しなさい。まったく、困ったときにだけ愛嬌を……！」

疲れてはいた。拗ねるたびに愛嬌を振りまいてなだめなければならない。しかも、ない愛嬌をどうにか捧げたわりには反応も薄かった。

「お口に合いますか？」

「ふむ、なんとか」

優しく接すれば具合でも悪いのかなどと言うし、本当に腹が立つ。ドギムは心の中で毒づいた。

「……本当に私に食べさせようと作ったのか？」

しばらくためらった末にサンが訊ねた。

「もちろんです」

サンの頬にちらっと赤い色が差した。それを見て、ほんの少し良心が痛んだ。そうでなくても二度も焦がした小豆粥だ。

「あ、王様！　饅頭がお好きですよね？　臣妾は最近作り方を習ったんですよ。饅頭果ではなく本物の饅頭を一度作って差し上げましょうか？」

「小麦は貴重だ。節約しないと」

「市井のやり方にならって蕎麦粉を使えばいいんです」

ドギムも水刺床に出された小麦の饅頭は食べたことがない。

「……明日の夜食に出しなさい」

「おいしく作っておきます」

内緒話のように耳もとでささやくと、サンは赤くなった首筋をこすった。

「お前は食べたいものはないのか？」

「お召し上がりになるお顔を見ただけでお腹がいっぱいになります」

「機を見るに敏」とは誰の言葉だったろうか。ドギムはここぞとばかりに持ち上げた。

「じゃあ、これでも受けなさい」

照れくさそうに匙《さじ》をかき回していたサンが、袖から何かを取り出した。きれいな橙色をした丸くて小さなものだった。

「果物ですか？」

「蜜柑《みかん》を知らないのか？」

名前は知っている。やはり水刺床に出される貴重な果物だ。宮中の温室で、一、二個ずつ苦労して育てていると聞いた。

「冬至の日だからと耽羅《タムラ》から進上してきた。宗廟に差し上げて残ったものだ」

せっかく贈り物をしても余計なひと言を付け加えるその性格はいかにも残念だ。ドギムはその手に蜜柑をそっと包んだ。ごつごつしているようでつるつるとした感触が不思議だった。

「早く食べなさい」

「あとで食べます」

「今食べなさい」

「貴重な果物だから大事にします」

「いや、私の目の前で食べなさい」

サンは変な意地を張った。

「どうして王様がご覧になるところで召し上がれとおっしゃるんですか？」

「じゃあ、お前はどうして私が見ないところで食べたがるのだ？」

ドギムはついに告白した。

「どうやって食べるのかわかりません」

サンは吹き出した。ドギムから蜜柑を受けとると、へたを取って皮を剥いた。林檎のようにかぶりつくものではないようだ。いくつもの房に分かれている。現れた果肉からは甘酸っぱい香りがした。ひと房を渡されたが、口に入れるまで少し戸惑った。

「あ！　おいしいです」

酸っぱさと甘さが絶妙に調和し、舌をうっとりさせた。

「一つ抜いておいてよかった」

「残ったからくださったんじゃないんですか？」

「の、残りそうだから抜いておいたという意味だ！」

あまりにも下手な弁解だ。この性格で私が喜ぶ姿を見たがったなんて……。たまらなく胸がときめいてしまう。

「何をにやにや笑っているんだ！」

「ただ臣妾が美しいからあげるのだと言えばいいのに、恥ずかしがるなんて」

「美しいところがどこにあるんだ！」

「ありますよ、王様」

「何がだ？」

「見れば見るほど、元子様は王様によく似ているようです」

なぜか息子に父親の痕跡を見つけたくなった。自ら危険だと感じるほど強く。

「そうか？　私が思うに、お前にそっくりだが」

そして、サンも当然のように息子に彼女の痕跡を探した。そんなサンを見ていると、心をすべて許しそうになる。自分を守るために心に築いた壁を崩さないためには、かなりの努力が必要だとドギムは思った。

＊

胎教は順調だった。初めての妊娠のときと違って負担がなかった。どうせなら二番目も王子がいいと恵慶宮が息子を産む湯薬を勧めるなど多少の騒ぎはあったが、元子がよちよち歩き始めてからは関心がそちらに集まってすっかり消えた。

「ここだ、ここ。父のところに来てみなさい」

サンが遠くから手を叩くと、元子はばたばたと足を動かした。数歩も進まずに座り込んだが、サンは神童だと褒めたたえた。かなり年配の官僚たちにさえ日常的に勉強しろと小うるさい人が、息子にはどうしてあんなに寛大なのか驚くしかない。

「昨日よりしっかり歩いている」

息子のぽっちゃりした足を撫でながら、サンはにっこりと笑った。

「すくすく育っています。王様に似てすらっと背が高くなりそうです」

作っても作ってもすぐに赤ん坊の服の手足の部分がきつくなるため、糸と針をしまう暇がなかった。今もドギムは針仕事の最中だった。

「そうだ。母親に似ると小さくて使いものにならん」

「臣妾も王様のようによく食べて大きくなっていたら、楚の項羽勇士のように……あっ！」

王の言葉に気をとられ、鋭い針が指先を刺した。赤い血が床にぽたぽたと落ちる。

「口答えの罰を受けたのだ」

そんな憎まれ口を叩きながらも、サンは傷ついた指先を布で包んでくれた。

「お前は本当に才能がないな。元子がどうして袖がちぐはぐの服ばかり着るのかと思ったら」

「昔、恵慶宮様は王様と臣妾のふたりとも、もう針には近づかないように命じたじゃないですか」

初めての出会いの懐かしい思い出を分かち合い、ふたりは笑った。

「それでも今は臣妾のほうが王様より裁縫は上手でしょう」

「当然そうだろう。針仕事は女人の役目なのだから。いや、これまでずっと裁縫をやってきてこれなら、ちょっと深刻じゃないか？」

「その代わり、臣妾は顔が美しいから大丈夫です」

「……聞かなかったことにする」

サンは冗談を無視した。ギョンヒの真似をしたとは知りようもないだろう。

「こんな小さな手では筆も握れない」

彼は不思議そうにドギムの手をとった。壊れやすい雪片に触れるようにそっと。手首から手のひらのくぼみまでくすぐるように撫でられると、体中が熱を帯び始める。

「も、もう治りました」

「お前の心は本当にわからない」

恥ずかしさに耐えられず手を引き抜くと、サンが笑った。

「こんな些細なことで顔を赤らめるのもおかしい。私をからかうためならどんな恥ずかしいこともためらわないくせに」

わからないのはサンも同じだ。

叱られた子供のようにぶるぶる震えたりすることもあるくせに、男らしさを示す機会をよく知り、その瞬間だけはそれを誇示することに躊躇しない。特に夜がそうだ。いくらふさいでも音が漏れるのか、たまに年配の尚宮が目を大きく見開いて嘆く。そして、おふたりだけで過ごす夜は、王様が無理をなさらないよう側室がちょうどいい加減でうまく対応せねばならぬが、その役目をきちんと果たしているのかと、説教をする。

「何か言いたそうだな」と不満げにひきつる頬をサンが触った。

「いいえ」

ドギムはふたたび縫い物を手にした。

「ところで、今は雑文に触れておらぬだろうな?」

サンは突然話題を変えた。

「え? も、もちろんです」

虚をついて反応を見ようとする思惑なら成功だ。ドギムはぎくっとした。部屋に閉じこもって針仕事ばかりしているとむずむずして、つい小説に手が伸びるのだ。

「筆写とかなんとかの小金儲けも慎んでいるか?」

サンは疑わしげに目を細めた。

「辞めてからだいぶ過ぎました」

これは真実だ。最後に筆を握ったのがいつなのか思い出せない。

「私の家で雑文は絶対に駄目だ」

念を押したあとサンはドギムの表情を確認して、一つ咳払いをした。

「また邪魔そうな顔つきだな」

「そうでないときがありましたか?」

サンは息子に呼ばれたふりをして顔をそむけた。

どうにかこうにか赤ん坊の服は仕立て終わった。裁縫が下手だと言われて熱くなったおかげか、なかなかの出来だ。仕上げさえギョンヒが手伝ってくれれば素敵なものになるだろう。ドギムは暇そうなときを選んでギョンヒを呼んだ。しかし、使いに行かせた宮人はひとりで帰ってきた。

「忙しくて来られないって？」

宮人は困った様子で口ごもる。

「もしかして、今度はギョンヒが宮殿を追い出されたの？」

冗談だったが、宮人はあからさまに動揺した。

「あの、それが……監察府《カムチャル》にいるそうです」

「なんですって？」

「昨日の朝、監察官の宮女が連れて行ったと……」

だとすると、今日でもう二日も戻っていないということだ。

思い出したくもない嫌な記憶が脳裏をかすめた。違う。わざわざ心配する必要はない。ギョンヒはもともと誤解をよく受ける。また偉そうなことを言って、誰かを怒らせたのかもしれない。

「ギョンヒだけ？　それとも中宮殿のほかの内人たちも？」

「ペ内人だけです」

しばし考え、ドギムは言った。

「じゃあ、ヨンヒかボギョンを連れてきなさい」

大殿を抜け出せないというならギョンヒについて何か知っているかを訊ね、今日の番を終えたあとにここに来るように伝えてと命じる。ふたりなら事情を知っているはずだ。

しかし、宮人はまた無駄足で帰ってきた。

「どちらも見つかりませんでした」

「それはどういうこと？」

「一昨日の夕方から、おふたりを見た人は誰もいないそうです」

「昨日今日と仕事に出なかったの？」

「ええ、どこにもおりません」

何かおかしなことが起こっている。厳しい大殿で無断で番を外すことなどできはしない。ましてや、よりによってどうして三人の行方が同時にわからなくなるのだろうか。最も可能性が高いのはギョンヒに何か事情が生じ、それにヨンヒとボギョンまで巻き込まれたということだろう。

「監察府に行って、ヨンヒとボギョンもいるか調べてちょうだい」

「大殿の宮人たちじゃないですか。たとえいたとしても答えてくれませんよ」

確かに一理ある指摘だ。

「あなた、監察官の宮女に知り合いは？」

「ございません」

「だったら、あなたにちょっとお願いしたいことがあるの。大殿と中宮殿を回って、どういうことなのか事情を訊き出してちょうだい」

「そうしているうちに宜嬪様が宮殿の宮人たちと私的に疎通していると誤解されたら……」

もどかしかった。知り合いの監察宮女に賄賂を渡してそのかせば簡単だが、今はそんな危ない橋は渡れない。懐妊に世子冊封まで取り沙汰されているので、注視する目も多い。ほかに妙案も思いつかず、ひとまず待つことにした。

ところが、さらにおかしなことがその夜に起きた。

「監察尚宮がお前を訪ねてきたのか」

こわばった表情でサンがドギムに訊ねた。

「え？　最近はご無沙汰しておりますが」

彼女を最後に見たのは嬪冊封礼のときだ。昭容の品階を受けたときとは違って、格式を持った礼式が盛大に行われた。各部署の最高の宮人たちの賀儀《ハウィ》を受けたが、その中のひとりだった。

「それならいい」

戸惑うドギムとは裏腹に、サンは勝手に納得している。視線が微妙にからまった。口を開きかけたドギムを制するようにサンが立ち上がった。

「忙しいゆえもう帰らないと」

来たばかりなのに、ますます怪しい。

「あの、王様！」

何を訊けばいいのかわからなかったが、とりあえずドギムはサンを引き留めようとする。

「体調を確かめに来ただけだ。もう遅い。早く寝なさい」

ドギムの両肩を押さえ、ふたたび座らせながらサンは言った。

「もうすぐ産み月であろう。安静にして過ごしなさい」

有無を言わせぬ強い力を肩に感じた。

ギョンヒは監察府に呼ばれた。ヨンヒとボギョンも一緒に消えた。そのうえ、サンが唐突に監察尚宮の話を切り出した。それらの事実がどうつながっているのか……考えれば考えるほどドギムは迷宮に陥り、途方に暮れた。

翌日、ふたたび宮人を呼んだ。

「今日も三人とも現れなかった？」

「はい。朝、番を数えるときはおりませんでした」

「そう……。あなた、噂が気になるふりをして交ざって訊いてみなさい。中宮殿に行ってギョンヒの悪口を言えば、相手の口は滑らかになるわ。そのくらいはできるよね？」

宮人はしぶしぶながらもうなずいた。

自分で動かず、ただじっと待つのは針の筵《むしろ》に座っているようなものだった。そんなつらい時間を過ごしたにもかかわらず、宮人はなんの収穫もなく帰還し、ふたたび彼女を失望させた。

「とんでもない話ばかり聞きました」

持ち帰ったのはギョンヒの悪い噂だけだった。

「大殿のほうは？」

「なんだか殺伐とした雰囲気でした。宮女たちと話す前に尚宮にばれて追い出されました」

なぜギョンヒが属する中宮殿より大殿のほうがうるさいのか。ドギムは眉間にしわを寄せた。

「ただ、大殿の婢子から耳打ちされたのですが」

「何？」

「大殿内人がふたり、また姿を消しました」

「誰？　私が知ってる人たちかもしれない」

「名前までは聞いておりません」

謎は深まるばかりだ。ため息をつくドギムに宮人が言った。

「あまり心配なさらないでください。何かあったら王様が知らせてくださるでしょう」

昨夜のサンの妙な態度が頭をよぎる。余計に不安が増してきた。


その日の午後、ギョンヒが忽然と姿を現わした。何事もなかったかのように平然としていたが、目の下は落ちくぼみ、いかにもつらそうだった。

「一体どうしたの、あなた？」

急に消えたと思ったらまた急に現れて……ドギムはなんと言っていいのかよくわからない。

「理由もなく喧嘩になってしまい、罰を受けました」

「それで終わり？」

「はい」

「ヨンヒとボギョンは？　一緒に喧嘩したの？」

ギョンヒは死んだような目を瞬かせた。

「あの子たちに何かあったんですか!?」

「知らなかったの？　あの子たちもいなくなったの。あなたが監察府に閉じ込められてすぐ」

いや、違う。確か、ヨンヒとボギョンのほうがいなくなったのは先だった。

「全然知りませんでした。いなくなっただなんて……」

ギョンヒの顔を見て、ドギムはすぐに気がついた。

「あなた、嘘をついているでしょう」

「本当に知りません。罰を受けるために閉じ込められていたんですよ」

ギョンヒの瞳が揺れた。

ドギムはギョンヒの手首をぎゅっとつかんだ。驚くべきことに、彼女の仮面は一瞬にして剥がれた。熟した桃のような綺麗な頬を伝って、涙がぽつりぽつりと落ちた。

「どうして泣くの？」

「罰を受けたのが悔しくて」

「また嘘を！　ヨンヒとボギョンはどこにいるの？」

「知りません」

ギョンヒは頑なに抵抗し、決して口を割ろうとはしなかった。水掛け論が続くなか、ふたたび意外な訪問者が現れた。

「宜嬪様、ボギョンです」

もしかしたら、三人で組んで自分をからかっているのかと思った。しかし、ボギョンの姿を見た瞬間、ドギムの頭からそんな思いは消えた。顔がむくみ、裂けた口もとには血がにじんでいた。

「駄目！」

ボギョンが口を開く前に、真っ青になったギョンヒがさえぎった。

「あなた、おとなしく部屋にいると言ったじゃないの」

「やっぱり、これは違うわ。宜嬪様も知っておくべきよ」

「宜嬪様を驚かせてはいけないのよ！」

「それでも手遅れになる前に……」

ボギョンは話を終えることができなかった。ギョンヒと同じように涙に妨げられたのだ。言い知れぬ不安がドギムを包んでいく。

「……あなたたち、何を隠しているの？」

「とりあえずお座りください」

　こうなった以上仕方がないと腹をくくったのか、ギョンヒが言った。

「ヨンヒは？　ギョンヒじゃなくてヨンヒに問題が生じたの？」

「お座りください」

　ドギムはふたりの正面に座った。

「ヨンヒが愚かなことをしました」

　ようやく話を切り出したギョンヒが、横目でボギョンをうながす。

「夜中に妙な音を聞いて、目が覚めました」

　唾をごくりと飲み込み、ボギョンは続けた。

「ヨンヒの泣き声でした。かぶっていた布団を剥いだら汗びっしょりでした。ただでさえ、寝る前から顔色が悪くて気になっていたんです。熱病にでもかかったのかと思って灯りをつけたら、お腹が痛いと苦しげに言いました。さすってあげたら落ち着くかなと思って見たんですが……」

　ボギョンはぶるぶると唇を震わせた。

「下半身が血まみれでした。月のものかと訊いたのですが、ヨンヒは正気をなくしたようにうわ言を言い始めました。あの子もともと、月のものが重いじゃないですか？　本当にひどいときは黒ずんだりもするし。それで早く鍼《はり》を打たないといけないと思って、ヨンヒを背負って内医院まで走りました。そうしたら……ヨンヒのチマをめくって脈を診た医女が……あの子は流産していると言うのです」

「子供を身ごもっていたというの？」

　そういえば、気になることがあった。長いこと何か重要なことを忘れているという気がしていたが、これだったのだ。捕らえられていたウォレのことなんかじゃない。ヨンヒだった。

ヨンヒには想いを通わせる人がいた。確か何かの別監だと言っていた。恋文と贈り物をやり取りしながら密かに会っていたという。でも、別れると約束をしたはずだ。ヨンヒがその約束を果たさずとも、必ず引き裂くと誓った。その後、ギョンヒが行方不明になる事件が起こり、それが原因で大殿を去ったのに、なぜか承恩を受け、王の子供まで産んだ。目まぐるしい人生の奔流に巻き込まれているうちに、そのことをすっかり忘れてしまった。

「全部私のせいです！」

ボギョンは頭をかきむしった。

「医女を部屋に連れてきたら口止めできたのに……馬鹿みたいにおぶって行ったせいで、隠すことができなくなりました。私たちふたりとも監察府に連れて行かれました。別々に閉じ込められたので、それ以来ヨンヒの姿は見ていません」

「拷問を受けたの？」

「監察宮女たちから私通した相手を吐けと責め立てられました。私は何も知りませんでした！　ヨンヒとは部屋を一緒に使っていましたが、習慣が合わないため少し距離を置いていたんです。あの子が遅く帰ってきたり、夜こっそり出かけてもそれほど気にもしませんでした。雑巾がけをしていて何かの箱に触れたとき、あの子がひどく怒ったことがありましたが、その箱に男とやりとりした文が入っていたなんて、まるで知らなかったんです」

つまり、監察宮女たちはすでに部屋を捜索し、証拠までつかんでいるということだ。

「ギョンヒも？」

「私はヨンヒと五寸（五親等の親戚）の間柄じゃないですか。当然審問を受けました」

ギョンヒは無表情でうなずいた。

「それでも同室のボギョンのようにひどくは責められませんでした。私通した相手の名を明かすまで閉じ込めておくという脅迫はありましたが」

「尋問中にちょっと拾い聞きしました」

ボギョンが袖で目をぬぐいながら、言った。

「ヨンヒは口を開かなかったそうです。どうせ死ぬなら自分ひとりで死ぬと言って、子供の父親が誰なのかに関しては黙秘を通したと」

きりきりと胃が痛み、吐き気までし始めた。

「どうやって解かれたの？」

「これ以上責めても何も出ないと思ったのでしょう」とギョンヒが返し、ボギョンもうなずく。

「もし知っていたなら下血する子をおぶってくるはずがないと。斟酌《しんしゃく》してやると言われました」

「ヨンヒはずっと閉じ込められたままなの？」

「体調がよくないので湯薬を飲ませて休ませ、少し回復したら尋問して……そういうことを繰り返しているようです」

「ヨンヒと親しい大殿の洗手間の内人がふたり、また連れてこられたのも見ました」

ドギムはどうにか気を落ち着かせ、考える。

「このような大事にしては対応はささやかね。本来なら宮殿中がひっくり返るくらいの大騒ぎになるでしょう？」

わずかな期待を込めて訊ねると、ギョンヒが静かに返す。

「宜嬪様のためでしょう」

「私が？　どうして？」

「正式に捜査するとなれば、ヨンヒとかつて同室だったうえに依然として親しい間柄の宜嬪様まで俎《そ》上《じょう》に載せなければならないので、できるだけ内密に処理するようです」

「そ、そうです！」とボギョンも首を縦に振る。「昨日、大殿の内官も見ました。監察尚宮とずいぶん長い間、ひそひそ話をしていました」

果たして、それはいいことなのだろうか？

ドギムは自問自答した。もしサンが側室を愛するあまり本分までを無視するような男なら、そうかもしれない。しかし、彼はそのような男ではない。側室を守るにせよ、側室が関与する前に騒動を収め、禍根をなくして整える道を選ぶだろう。

「ヨンヒに会わないと」

そう言って、ドギムは重いお腹を手で支えながら立ち上がった。

「監察尚宮のところに行くわ」

「絶対にいけません！」

ギョンヒが前をふさいだ。

「元子様のことを考えてください。汚い痴情事件に巻き込まれると、赤ん坊の将来に迷惑がかかります。生母に関する淫らな噂があとを絶たなくなりますよ！」

極めて正しい忠告だった。先王は卑賤な雑仕女を生母として置いたという理由だけで王室の血筋ではなく、私生児という悪質な噂がついて回ったまま暮らした。

「ヨンヒが死ぬ」

涙がどっとあふれた。

「それでも行くなと？」

「外部の男と情を交わした瞬間、ヨンヒはもう死ぬ運命でした」

ギョンヒは冷静に言い放った。

「宜嬪様にできることは何もありません」

「で、でも、王様に命だけは助けてほしいと頼めば……」

「こうしたことにどんなに厳しい方なのかよくご存知じゃないですか。願いは通じず、宜嬪様が不信感を持たれるだけです。腹立たしく思った王様が、新しい側室を入れ、新しい息子を得たとしたら、将来、元子様をどうやって守ることができるでしょうか？」

ドギムは発作的に笑いだした。

おかしかった。側室になったのに宮人時代より力がないなんて。少なくとも昔は、友を守るために命懸けで駆け回る度胸もあった。今はどうだ？　息子とは呼べない息子を、貴い世継ぎの席に人質のように縛りつけられ、王が私を殺すか生かすか顔色ばかりうかがう境遇に転落した。

「ああ、どうかお気を楽にしてください」

膝から崩れ落ちたドギムをボギョンが支えた。

「だから言っちゃいけないって言ったのよ！」

ギョンヒが叫び、ボギョンが負けずに言い返す。

「いつまでも隠すわけにはいかないじゃない！」

「……お腹が痛い」

刺すような痛みが腹部に発した。中で未熟な胎児が暴れている気がする。

「深呼吸をしてください！」

あえぐドギムを座らせながら、ギョンヒが背中をさする。

「い、医女を呼んできます！」

ボギョンが慌てて駆け出していく。

ドギムはうごめく自身の腹に触れた。満月のように丸かった。誰にも祝福されない懐妊に怯えるヨンヒの前で、愛する男の子を持つ平凡な幸せさえ許されない友の前で、この腹はまるで自慢をするようにふくらんでいた。

「ああ、どうか！　とどまってください！」

ヨンヒはサンを慕っているのかと訊ねた。取るに足らない感情を並べた。誰かを愛することさえできない彼女に、幸福に満ちた愚痴をこぼした。利己的な自分に対する羞恥心で死にたくなった。

「息をしなければなりません、どうか……」

ギョンヒの声が徐々に遠くなっていく。

気がつくと目の前にヨンヒがいた。血まみれのチマを穿き、冷たい床にぽつんと座っていた。

「ごめんね」

幻だとわかっていたので、たやすく謝罪の言葉を口にすることができた。

「私は知っていたのに……自分のことばかり考えてしまって……ごめんね」

「いいえ。自らの意思で私が隠しました。お止めになられるのではと怖かったのです。あの方を逃すのではないかと怖かったのです」

「あなたがこんなにもつらい目に遭っているのに、そいつはどこにいるの？」

怒りを剝き出しに訊ねたにもかかわらず、ヨンヒは首を横に振った。

「誰も私の名前など覚えていません。私が目立たないからだそうです。幼い頃から一緒に育った宮女仲間でも私の名前がわからなくて、いつもヨンスクとかヨンスンとか呼ばれます」

「ヨンヒ！」

「でも、あの方は私をよく覚えてくださいました。名前などどうでもいい宮女ではなく、ヨンヒとちゃんと呼んでくれました」

三日月のような曲線を描いたヨンヒの唇の横を、澄んだ涙が伝い落ちていく。

「薬を飲んで流すことなど考えられませんでした。赤ちゃんが欲しかったんです。胸に抱き、どこがあの方に似ているのか、私も考えたかったのです。宜嬪様のように」

のどがふさがり、返事ができなかった。

「私を認めてくれない人々の中で生きるより、私をわかってくれる人のために死にます。それがとても幸せなんです」

串のように痩せたヨンヒをドギムは抱きしめた。とても生きた人とは思えぬ冷たさだった。

「あなたにずっとそばにいてほしい」

ドギムが耳もとでささやく。

「私はいつもそばにいます」

耳もとでヨンヒの声を聞いた瞬間、ドギムは闇の中へと滑り落ちていった。


気がついたとき、辺りは静寂に包まれていた。窓から薄明りが差している。やはり本物ではなかった。幻影のヨンヒを失うだけでも胸が裂けた。

ヨンヒは救えない。最後に一度だけ姿を見ることすら叶わない。

本当にヨンヒは愛する人のために死んで幸せだと思うだろうか。一緒に犯した行為の結果を分かち合えない相手なのに、それがなぐさめになるだろうか。

吐きそうだった。体を起こそうともがいた。そういえば、さっきまで気を失うくらいお腹が痛かった。ドギムは不安そうに丸い腹を手でさすった。

「大丈夫」

低い声が聞こえた。

「子供は大丈夫だ。少し驚いただけらしい」

温かな手が落ち着かせるように肩を撫でた。サンだった。彼はドギムを起こして座らせ、湯薬を飲ませた。苦くて吐き気がした。重湯も勧められたが、無理だと押し返した。何を食べてもすぐに戻してしまいそうだった。白湯だけ少し飲んだ。

「知らせないおつもりだったのですか？」

湿った唇からは静かな声が漏れた。

「そうだ。そなたが衝撃を受けると思って不安だった」

「永遠に隠すことはできなかったと思いますが……出産するまで隠そうとしたんですか？　赤ん坊を出産したあとなら、いくら驚いてもかまいませんからね」

どうしても責めるような口調になる。

「そなたの友だというふたりの宮女を解放してやったではないか。彼女らから知らせを聞けば、衝撃が少ないかと思ったが、そうでもなかったようだな」とサンは眉をしかめた。

「赤ん坊が無事だからいいでしょう」

「……そなたは大丈夫か？」

「そんなことはどうでもいいんじゃないですか」

彼の心配がお腹にいる龍種のためだけではないことはわかっていた。自分を優しく気づかっていることもわかった。しかし、今は宇宙の中心を彼に置いて考える余裕がなかった。彼が絶対に宇宙の中心を彼女に置かないのと同じように。

「静かに終わらせるつもりだ」

サンは怒らなかった。

「元子に害を与えたくなければ黙っていなさい。その内人を見逃すことはできない。国には当然守らなければならない法がある。私に頼もうと思うな。誰にも特権はない」

その代わり予想したとおり、実に彼らしく振る舞った。

「承知しております」

ドギムは虚しく微笑んだ。

従わなければただではおかないという恫喝まで聞くには疲れすぎていた。女人には限りなく残忍な国法を遵守する王のために、女人としてのごくあたり前の望み、人生まで全てを捧げなければならない宮女たちが哀れだった。それなのに世間には、王に気に入られるようと発情する雌犬たちのように映る境遇が悲しかった。宮女だって王を慕わないこともある。王でないほかの誰かを愛することもある。そんな当たり前の道理をわかってくれない世の中に、誰よりも弱くて臆病なヨンヒが反旗をひるがえしたという事実は、悪夢のように感じられた。

「ひとりでいたいです」

ドギムはサンの手を振り払い、布団をあごの下まで引き寄せた。

強情に目を閉じたにもかかわらず、サンは微動だにしなかった。彼女が本当に眠っていると信じるのに十分な時間が経ってから、ようやく彼は静かに部屋を出た。

ヨンヒは長くは持ちこたえられなかった。止まらない下血のせいで刑を受ける前に息が途絶えたという。遺体はすぐに家族のもとへと送られた。宮殿はいつものように、ひとりの宮女の存在を最初からいなかったかのようにのみ込んだ。そして、いくら捜しても、ヨンヒが言うような妻と死別してひ
とりで暮らしている若い別監は見つからなかった。
「実はヨンヒは生きているのではないでしょうか？」
それぞれの心の中で友を弔っていると、ボギョンが言った。
「闇に乗じて掛け金を開けて逃げたんです。いや、違う！　その別監がこっそり助けてくれたんで
す。さすらう白丁《ペクチョン》になっても、一緒に暮らそうと」
ボギョンの声はだんだん小さくなっていった。
「ごめんなさい。ただ……あの子が死んだということが信じられないのです」
突然の別れは夢のように曖昧なものだった。虚しかった。やっとのことでその死を伝え聞いたの
に、それで終わりにするには、あまりにもともに過ごしてきた時間が濃かった。
「あの子が、自分の子まで宿した女を捨てて姿を消したクソ野郎のために死んだなんて、もっと信じ
たくないです」
ボギョンが拳で涙を拭いた。
「だって……そいつが純真な宮女を誘おうと、最初からそう思って騙したのなら……ヨンヒは本当に
浮かばれないじゃないですか」
ドギムは何も言えなかった。
「そうかもしれないわね」

ギョンヒがぼそっと言った。

「薬を飲んで死んだふりをしたあとによみがえり、美しい誓いを結ぶ小説もあるじゃない。監察宮女たちは罪人を逃したという過ちを隠そうと死んだということにしたんだわ」

さらに話をふくらませた。ボギョンが目を見張るとギョンヒは顔を赤らめた。

「ヨンヒはその立派な愛を最後まで信じたじゃない」

平気なふりをして肩をすくめたが、彼女の顔からは隠すことができない感情が見えた。それは悲しみだった。そして、悲しみを鎮めたい弱さだった。

「そうね……きっとそうだと思う」

ドギムもうなずいた。

「ヨンヒは先に行って待っているのよ」

「待つって？」

「幼い頃に約束したじゃない。出宮したら、貸本屋の近くに家を建てて一緒に暮らそうって。みんなで一日中焼き栗を食べながら、恋愛小説でも読もうよって」

「そうね。そんな話をしたわね！」と手を打ち、ボギョンは懐かしそうに笑った。

「ふん。宜嬪様が私をのけ者にして、ヨンヒとだけ友情の誓いを立てた時代の約束です」

ギョンヒは昨日のことのように拗ねた。

「だからまた会えるわよ」

ドギムは自分に言い聞かせるように言った。

「夫を愛しているからといって、私たちと暮らさないなんてなしですよ」とボギョンが言い、ギョンヒが強くうなずいた。

「裏切りはない。髪の毛をつかんででも引っ張ってこないと」

真剣な顔でギョンヒが言うから、ふたりは笑った。まだ悲しまなければならないのに。こんなにすぐ笑っちゃいけないのに。しかし、当然のことだった。たった一度も四人一緒でなかったことなどないのだ。これからも同じだろう。ヨンヒの空席をいつかの約束が代わりに埋めた。

「もうヨンヒのように反則を犯すのも駄目です」

ギョンヒはふくれっ面でつけ加えた。

「私たち三人の輪の中から、先に出ていくのはなしです」

「破ったらどうなるの？」

「知らない。とにかく駄目よ」

また空席ができるなんて考えたくもないとばかりに、ギョンヒは宣言した。


友と悲しみを分かち合い、気持ちがすっきりすると、ドギムはサンに対してあまりにも無情に振る舞ったという気がしてきた。私の衝撃を少なくするためにギョンヒとボギョンを解放したとサンは言った。そうでなければ、ふたりはもっとひどい目に遭っていたかもしれなかった。

彼は王の役目をしただけだ。そして、それが一生私の心を傷つけると知っていた。

それでもその傷がひどくならないように、ドギムは彼と距離を置いた。そして彼はその点について、泥酔して愚痴をこぼすほど悲しんでいた。

簡単ではないのだ。王の愛に感激してすべてを忘れる愚か者だったら、あるいは王の愛を計算して振る舞う俗物だったら、むしろ易しかっただろう。しかし、残念ながらドギムはどちらでもなかった。感情を持った人にすぎなかった。

「食欲が戻ったのか」

サンはよく訪ねてきた。あんなにも無礼に振る舞ったにもかかわらず、一日に一度は必ず会いに来た。今日も同じだった。

「昨日よりはたくさん食べたそうだが」

「さようでございます」

「湯薬は？」

「胎動が落ち着いているので、これ以上服用しなくてもいいそうです」

「よかったな」

和解を引き出すのはいつもドギムの役目だった。そろそろ頃合いだろう。どう切り出そうか悩んでいると、意外にもサンが先手を打った。

「そなたが友をどれほど大切にしているかは知っている」

「……」

「そして、私がそなたをなぐさめることができないことも知っている」

彼はドギムの目を見なかった。どういう顔で言っているのか見せがたい様子だった。しかし、すぐにやり方を変えた。彼女をさっと胸に引き寄せたのだ。

「私を突き放してもいいし、怒ってもいい。ただ立ち去らないでくれ」

サンの体に身を預けながら、ドギムが訊ねる。

「立ち去るですって？」

「私の前で屍のように倒れたのはもう二度目だ。ただ見守るしかなく、目を覚まさなかったらどうしようと心配するのがどんなにつらいことかわかるか」

彼も自分も、本当に子供のように不器用だと思った。

「どうして叱らないんですか？」

複雑な感情を表に出してみると、驚くほど単純な形になった。

「差し出がましく王様に八つ当たりをしたのですが……」

「あんなふうに感情をぶつけられるのは嫌ではない。私を王ではなく、同じ人として接してくれるのはそなただけだ」

耳をつけたサンの胸から激しい鼓動が聞こえてくる。

「なぜ、よりによって臣妾なのですか？」

私の胸も同じようにどきどきしているのだろうか……。

「慎ましくて厳粛な女人をいくらでも選べばいいでしょう」

「そうだな。そんな女人がいい妻になるだろう」

彼は難しく考えなかった。

「しかし、どんな女人もそなたにはなれない」

断固とした答えだった。

「私は自分の天性に逆らってまでそなたを心に留めた。だからそなたでなければならない」

自分の胸の鼓動を数えるのは止めた。愛のためなら死んでもいいと言っていたヨンヒが思い浮かんだ。自分もそんな馬鹿な考えをするのではないかと怖かった。

「嫌です」

「……私が嫌いなのか？」

「王様のそばにいると怖くなるんです。だから嫌です」

「私は本当にそなたのことがわからない」

サンは笑いが入り交じったため息をついた。

「ある意味、私よりも疑い深く、気難しいのかもしれん」

「それでも私を望まれますか？」

「そなたを理解できるかどうかは関係ない」

彼はさらに強く抱きしめた。

「私がよく知っているやり方でそばに置く。それだけだ」

胸がどきどき鳴り続けている。誰のものかは区別がつかなかった。

＊

ふたり目の子は閏月《うるう》に生まれた。しばらく国に雨が降らずサンの心配が大きかったが、その子が産声をあげた辰《たつ》の刻（午前八時）には久しぶりに大地がしっとりと濡れていた。

女の子だった。母に似て小柄だった。兄のように世の関心を受けることはできなかった。男児ではなかったので、王宮の反応は微妙だった。丞相たちが浮かれて群がることもなかった。しかし、ドギムは元子のときよりずっとうれしかった。元子は生まれた瞬間からこの世のすべての人々の息子だった。しかし、娘はそうではなかった。誰も気にかけない貴重な宝物であり、直接磨いて輝かせることができる原石だった。完全に彼女だけの子供だった。

ただ、サンが喜んだのはとても意外だった。

「安産で娘をもうけた。息子がいるのに娘まで授かったなんて本当にうれしい！」

浮かれて朝臣たちに自慢する顔は、親馬鹿そのものだったという。

「まだ誰に似ているのかわからない」

いつものように忙しい一日を終えた夜、小さくてくしゃくしゃとした赤子の顔を眺めながら、サンが優しく言った。

「臣妾には似ていません。大声で泣かず、とてもおとなしいのです」

「そなたは元子を産んだときよりうれしそうだな」

「ほかの人たちの分まで、臣妾が幸せになることを決心したんです」

どういう意味かわかっていると、サンはドギムをじっと見つめた。

「そうだな。でも、私に使う時間も残しておきなさい」

サンは壊れものを扱うように娘をそっとドギムの胸に戻した。そして、妹に奪われた母の膝を取り戻す機会を虎視眈々と狙う元子を抱きしめ、明るく笑った。

「元子よ、もう大変なことになったな。男同士が団結するしかないな、うん？」

息子は父上も好きだとばかりにキャハハと笑った。

十六章　絶頂期

娘は長くは生きなかった。

弱い子ではなかった。眠りながら笑ったり、顔をしかめたりはよくしたが、早熟でおとなしかった。幼子が頼もしいとサンも感心した。ふたりの子供たちは母親に似て丈夫だと喜び、四月にサンが風邪をひいて病床に伏したときは、病気をうつすかもしれないと近づかせなかった。

「子供たちは問題ないか？」

横になって苦しみながらも、彼は子供たちを気にかけた。

「お父上にとても会いたがっているので、早く快癒してください」

ドギムは優しく答えた。

「昨日よりお顔の腫れが引いて熱も下がりました」

「風邪より、暑さで先に死にそうだ」

「もっと汗をかかなければなりません」

ドギムはサンがしょっちゅう蹴飛ばす布団をきれいにかぶせた。

「上疏文はもう見ないでください」

「私がいなければ国が回らない」

朝臣たちを病床に呼んでまで国のために働くので、まるで休む暇がなかった。サンが抱いた数多の紙束を奪うために一戦を繰り広げた。

「明日、お目覚めのときに体の調子がよくなったなら、臣妾が顔を洗う水を出して、髪をとかして差し上げますから、もうお休みください」

「もう行くのか？」

サンがむっとした顔で訊ねた。

「周りが静かでなければゆっくり休めません」

「私はまだ湯薬も飲んでいない」

拗ねて甘えようとしたが、すぐに彼は気を変えた。

「もうよい。うつしでもしたらまた頭痛の種だ。行きなさい」

そう言いながらごほごほ咳き込むので、どうしても振り切ることができなかった。何日間も全く食べられず、不憫でもあった。ドギムは汗に濡れた彼の額を優しく拭いた。

「そなたは行くなと言えば行くと大騒ぎだし、行けと言われたら行かぬのだな」

「前世はアオガエル（天邪鬼《あまのじゃく》の意味）だったようです」

「そうだな。ぴったりだ」

サンは笑った。

「お休みになるまでそばにいます」

「寝るまでいるのだな？」

彼は笑みを収め、手を伸ばせば届く書棚から本を取った。

「眠れないから読んでくれ」

「ぐっすり寝なければならないのですよ」

「横になっているだけだと退屈なのだ」

言い張るので受け入れるしかない。ところが、渡された本は偶然にも朱子書だった。女人が読むものではないと彼から何度も叱られた類の本だ。

「字が難しくて読めません」

また言いがかりをつけられるのではないかと思い、ドギムは悪知恵を働かせた。

「嘘をつくな」

サンは騙されなかった。

「そなたの素性は私がよく知っている。その程度が読めないはずがない」

「身分にすぎる文章は読むなとおっしゃったじゃないですか」

「今日だけ例外だ」

「例外もないとおっしゃったくせに」

「なんと、病人にまで口答えをするんだな」

彼は不満そうにドギムの頬を突いた。触れる指先が熱かった。

負けてやることにした。すらすらと読み進めると、サンはそれはそうだろうという表情で舌を鳴らした。そして、目をつぶることなく枕もとに座ったドギムをじっと見つめた。

症状が軽かったおかげで、サンは間もなく病床を出ることができた。

しかし、王様が回復してよかったと皆が安堵した頃、今度は娘が痙攣《けいれん》を起こした。生後二か月の小さな体を硬直させ、口から泡を吹いた。サン自らひと晩中世話をしたが、痙攣は止まらなかった。日が昇るや参橘《サムキュルチャ》茶を煎じ上げろと内医院を急き立てたが、効き目がなかった。

四日余りはどうにか持ちこたえたが、娘は息を引き取った。

世の中は恐ろしいほど平和だった。サンはいつものように政務を行い、元子がくしゃみをするだけで大騒ぎしていた人々も静かだった。ただの女児の死だった。小さな遺体を白い布に包んで連れて行ったあとは、誰もそのことに触れなかった。喪礼は後宮の外で男たちが行う。ドギムは願堂《ウォンダン》（死者の冥福を祈る法堂）に娘のために大きなろうそくを灯すくらいしかできなかった。

「赤ん坊はか弱く、簡単に失われるものだ」

そう恵慶宮は言った。

「また産めばよい。傷ついたであろう王様に手厚く仕えなさい」

子供を亡くした母親にかけるには、とても冷たい言葉だった。

それでも、ドギムは恵慶宮は優しい人だと思った。彼女も幼い子供を亡くしている。結局のところ、時間と続いていく人生だけが痛みを癒す最善の薬であることを痛いほど知っているのだ。孫娘を失って顔に涙の跡を残してはいても、彼女は優先順位にこだわった。それはまさに彼女が王室で暮らしてきたやり方だった。

「元子が病気になったわけではないから幸いじゃないか」

しかし、つけ加えられた言葉からは、大釘を胸に打ちこまれたような痛みを感じた。

矢のごとく流れていた時間が止まってしまったようだった。無為に繰り返される一日に縛られてしまったような気がした。あまりにも急に去った娘を胸の奥に収めるために、ドギムは今日もただぼんやりと座っていた。

「あの……王様がおいでになると、知らせが参りました」

おずおずと宮人が近づいてきた。

「体の調子が悪くて仕えることができないと告げなさい」

「いつまでもそうなさってはいけません」

宮人は戦々恐々と申し出た。

サンの渡りを退けるのはもう五回目だ。一昨日は元子の挨拶さえも断った。いや、ギョンヒとボギョン以外の人には全く会っていない。生まれたばかりの娘に着せようと早くから作っておいた赤ん坊の服だけを、ただ一日中眺めていた。

「王様がお怒りになられたら……」

「疲れたわ。横にならないと」

ドギムは聞こえなかったふりをした。薄い布団をかけてあおむけに寝転がり、虚空を見つめていると、しばらくして宮人がまた近寄ってきた。

「王様が身をいたわりなさいとおっしゃったそうです」

「わかった」

「大殿尚宮様が外で待っています。何か返事を差し上げないと……」

「お心づかいに感謝しますと伝えなさい」

無感情な答えを最後に、彼女は背を向けた。

毎日訪ねてきてくれて、無理を言わずに放っておいてくれる配慮はありがたかった。しかし、その程度の心づかいでは無惨に破れた胸を癒す薬にはならなかった。

ヨンヒが死んだ。娘も死んだ。ただ、それだけが現実だった。悲しみを隠し、平気なふりをしてサンをなぐさめる自信がなかった。まだ彼女自身さえ十分に悲しんでいないのだ。それなのに、人の機嫌に合わせて振る舞うなど到底無理なことだった。

怖くもあった。父親のサンでさえ、女児の死にすぎないと言うのではないかと怖かった。そう疑ってしまうほど、彼はあまりにも簡単にその死を受け入れた。娘が死んだ日には涙を流したが、すぐに何事もなかったかのように便殿に進んだ。三日が過ぎ、十日が過ぎ、十五日が過ぎても、彼はドギムのようには崩れなかった。彼女の世界は止まってしまったが、彼の世界はそれまでと同じように動き続けていた。

生来、どうしようもないほど王らしい方なのだと言い聞かせるのにも疲れた。ある日突然自分が死んでも同じように冷静なのかと考えると、彼のものになった人生への懐疑すら忍び寄った。

闇の中で憂鬱な想念を泳がせていると、ようやくうとうとし始めた。ふと子供の泣き声を聞いた気がしたが、ドギムは浅い眠りへと吸い込まれていった。

「宜嬪様！　起きてください！」

切羽詰った宮人の声が彼女を現実へと引き戻した。

「……どうしたの？」

「火が出ています！　早く逃げなければなりません」

窓の外が真昼のように明るかった。鼻をつく煙の匂いがした。宮人たちは大声をあげながら水甕を持ち、走り回っていた。彼女の寝殿から遠くないところで、大きな火魔が赤い舌をうごめかせていた。木造の宮殿で最も恐ろしいのは、簡単に燃え広がる火種だ。

すぐにドギムは訊ねた。

「元子様は？」

「ご無事です。そちらのお部屋は大丈夫です」

「私が元子様の無事を確認します！」

「落ち着いてください。とりあえず安全な別堂に行きましょう」

「いや、元子様から！」

「危ないから駄目です」

宮人は興奮状態のドギムを辛抱強く導いた。

幸い、元子は別堂で待っていた。乳母に抱かれてすやすや眠っていた。安堵のあまり足の力が抜け、ドギムはその場に座り込んでしまった。

「番に立つ内官がうっかり眠ってしまい、火の気に気づかなかったそうです」

どうやら鎮火したようで、宮人が状況を説明していく。

「宜嬪様の寝殿のすぐ後ろでした。危うく大変なことになるところでした」

「ああ！　元子様は本当に神妙不可思議な力をお持ちですね」

元子をドギムの胸に差し出しながら、乳母がしみじみと言った。

「今まで眠るときにむずかることがなかった方が、夜明けにどういうわけか駄々をこねるではないですか。おかげで居眠りをしていた者が泣き声で目が覚めて、火事だと知ったのだそうです。火が大きく広がる前にです」

そんなことがあったように思えぬほど元子はすやすやと眠っている。そんな元子の額にドギムは愛しげに触れた。

「ああ、普通の霊験ではございません！」

あまりにも乳母が大げさに褒め称えるから、ドギムの顔から思わず笑みがこぼれた。実に久しぶりに訪れた笑いだった。

「では、なんだ？　予言でもしたのかと思ったか？」

外の扉が開く音が聞こえたと思ったら、サンの声がした。サンはつかつかとドギムに歩み寄ると多くの宮人たちが見つめるなか、彼女を強く抱きしめた。

「無事で何よりだ……！」

あまりにもあけすけな抱擁に宮人たちは頬を染め、すぐさまその場を離れた。

「天が助けた！」

久しぶりに彼の熱い体を感じ、なんだか照れくさかった。

「寝ずに本を読んでいたので、すぐに駆けつけた。滅火軍《ミョラグン》を召集したから、まもなく整うだろう」

「そんなに大きな火事ではないそうです」

「いや、焼け跡を見てきた。少し遅れていたら全焼するところだった」

「王様がおなりでないときで、幸いでした」

死が目前まで来ていたことに気づき、ドギムはつぶやいた。

「私と一緒にいたら、きちんと警戒していたはずだから火事も起きなかっただろう」

皮肉めいたことを言ってから、サンはつけ加えた。

「無事ならかまわぬ」

彼はさらに強く抱きしめた。間にはさまれた元子が目を覚まし、大きな声で泣き始めた。

「我が息子が母を救ったんだって？」

サンは息子をよしよしとあやした。

「身ごもったときからわかっていた。この子は福の神に違いない」

また親馬鹿が出たと笑いがこぼれた。しかし、笑いの末には涙があふれた。

愚かなことに息子がいることをすっかり忘れてしまっていた。誰もかれも恨みたい思いを、理不尽なくらいサンにぶつけた。すべてを心の中に収めようとする男だと知りながら、自分が望む感情を表に出さないという理由で非難した。

もうそんなことをしてはいけない。些細な幸せに感謝する習慣を身につけなければ、それさえも指の間からはかなくこぼれ落ちてしまうだろう。

「驚いただろう」

サンがそっと肩を撫でてくれた。

「今まで本当に体調が悪かったのか。それとも……私に会いたくなかったのか？」

「ひとりでいたかったのです」

ドギムの答えに、サンは傷ついたようだった。

「今は違います」

そう言って、ドギムは彼の胸にもたれかかった。

「王様と元子様と一緒にいるほうがいいです」

その夜は三人で川の字になって寝た。

＊

半分ほど焼失した殿閣を補修する間、ドギムは居を移さなければならなかった。王は大殿に近い場所に宜嬪と息子の新たな住処を設けた。朝廷では、元子が天から神妙な才能を得たと大そう自慢した。

居眠りして火事を見過ごした内官は罰を受けた。夕方にお茶を一杯飲んでから妙に眠気が出たと陳謝した。ただ、火元がどこなのかは明らかにならなかった。夜明け前にすべての火種を土で覆い確認もしたと、宮人たちは皆そう供述した。原因を他人に押しつける醜い言い争いの末、怪しげな噂だけが残った。

だんだんと蒸し暑くなってきた。新しい住処に花の種を植えたら、色とりどりの夏の花が美しい景観を生みだした。言葉を覚えることに興味を持った元子に、これはなんの花、あれはなんの花と教えながら散歩する楽しさにドギムは夢中になった。

「春紫苑《はるじおん》の花！　春紫苑の花！」

元子は白い花を指さしながら叫んだ。舌足らずなのが可愛くてたまらなかった。

「覚えていらっしゃるなんて、偉いですね」

「私は春紫苑が一番好きです」

春紫苑は雑草だ。ほかの花と比べるとまるで目立たない地味な花だ。わざわざ植えたわけでもない。薔薇と牽牛花《けんぎゅうか》（朝顔）を植えた場所に、種が風に運ばれたのか勝手に咲いていた。

「よりによって、どうして春紫苑の花なんですか？」

「父上がきれいなものではなく、素朴なものを好むのが君子だとおっしゃいました」

幼い息子を膝に座らせて、よくひそひそ話をしていたが、そんな話をしていたのか。

「そして、春紫苑の花は母上に似た花だともおっしゃっていました」

「私にですか？」

「丈夫で粘り強いのが似ているそうです」

褒め言葉のようなそうでないような……どうにも微妙だった。

「また、いくら見ても飽きないし、見れば見るほど美しいので春紫苑の花だと」

「本当にそうおっしゃったんですか？」

「あ！　美しいのは秘密だとおっしゃいましたが……」

元子は慌てて手で口をふさぐ。その仕草にドギムは吹き出してしまった。

「元子様は秘密がなんなのかも知っているのですか？」

「ええ、父上以外の人に言わないことを秘密と言います！」

覚えたことを誇るかのように元子ははきはきと話した。

「大丈夫です。元子様はまだ幼いから、失敗しても許してくださるでしょう」

「失敗ってなんですか？」

幼い息子の大きな瞳が好奇心で輝き始める。次々と繰り出される質問に快く答えながら、ドギムは少し気がかりなことがあった。

「ですが元子様、先ほども申し上げましたよ。私のことを母上と呼んではいけません」

言葉を話すようになってから、何度言い聞かせても「母上」と呼ぶのに困っていた。宮殿の方々の前で失敗したことがないのがせめてもの救いだった。

「王様は父上なのに、どうして母上は母上じゃないんですか？」

優しく言い聞かせるとうなずいていた元子が、いつからか首をかしげて反論し始めた。好奇心旺盛な三歳の子供、それも父親に似て年の割にあまりにも聡明な子供だった。

「あなたの母上は王妃様です」

「違います。父上が産んでくれた方を母と呼ぶと教えてくれました。王妃様ではありません。産んでくれた母親は母上です」

いつからこんなにも達者に言葉を操れるようになったのかドギムは驚いた。

「それでも違います。産んだ母親と本当の母親は違うものです」

「どうしてですか？」

そんなとんでもない話は初めて聞くというふうに、元子は小さな額にしわを寄せた。息子の不満そうな表情が、自分にとてもよく似ていることにドギムは初めて気がついた。そして、自分にそっくりな子供に世の中の不合理な道理を説得させるのは全く容易ではないということも。

「あら、元子様！　お腹がすいているでしょう？」

そばで静かに耳を澄ませていた乳母が、元子をさっと抱き上げた。

「お腹はすいてない」

「たくさんお召し上がりになればすくすく伸びますよ！」

乳母はそう言って、元子を連れて離れていった。

「大きな間違いではないでしょう」

顔に影を落としたドギムを見て、お付きの宮人がなぐさめた。

「これからは頻繁に注意しなければならないわね」

母上と呼ばれるのが実はうれしいという本音は、当然押し隠した。

「それより、もう少しで宜嬪様のお誕生日です。お召し上がりになりたいものはございますか？」

「ありがたいけれど大丈夫よ」

「それでは誕生日用の服でもご用意しましょうか」

「王様がどうおっしゃるか知りながらそのようなことを」

真夏の誕生日はあまり特別な日ではなかった。幼い頃ならにぎやかに過ごしたが、宮殿に入ってからは意味をなさなかった。毎年、ソ尚宮と友たちが気づかってくれただけだ。

ところが、その誕生日が承恩を受けてからはさらにどうでもいいものになった。サンは何もしてくれなかった。宴会どころか、誕生日のお膳立てもきちんとするなと脅しをかけた。

誕生日の朝に賀儀《ハウィ》を受けることも禁じた。実家の家族にも会わせなかった。贈り物一つもらったりしたら、ひどい目に遭うような気がした。無駄な贅沢を慎み自身の誕生日まで簡素に済ませる方だから、仕方がないとは思った。ただ、王妃と和嬪の誕生日には親族を宮殿に入れ、酒と食べ物を振る舞うなどしてきちんともてなすのに比べ、残念な気持ちがないわけではなかった。

「王様はときどき度が過ぎるのではないでしょうか」

「それはもう言わないで」

兄たちの首が無事で何ごともないことを思えば、どんな冷遇でも耐えられる。しかし、そんなささやかな安堵さえも脅かす事態がすぐに起きた。

「宜嬪様！　いらっしゃいますか？」

現れたのはギョンヒだった。いつもの白い顔を真っ赤にしている。どうやら一心不乱にここまで駆けてきたようだ。

「どうしたの？」

「おめでとうございます！」

いきなり土の床に座り込んでひれ伏すから、暑気あたりでもしたのかと思った。

「病気になったら医女のところに行かなくちゃ」

「このめでたい日にどうして病気になるんですか」

顔をあげたギョンヒは笑っていた。怪訝そうなドギムを見て、急に真顔になった。

「ひょっとしてまだご存じないんですか？」

「ご存じないって、何を？」

「お知らせを聞いていませんか？」

「だから、なんの知らせ？」

何か騒ぎでも起きたのだろうか。元子を連れて戻ってきた乳母も耳をぴんと立てた。

「東宮《トングン》にされたそうです！」

ドギムは息をのんだ。

「王様が、元子様を世子様として冊封するという王命を下されたそうです！」

明らかな奇襲だった。今年初めから相次いだ奏請を何度も退けたサンの意思は終始一貫していた。元子が長生きすることを望み、福を大切にするためには謙虚に先延ばしにしなければならないというふうに。今か今かと待ち続ける大臣たちの怒りが込み上がっていくなか、まだお辞儀もまともにできない子供だと彼の拒絶は頑固なものだった。

ましてや、三日前にお会いしたときもそんな気配は微塵もなかった。元子はどれだけよく歩くのか、言葉はどれほど達者になったかなどと訊ねたが、世子冊封についてはひと言もなかった。

「ああ、なんとおめでたい！」

乳母が肩を揺らして踊り出した。

「目に入れても痛くない息子なのに、どうしてこんなに先延ばしにするのかと恵慶宮様が急き立ててもびくともしなかった王様だったのに、どういう風の吹き回しなのか？」

「さぁさぁ、お待ちください！　今からご説明いたしましょう」

ギョンヒが生き生きと語り始めた。

夜明けからサンの動きが怪しかったという。国の大事の前のように斎戒沐浴《さいかいもくよく》をして身を清め、景慕宮の展拝《ジョンベ》（墓参り）をしてきた。そして最初に開いた上疏は、領議政による世子冊封の要請だった。領府事と判府事が相次いで同じ奏請をし、まるで事前に打ち合わせたようだった。それだけでなく、サンはいつものように退けるふりさえしなかった。重要なことだから直接来て申し立てるよう要請さえしたという。そして、丞相たちが雲霞のごとく便殿に集まって口をそろえると、サンは待っていたかのように答えた。

「まさしく宗廟《そうびょう》と国に関わる奏請なのに、余がどうして許さぬわけがあろうか」

やがて、こう王命を下した。

「元子を世子にする。冊封礼を近日に決めるが、まずは諱《いみな》から作らなければならない」

一体どういうつもりなのかわからない。

「世子というのは悪いことなんですか？」

話の半分も理解できなかった元子が突然訊ねた。

「ち、違います！　どうしてそんなことをおっしゃるんですか？」

「母上がお顔をしかめていらっしゃいます」

元子が小さな指でドギムの顔を指さした。

「宜嬪様は喜んでいらっしゃいます。かけがえのないおめでたいことですからね」

しっかりしろとギョンヒはドギムをにらみつける。

「驚いたからですよ、元子様」

ドギムはどうにか笑顔をつくり、ひざまずいて息子と目を合わせた。

「いや、もう世子様呼ぶべきでしょう」

「そうです。お慶び申し上げます」

ギョンヒをはじめ、席にいた皆が新しく封じられたばかりの世子にお辞儀をした。幼い息子はきょとんとしながら、それを受け入れた。

「あなたは世子様を連れて帰るように。王様がお捜しでしょう」

ドギムが乳母にこっそり耳打ちした。

「そして……世子様が今日のような間違いをまた犯さないようによく言い聞かせて」

「ええ、念を押しておきます」

何を心配しているのかよくわかっているようで、乳母は頼もしい口調でうなずいた。ドギムは手を振りながら、乳母を追い越してぴょんぴょん跳ねる息子の後ろ姿をじっと見つめた。

「いいことですよ、宜嬪様」

辺りが静かになると、ギョンヒはふたたび強く訴える。

「もっと喜ばないと」

「ただ意外だったから」

子供を愛するサンの心に疑いを抱く理由はないが、計算なしに行動する方ではないことも知っている。だからこそ怖かった。いつからこんなに臆病になったのか、自分でも驚いた。

「……早すぎる気もするし」

世子冊封とは、本格的な帝王学の授業の始まりと同じだ。花や土を友にして遊んでもいい三歳の息子を古臭い本で囲まれた小部屋に閉じ込めたくなかった。やっと少し歩いて、やっと少し話すだけなのに、もう大人扱いしなければならないなんて悲しかった。

しかし、彼女は子供の養育にはひと言も口出しできなかった。王と臣僚たちが幼い息子を引っ張り回す間、側室がすべきことは手を離し見物することだけなのだ。

「全然早くはありません」

ドギムの懸念をギョンヒは一蹴した。

「確固たる地位を得たのだから、ひと安心できていいでしょう」

それでも不安そうなドギムに、彼女は言い添えた。

「もうすぐ宜嬪様の誕生日じゃないですか。きっと王様が好意を示されたんですよ」

「太陽が西から昇っても、そんなことをする方ではないでしょう」

「そうでしょうか」

ギョンヒは肩をすくめた。

「私が思うに、王様は思ったより宜嬪様を大切にしていますよ」

「え？」

「ほかのところでは気が回るのに、なぜ肝心なところでは鈍いのかさっぱりわかりません」

なぜだか彼女はもどかしそうだった。

「医女のところに行って。どう考えても、あなたは夏の暑さにやられているわ」


突拍子もない冊封で宮殿をひっくり返しながらも、サンは全く姿を見せなかった。冊封礼までに準備することが多く、連続で徹夜するほど忙しいという話をひそかに聞いた。

そんななか、ドギムは誕生日を迎えた。静かな朝だった。雨でも降りそうな分厚い雲が空を覆っていた。ギョンヒとボギョンが夜明けから作ったという藿湯を持ってきてくれた。

「おいしい」

ドギムは大皿をすっかり空にし、さらにお代わりを要求した。

「でも、なんでこんなに肉をたくさん入れたの？」

ひと匙すくうたびにわかめより肉があふれた。いくらギョンヒとはいえ、贅沢がすぎた。

「わかめも肉も去年よりずっとたくさんくださったので」

「誰が？」

「大殿で……きゃっ！」

深く考えず答えていたボギョンが、突然すねでも蹴られたかのような悲鳴をあげた。

「町の市場です」とギョンヒが何ごともなかったかのように答えた。

「何？」

疑わしそうにドギムは目を細めた。

「藿湯はヨンヒが本当に上手に作ってくれたけれど……」

ギョンヒはドギムの関心をそらす最も効果的な方法を知っていた。やはりドギムはたやすく引っかかった。

「そうね。昔、ボギョンの誕生日を覚えてる？　ヨンヒが釜いっぱい作ったのに、私たち四人で全部食べたじゃない？　それでお腹がぱんぱんになって、床に伸びちゃったよね」

「正直、私はもっと食べろと言われたら食べることもできましたよ」とボギョンは胸を張る。

「結局、ヨンヒだけが知っていた秘伝は教えてくれませんでした」

ギョンヒの声が自然と低くなる。

「藿湯だけは一生自分が作ってあげると大口を叩いていたのに……」

三人はあっという間に寂しさに包まれた。努めて紛らわせてきたが、ヨンヒの空席はあまりにも大きかった。

「とにかく、今日は宜嬪様のご実家にもお酒と餅が振る舞われるそうで、よかったです」

重い空気を振り払おうとギョンヒが明るく言った。

「ソ尚宮様が面倒を見てくださることになりましたから」

「今年もお膳を準備してくださるんですって？」

ドギムは気が気ではなかった。

「王様がお知りになったら苦境に立たされるかもしれない」

ギョンヒとボギョンは互いに目を見合わせる。

「弟子として師匠の事情を知っているので、申し訳なくて」

「それは心配しないでください」とボギョンが手を振った。

「どうせ内帑庫《ネタンゴ》に入れてある……痛っ！」

ギョンヒは今度はわき腹をつねった。

「本当になんなの？」

ドギムは匙を置いた。

「隠すものがなんであれ、もうばればれだから。さあ、言って」

「いいえ、駄目です！　騒いだら三族を滅ぼすと――」

「あなたはお願いだから黙って」

まるで空気が読めないボギョンを制御することに疲れ、ギョンヒはため息をついた。

「王様に関する話なの？」

ドギムは緊張しながら訊ねた。

「……宣嬪様は普段の私の行いをどう思われますか？」

ギョンヒは無視して、まるで違うことを訊ね返した。

「え？」

「ただ思うままに言ってください」

ドギムは怪訝そうに答えた。

「口が悪いわね」

「憎たらしいわ」とボギョンも加わってきた。

「いつも偉そうだし、お高くとまっていて、ずる賢くて計算高いし、いい雰囲気をよく壊して、すぐ不平不満を口にするし……」

ドギムは次から次へと悪口雑言を吐き出していく。

「憎たらしいです！」

それが一番重要だというように、ボギョンが声を大にして繰り返した。

「もう、いいです！」

ギョンヒはむっとした顔で、ふたりを止めた。

「でも、実際の私は印象とは違うということくらいはご存じですよね？」

「そりゃあ……まぁね」とばつの悪そうな顔になるボギョンに、ドギムは笑った。

「そこは全然違うって言わないと。本音を言えば、私たちのなかで一番柔軟だと思ってる」

「いや、それほどでは……」

褒め言葉を聞くとなぜか赤くなるギョンヒは、どうにか澄まし顔をつくろうとした。

「でも、やっぱり憎たらしいです！」

ボギョンがふたたび割り込んできたため、その試みは失敗した。ボギョンのわき腹を強くつねってギョンヒは言った。

「ええ、私は感情表現がうまくはありません。そして、宜嬪様の周りには私のような人がほかにもいるはずです」

こんなにも厄介なほど素直でない人なら、すぐにひとりだけ思い浮かんだ。ドギムは彼女が何を言おうとしているのかをようやく悟った。

「私たちが言えるのはそれくらいです」

「私たちって、私なんか言ったっけ？」とボギョンが怪訝そうな顔になる。「私はあなたの悪口を言っただけじゃない。あなたの言うことはまるで理解できないんだけど」

「あなたは理解できなくてもいいの」

ギョンヒの言いたいことはよくわかった。

誕生日なのだからもっと一緒に過ごしたかったが、ギョンヒとボギョンには仕事もあり、さほど長くはいられなかった。友を見送ったドギムは、なぜか胸がそわそわしてたまらなかった。

寂しさはすぐに世子が埋めてくれた。目覚めたばかりの眠い目をこすりながら、息子は可愛くお辞儀をした。なかなかに上手だった。どうやらたくさん練習したようだ。

「差し上げるものがあります」

世子が小さな拳を差し出した。広げると、春紫苑の花で作った指輪が出てきた。

「世子様がおつくりになったのですか？」

いかにも子供の手づくりという感じの指輪だった。どれだけいじったのか花も茎もぼろぼろだった。それでも涙が出るくらい美しかった。不思議なほど薬指にぴったり合った。

「ありがとうございます。大事にしまっておきます」

「母上、とてもきれいです。一番きれいです」

息子の無邪気な褒め言葉に、天にも昇るような幸せな気持ちになる。そのすべすべした頬を撫で、ドギムは微笑みながら注意した。

「そう呼んではいけないんですよ」

「でも、母上と言えば、母上は喜びます！」

なんとまあ、この子は私の心を見透かしている……。ドギムは黙って息子を抱きしめた。

しかし、誇らしい小さな背中をすぐに押さなければならなかった。

「さあ、行ってください。大妃様と王様にご挨拶にうかがう前に私のところに来てはいけません」

サンが賀儀を禁じたので、これ以上迎える客はいなかった。ドギムは実家から送られてきた手紙を読みながら、寝殿の近くを散歩した。厳しい暮らしを強いられているシクの環境には特に変化はないようだ。甥が弓術の練習をしていて隣の家の甕を割ってしまったという話を読み、一枚めくったところで、ふとつま先に何かが引っかかった。

石ころかと思いきや、いかにも形が怪しかった。

後ろをついてきていた宮人が声をあげた。

「あらまあ、ひどいわね！」

「これは一体……？」

ドギムはそれを拾い上げ、しげしげと眺める。ずたずたに切り裂かれたわら人形だった。見習い宮女が遊んで捨てたのだろうか。しかし、人形の頭はほぼ切り離され、かろうじて胴体にくっついているという状態で、胸には深い切り込みまであった。ままごとに使うにはひどく禍々《まがまが》しい。ひどく汚れ、あちらこちらに土がついていることから見て、地中に埋められていたものが何かの拍子に地上に出てきたように思える。

なぜよりによってここなのか。ドギムは思わず辺りを見回した。寝殿からちょうど西の方向だ。わけもなく嫌な感じがする。先日の火事も確か、寝殿裏の西側の行廊から出火した。

「こちらへ。捨てます」

宮人がさっとそれを奪った。

「王様に申し上げます」

「いや、やめなさい」

心を落ち着かせて、じっくり考えてみようとドギムは決意した。

「宮人同士の言い争いの末、こんなものを残したのだろう」

「誰があえて宜嬪様の屋敷でこんなことをするでしょうか？」

「いたずらに騒ぐと世子様を冊封する慶事に汚点が残る」

「しかし、これはどう見ても呪い――」

「滅多なことを言わないで」とドギムはすぐにさえぎった。「誰かが遊んで捨てたものを犬が噛みちぎったことにしよう」

ドギムは声を落とし、続けた。

「ほかの場所にもこんなものが埋まっていないか探してみなさい。世子様の寝殿まで隈なく。誰も知らない今のうちに、こっそりと」

宮人は怯え顔でうなずいた。

もう散歩する気分ではなかった。読みかけの手紙は懐にしまった。忌まわしいので冷水で体を洗った。先ほどの宮人はかなり時間が経ってから戻ってきた。熱心に調べたが、同じような凶物は出てこなかったと報告してくれた。

「それはよかった」

安堵の笑みをつくったものの、すぐにぎこちない笑顔に変わってしまう。

「本当に大丈夫でしょうか？」

宮人は相変わらず神経をとがらせていた。

「当分の間、近辺に怪しい人がいないかどうか注視してみて」

思わぬところから現れた不安の種に、ドギムは冷笑的につぶやいた。

「なかなか記憶に残る誕生日だ」


王様の目が気になり、ご挨拶をしたいという外命婦の夫人たちの申し出から大妃や恵慶宮の好意的な施しまで、すべてを事前に断っておいたおかげで、予想どおりとても寂しい誕生日だった。夜になって、サンが顔を出した。

「ついて来い」

「こんな遅い時間にどこに行くのですか？」

せっかく来たのにいきなり強引に手を引かれ、ドギムはあっけにとられた。

「行ってみればわかる」

「明るいときに行きましょう」

突然に世子冊封やら何やら事を起こしておいて、なんの説明もなかったので不満があった。無愛想な顔を見るかぎり、今日がなんの日なのかもすっかり忘れているのだろう。そりゃあ忙しくて疲れ果てていれば、忘れることは仕方ないが……。

とにかく、どういう面から見ても今日ギョンヒから言われたようなことはあまり信用できなかった。寂しさを忘れるために、ドギムは期待しない方法を身につけていた。

「おい、ついて来いと言っておる」

しぶしぶサンに続いて外に出る。内官が明かりをともした。星と月が明るい夏の夜だったが、承恩を受けてからは遅い時間に歩き回ることができなかったので闇に不慣れになった。

「私のあとをちゃんとついて来い」

先を歩くサンも何度も後ろを振り返った。チマの裾に引っかかって少しよろめくと、袞龍袍の袖を掴めと差し出してきた。

「いえ、大丈夫です」

はにかんで退けたが、サンは催促した。

「そなたが転びでもしたら、私が恥ずかしいからだ。早く」

袖口は薄くて軽かった。なんとなく手をつないで歩いているようで恥ずかしかった。

いくつかの門を通り抜け、東のほうに真っすぐ歩いた。やがてサンは生まれて初めて見る殿閣の前に止まった。美しく整えられた建築物は荘厳で雄大だった。丁寧に彫刻された石像がところどころに立っていたが、それが物足りないと感じるほど庭も広かった。

「ここがまさに重熙堂《チュンフィダン》だ」

「あぁ、新しく用意されるとおっしゃられていた……？」

息子が生まれてから騒がしい音が絶えなかった。どうしたのかと訊いても、サンはそのうちわかるとしか言わなかった。

「何をするためにこんな大きななものを建てたんですか？」

常に節約節約とうるさい人にしては、とんでもなく贅沢な建物だ。

「東宮殿だ」

「東宮殿はすでにあるではないですか？」

「いや、私たちの息子のためだけの新しい東宮殿だ」

そう言って、サンは微笑んだ。

「便殿としても使えるし、東宮殿としても使う場所だ。息子が文を熱心に読んでいるのか、師匠によく従うのか、見守ってやるつもりだ。世子がもっと大人になれば、あそこに的《まと》を立てて弓を射ることも教えるつもりだ」

彼は広大な敷地を指さした。

「当然、家族は近くにいないとな。父親が息子を愛し、息子が父親を尊敬すれば、仲睦まじくならざるを得ない」

子供の頃の傷に触れたように、サンの顔にちらっと愁心がよぎった。

「実は完成してからもうかなり経つが、見せる暇がなかった」

すぐに表情を隠し、彼は話を変えた。

「来月ここで世子冊封礼を執り行う予定だ」

中も見せてやるとさらに手を引っ張った。

「国事を行う神聖な場所に臣妾がどうしてむやみに……」

「私が許すから大丈夫だ」

サンは強引にドギムを中に引き入れた。

部屋数は多いが、とてもゆったりした造りだった。寝殿や小さな遊び部屋もあった。古びた殿閣に比べると、ずいぶん洗練されていた。

「ここで娘が生まれたという知らせを聞いた」

一番奥の広い部屋の戸を開けながらサンは言った。

娘……この夏を見ずに去った赤ん坊――。

忘れようとしていた胸の傷に鈍い痛みを感じた。サンはその姿を逃さなかった。

「王様」

彼が話し出す前にドギムが先手を打った。

「どうして世子冊封を急ぐのですか？」

「子を失うのはつらい」

その顔はとても厳粛だった。

「それによってそなたが悲しむのはもっとつらい」

彼の苦しみが棘のようにドギムの胸を鋭く刺した。冷酷だと思ってしまうほど外に出さなかった彼の悲しみは、決して歩みを止めることのできない王の世界の中に隠れていた。

「そなたと世子は王である私が守ると言った。だから、これが私が家族を守る方法だ」

サンはドギムを見ずに言った。

「娘が死んだとき、そなたは私だけでなく世子まで押しのけようとした」

「決して、そんな！　ただ、余裕がなくて……」

死んだ子のことだけを考え、生きている息子を見失っていたことを彼は承知していた。

「今はそなたの息子が世子だ。そなたの家はここで、そなたの家族はここにいる」

振り向いたサンに、正面から両肩を強くつかまれた。

「逃げるな」

切迫した声だった。

「そばにいてくれれば、私を恋慕しなくてもかまわないと言った。しかし、どんなに力を使い果たしてもそなたを完全に自分のものにできないと思うと、やはり胸が痛む」

「王様……」

「私は子供がたくさん欲しい」

サンは彼女の言葉をさえぎり、抱きしめた。怖くて聞きたくないとでもいうように。

「世子が弟や妹たちとにぎやかに育ってほしい。私の息子には私が持っていないものをあげたい」

「臣妾もそうです」

「そうだな。だったら、そなたはこれからも私のそばに長くいなければ」

彼の体が熱い。そして自分がいるべき場所のように、彼の腕の中は楽だった。

「……必ず今日、そなたにここを見せたかった」

彼は忘れていなかった。

「少なくともこれくらいは、王でもしてあげられることだから」

あらゆる感情が入り交じり、ドギムは涙を流した。

「藿湯は食べたか？」

おずおずと訊ねる顔を見たら、なおさら彼への想いが込み上げてきた。

「臣妾は……」

サンがひどく複雑な表情をしていたから、言おうとしたことを吐き出すこともできなかった。

「承知しております」

ただ、それだけを口にした。

「ところで、これはなんだ？」

「ああ、世子様が作ってくださいました」

左手の薬指にはまったよれよれの花の指輪を怪訝そうに見ていたサンが笑った。

「春紫苑の花だな」

そのあとで、ぎくっとしたように表情を変えた。

「……もしかして、世子はそなたに何か言わなかったか？」

「何かとは？」とドギムはとぼける。

幼い息子が父親の秘密を思わず言ってしまったことは隠してあげた。

「なんでもない！」

ドギムは笑いをのみ込んだ。

「ああ、王様！　雨が降ります」

ふと気づくと、雨粒が屋根を叩く音が聞こえてきた。

「一日中蒸していたが、いよいよ降ってきたか」

窓からちらりと外を見たサンは大したことないように言った。

「雨に降られて帰るのは面倒だ。今夜はここに泊まろう」

「大丈夫なのですか？」

「そのために作られた寝殿ではないか」

彼は澄まし顔で言った。

楽な寝間着に着替えたあと、櫛で髪を整えた。並んで座り、しっとり濡れる大地を眺めた。娘が生まれた日の雨のようだった。同時に美しい娘が別れを告げた雨でもあった。

解き放たれた胸は、より深い温もりを望んだ。自然に接吻が続いた。照れくさそうに触れ合って始めたが、すぐに熱い息を交わすほど夢中になった。

そして、ひときわ長い夜を過ごした。

＊

冊封礼は無事に終わった。長くて退屈な礼式だったにもかかわらず、世子はおとなしく最後まで耐えた。幼い体には重い七章服《チルジャンボク》（世子の礼服）を着ていても、上手にお辞儀もこなした。ドギムは夜遅くなってようやく次期王に選ばれた息子を見ることができた。黒い袞龍袍を可愛らしく着ていた。危うく涙がこぼれそうになった。

祝賀の雰囲気は続いた。サンは獄舎に閉じ込められた囚人たちを多数釈放し、流罪にされた両班たちまでかなり解放した。海の向こうの遠い島に閉じ込められていた大妃の兄も本土に戻ってこられた。流罪が晴らされたわけではないが、すべて世子のおかげだと大妃は謙虚に受け入れた。

世子が誕生日を迎える秋になると、サンは臣下たちに息子を抱かせた。誰に似て人懐っこいのか見知らぬ人の胸を行き来しながらも、世子はにっこりと笑った。王様に似たきれいで聡明な目をしていると皆がお世辞を言った。

世子の冊封を記念する庭試《チョンシ》（特別試験）も開かれた。受験者たちが津々浦々から集まった。喜びを広く知らせようとする意味だとし、サンは親馬鹿を自認した。驚くべきことに、ドギムの弟のフビがかなりよい成績で兵科に合格した。

「馬の扱いがうまいな」

順位を分ける最後の試験に参席したサンが言った。

「そなたの弟は兄と違ってそなたによく似ていたよ」

何よりも彼はその点に満足している様子だった。

「これから禄を受けることになるが、立ち振る舞いに気をつけろと言わなくては」

シクのように追い出すつもりはなさそうだったから、ドギムはひと安心した。

「そして、そなたのほかの兄たちのことだ」

心を読んだようにサンがつけ加えた。

「今は世子の母方の叔父という体面もあるし、私の目の届くところに置いたほうがいいと思って東宮殿に配属させた」

ドギムはあんぐりと口を開けた。

「まあ、やらせるのは主に雑用になるが」

大きな期待はするなということだ。

「そなたとそなたの兄たちは、これまで私の警告を軽々しく聞かずによく従ってくれた。ならば、私も多少は返すのが当然だろう。これからも私を失望させるなよ」

とはいえ、途方もない進歩だ。ドギムは快く受け入れた。

年末には国境を超えてきた勅使から冊封を受け、息子の地位はさらに強固になった。

清国の皇帝から五種類の貴重な玩具も贈られた。世子は色とりどりに塗られた独楽《こま》が一番好きだった。一緒に独楽で遊ぼうと父親にまとわりつくのが常だった。遊びは苦手なサンだが、茶目っけたっぷりの息子の誘惑には耐えられなかった。

「いつまでも子供だったらとも思う」

遊び疲れて眠った世子の背中をとんとん叩きながらサンがつぶやく。

「膝に座って無邪気に遊ぶ姿が好きだ」

そのためドギムの憂慮に反して、サンは世子に勉強を強要しなかった。とても聡明で、すでに千字文まで覚えている息子に、感心して大騒ぎするどころかのんびり見守っていた。ただ褒めるだけで、特に焦りも見せなかった。

もちろん、家族に見せる甘い顔とは真逆の厳しい顔も持ち続けていた。

冊封をした日から世子の母方の地位を高めなければならないという意見は絶えなかった。世継ぎの根を強固にするのは当然のことだ。それでドギムの父親を参成《チャムソン》（議政府正一品の官職）に追贈しようという話が出てきたが、サンははっきりとした態度を示さなかった。

「論拠になるほどの書や帳簿を見つけることができなかった」

領議政が当惑し、すぐに続大典《ソクテジョン》があると提示しても、サンは首を縦に振らなかった。

「王妃の養子として入籍されたのに、生母の父を追贈することになんの意味があるだろうか」

「明白な前例があるではないですか」

「それだけでは足りない。国事は施行されればそのまま決まり事になるもの。もう少し深く考え、追って返答しよう」

そして、これ以上は聞かないとばかりに話題を変えた。

もちろん、そんなことをドギムは望まなかったし、関心もなかった。日に日に育つ息子にだけ心を注いだ。過ぎ去ったら二度と来ない幼年期だ。何一つ欠かさず記憶したかった。

今日も世子は大妃殿にご挨拶に行き、とても可愛がられて帰ってきた。あの厳格な方が笑い出すまで、短い手足でひょいひょいと踊ったそうだ。おかげでおいしいお餅と茶菓を思う存分いただいてきた。お腹いっぱいの世子はうとうとしている。

「連れて行って寝かせます」

眠そうな世子を乳母が抱き上げようとした。

「嫌だ。母上と一緒にいる」

そう言って、世子はドギムにぴったりひっついた。あまりにも強情を張るので、結局布団を敷いて寝かせた。すやすやと眠る顔を眺める幸せは大きかった。

「宜嬪様にだけ駄々をこねて甘えます」

乳母は苦笑しながらそう言った。

「ほかの目上の方には、そうではないのですか？」

「はい。愛嬌はいいですが、立ち振る舞いは落ち着いています」

産んでくれた生母の前では何をしても大丈夫だと本能的に気づいているようだ。息子が自分に気を許すのはうれしかったが、幼子がもう人の顔色をうかがうなんて気の毒に思った。

「王様にそっくりですね」

「なんですって？」

「鬼のように怖い方が、宜嬪様といらっしゃるときはよく笑うし、おかしなこともおっしゃったりして……とてもお優しいではないですか」

「優しくすれば、私などたやすいものですから」

「寵愛がこの上ないという噂が広まっているのに、何を恥ずかしがっていらっしゃるんですか」

「違いますよ。ほかのところでそんなこと言わないでね」

静かに生きていこうという信条を固めたドギムにとっては、迷惑な噂だ。

噂をすれば影とばかりに突然サンが訪れた。昼に来ることは滅多にないから驚いた。しかも、表情が普通じゃなかった。いつものように空腹だとか適当な言い訳をする余裕もないようだ。

「皆、外に出ろ」

サンは宮人たちを追い出した。小さな騒動にも動じず、眠り続ける息子を乳母が抱き上げることさえ阻止した。そのまま置いて早く行けとうながす。

「そなたはそこに座りなさい」

何か大変なことでもあったのかと思い、少し緊張しながら言われたとおりにしたら、サンはいきなり膝を枕に横になった。

「どうなされました?」

「疲れた」

乾燥した赤い目をこすりながら、サンはつぶやいた。

「年寄りたちは頑固でかなわない」

続けざまに深いため息が漏れる。

「こいつはこうだから役不足、あいつはああだから使えない……。不満にはきりがない。和解してうまくやれと無理やり仲裁するのも苦役だ」

たまにこういうことがある。サンがこらえきれず愚痴をこぼすことが。たいていは情を交わしたあと、体はくたくただが心はほどけているときが多いのだが、今日は意外だった。

「互いが争っているうちは、私に矛先が向かないのがせめてもの救いだ。万が一、我知らず野合して勢力を拡大するのではないかと心配するのも容易ではない」

サンには現実的な悩みが多かった。そして、ドギムにそれを聞いてほしかった。答えを探したり妙案を望むのではなく、ただ耳を傾けてくれればよかった。

「……息抜きに来たのだ」

ドギムの太ももを撫で、サンは顔を埋めた。ぞくぞくしてうぶ毛が逆立った。

「枕にする膝が必要でしたら、承旨や閣臣のところに行かれると思っていました」

照れ隠しに軽口を叩く。

「ひどいことを言うな」とサンは口を曲げた。

横になってじっとドギムの顔を見つめていたサンがふと訊ねた。

「……こうしているのはいいか？」

「いいわけはないでしょう。足がしびれてたまりません」

「ほら、私だけないがしろにする」

にらみつけるように目を見開いたサンの顔を、ドギムは優しく両手で包んだ。

「目もとにしわが寄っています」

「年輪だ」

「飲みすぎだからです」

「おお、そなたらしくなく小言なんて！」

「王様があまりにも小言が多いので、臣妾はそれを見て学んだんです」

「揚げ足をとるな」

ドギムは口をつぐんだ。沈黙が続くと、サンは我慢できずに訊ねた。

「どうして黙ってるんだ？」

「小言も止められ、揚げ足もとるなと言われたら、申し上げる言葉がございません」

サンは苦笑し、さらに訊ねた。

「……そなたは変えないつもりか」

「何をですか？」

彼はしばらくためらったあと、おずおずと言った。

「私を絶対に恋慕しないという言葉」

ドギムは固まった。

「そなたから愛してるという言葉が聞きたいと思うのは、あまりにも欲張りだろうか」

「臣妾は王様の子まで産んだではないですか」

「それは答えではない」

回避などさせぬというように、サンは断固として言った。

「私が王だから愛せぬのか」

自分の問いが、すべての女人は王に思慕しなければならないという、世の道理とどれほど矛盾しているかに思い至り、サンは眉をひそめた。

「私が王でなかったら、私に恋慕していただろうか」

「よくわかりません」

ドギムは慎重に本音を露わにした。

「臣妾はただの宮女でした。年頃が過ぎても子供のように暮らしていました。なのに、突然王様の胸で女になり、女が何かを悟る前に母になりました。そして、まともな母親の役割をする前に我が子を亡くしました。わずか数年で起こった変化に混乱しています。何もかもが難しくて、怖いです。それでわからないのです」

「……無理にでも甘いことは言わないんだな」

「王様をあざむきたくはありません」

「私の気分が悪くても？」

「免れるために急いで築いた堤防が決壊し、裏切られた気持ちになるよりはましです」

「そなたはいつでも私を突き放すように距離を置く」

彼の声はささやきに変わった。

「……いや、いつでも私から去り得るかのように、と言うべきだな」

「距離を置いたのは王様も同じでしょう」

「違う。私は近づきたい気持ちを抑えるために退いた。そなたは引き下がりたいのに仕方がないと近づいてきた」

サンがはっきりと示した関係性は、ふたりが重ねた過去の歳月そのものだった。

「かまわぬ。時間はたくさんあるから」

サンはゆっくりと目を閉じた。

「少しずつ適応すればいい。私は待つことができる」

付け加えるように唇を動かしたが、やがて蓄積された疲労に耐えられず眠りについた。

ドギムは自分の人生で最も重要なふたりの男をじっと見つめた。膝の上で眠っている夫はこの国の君主であり、隣で眠っている息子はのちに天下を握る後継者だ。

頂上に着いたときに残るものは下り道だけだということを知っているからか、最も幸せでなければならない絶頂の瞬間なのになんとなく悲しかった。どうか、下っていかなければならない日が早く来ないようにと願った。

サンは彼女の足の感覚がなくなる頃に、ようやく目を覚ました。

「悪い夢でも見ましたか？」

驚いたように二、三度瞬きしたので、ドギムは訊ねた。

「あ……違う。何か夢を見たようだが……」

彼ははっとして、額を手で打った。

「しまった。あまりに遅くなってしまった！」

窓の外から見える太陽の高さに、彼は跳ね起きた。

「今夜は待つな。朝臣たちと酒席を持つことにした」

そう言いつつ、また酔っ払って訪ねてきて面倒に絡んでくるのでしょう。

ドギムの内心を見透かしたように、言い足す。

「飲みすぎないから心配するな」

守れもしないことを……。

「本当だって！」

不信に満ちたドギムの表情を見て、慌てて言った。

誰に似て無邪気なのか腹を出し、すやすやと眠っている息子を一度覗き込んだあと、サンは大股で歩き出した。ところが、なぜか戸口でためらい、去りがたいようにドギムを振り返った。

目が合った瞬間、時が止まったような気がした。

しかし、彼は王らしく自らをうながした。

扉が閉まり、王の姿は消えた。

十七章　王と側室

王の冬はいつも寒かった。

冷たい風に凍った手に息を吹きかけながら本を読んだ。つらくはなかった。生活が質素になるほど自負心が生じ、何事にも堂々と振る舞えるからだ。

ただ、寝床はいつも温かかった。便殿や書斎で時間を過ごしてから寝殿に行くと、布団には温もりが生じていた。

宮人の誰かがあらかじめ冷たい布団に入って体で温めているのだろう。ただそのように納得し、それ以上は深く考えずにいた。

ところが、偶然長い一本の髪の毛を床の中で発見したとき、さまざまな考えが浮かんできた。彼のものとは違って細く、滑らかで柔らかかった。本当に不思議だった。自分の寝床に他人の痕跡があるのに嫌ではなかった。そんな感情を起こす人は世の中にたったひとりしかいなかった。

その直後、彼は真実と向き合うことになった。

とても寒い日だった。顔を洗ったあと、ひとりで寝殿に入ると彼女がいた。すっかり抜け出す時を逃したまま、布団の中で眠っていた。彼女がまさかそんな間違いを犯すとは尚宮も内官も思わなかっただろう。

サンはじっと彼女を見つめた。布団の襟をつかんで体を丸めていた。警戒心もなく眠り込んでいる様は、とてもか弱く見えた。抱きしめてあげたかった。守ってあげたかった。それはいくら否定しようとしても無駄な慈愛の気持ちだった。実に些細なきっかけをとおしてやっと気づいた。

やがて眠っていた顔をしかめ、彼女は目を開けた。目の前にいるサンをぼんやりと見つめた。口もとにはうっすらと笑みさえ浮かべてみせた。

その目が徐々に細くなり、そして瞳孔が見開かれた。

「あ、お、王様！」

布団を蹴って立ち上がり、また丁寧に整える姿がおかしかった。

「ただ温めておこうと……うっかり寝てしまい……」

声がだんだん小さくしぼんでいった。

「新しい布団に変えましょうか？」

「お前が今まで布団を温めておいたのか」

「はい、オンドルの火を焚かないので、お風邪でも召されてしまうのではと尚宮たちが案じて……」

自分は言われたとおりにしただけだと一生懸命に言い訳をする。それを聞きながら、少しでも彼女自身の優しさからの行為であればと思ってしまった。

「いつもそうしていたのなら、特に大騒ぎすることはない」

「でも、なんとなく知っていることと、目で見て知ることとは全く違うではないですか」

その言葉には同意した。勝手に彼女の心を想像するのと、実際に彼女の言葉を聞いてしまうのでは全く違っていた。それでまたすべてが変わり、サンは退きたくなった。

「いいから出ていけ」

彼女は振り向きもせず、さっさといなくなった。

惜しくも逃してしまった彼女の代わりにその温もりを抱きしめた。凍りついた心まで溶かしてしまうのではないかと思ってしまうくらい温かかった。いや、もしかしたらもう溶けてしまったのかもしれない。

サンは現実に戻った。

今年の冬はとりわけ寒かった。夜遅くまで本を読んでいると手足が冷えるどころではなく、鼻先につららができそうだった。それでもサンは辛抱強く耐えた。耐え難いときは彼女の布団の中に入った。二つの体が一つになってとろけるまで時間を過ごすことができた。彼女はもう逃げるようなことはしなかった。

すやすやと眠っている顔を見た。布団の襟をつかんで体を丸めている。警戒心が緩んだ様子は自分への信頼のように感じた。抱きしめてあげたい。守ってあげたい。それは報われなくても抑えきれない慈愛の気持ちだった。むしろ知らなかったらと思うほど胸を揺るがす激情でもあった。

「もう起きられましたか?」

頬と首筋をつつく手を邪魔そうに払いながら、彼女はもごもごと口を動かした。

「ちょっと待ってください。すぐに起きて……」

しかし、昨夜の疲れが残っているのか彼女はなかなか動けなかった。

「まだ時間がある」

サンが優しく言った。時間だけは永遠に自分の味方だと信じて疑わなかった。疑う理由すらなかった。それで彼は馬鹿みたいにこの時間をのんびりと流した。

ドギムのお腹には新たな子が授かっていた。わずか五年の間に三度目の懐妊だ。

皆から祝福されたが、ドギムにとっては苦行でもあった。今回は悪阻がひどすぎて、水すら飲めなくなった。常にめまいがして、外の風に当たる気さえしなかった。

「王子様のようです」

ドギムは疲れ切った顔をサンに向けながら、吐き気のもとであるお腹に手を添えた。

「そんなこと言うのは初めてだな」

サンは驚きながらもうれしそうだった。

「どうしてわかるんだ？」

「娘は母を苦しめませんから」

「以前に比べると確かに元気がない」

月のものがとまってから、かえって痩せてしまった頬に切なげに触れる。

「今は苦しくても、この子が生まれたのち、すべて埋めあわせてくれるほどの幸せをくれるのではないか」

まだ目立たないお腹をサンは優しく撫でた。

「世子を見なさい。親を敬う心がどれほど深いか」

ドギムは申し訳ないように目を伏せた。

世子は今年で五歳になった。急いで字の勉強をさせようという上奏があったにもかかわらず、サンは息子が子供らしく遊ぶことを願って先延ばしにした。しかし、聡明な姿を隠すことはできず、やむを得ず昨年から書筵《ソヨン》を始めた。幼い世子が初めて会った師匠に大人っぽく仕える姿が得難いものだと皆が褒め称えた。孝心も素晴らしかった。早くも父王の水刺を調べると言って、食べ物と湯薬について教えてほしいと内官たちをわずらわせた。

ただ、生母のことが好きすぎるのが欠点だといえば、欠点だった。

「母上と呼んではいけないと何度もお話ししたではありませんか！」

昨日にしてもそうだった。いくら諭しても習慣は直らず叱らなければならなかった。

「しかし、母上……」

体も大きくなり、発音もはっきりしてきたが、まだ子供だった。切実に抗弁しようとする瞳に、ちらっと涙が浮かんだ。それでもドギムは心を鬼にして、告げた。

「ひどい癖を直せないのは私の不覚です。顔を上げることのできない罪人である私は、これから世子様のご挨拶を受けません」

慕ってくる息子を無慈悲に退けるなど胸が張り裂けるようだった。しかし、すべては息子のためだ。世子の生母が王妃と無品嬪《ムプンビン》を抜いて寵愛されるという噂はいつ毒になるかわからない。さらにサンは依然として彼女の父を追贈することを拒否している。慎重な問題だと言いながら、何度も先送りするのもほかに意図があるのだという意味深長な釈明まででした。

踏み間違えた一歩は背中を突く刃になるだろう。世子は父王に憎まれてはならない。王室の親子の縁が途切れれば、恐ろしい悲劇が起こることを前の世代から学んだ。ふとドギムは自分が昔の恵慶宮のように息子を心配しているという事実に気づいた。実に悲しいことだった。

「申し訳ありません」

世子はさっとひれ伏した。

「二度と間違いを犯しませんから、私に会わないというお言葉だけはやめてください」

そして、どうしても言えない言葉を無理やり口にするようにつけ加えた。

「お許しください……宜嬪様」

「私は世子様を許す、許さないなどと言える身ではありません」

なぐさめてあげたかった。しかし、きちんとけじめをつけずに事を収めると、世子は顔色をうかがいながらもふたたび自分のやりたいようにするだろうと思った。

「今日はこれでお帰りください」

「はい。明日また来ます」

「当分立ち寄らないでください。同じ過ちを繰り返すのではないかと心配です」

母の部屋を追われる息子の沈んだ肩はあまりにも小さかった。

「何かあったのか？」

ドギムの顔に浮かぶ陰をサンは鋭くとらえた。

「朝見たら、世子の顔も暗かったが」

ドギムは無理やり笑みをつくった。率直に打ち明けるほどの話ではなかった。サンに問い詰められそうだったので、また吐き気がするふりをしてやり過ごした。


息子と仲が気まずくなって数日が過ぎた。

来るなと釘を刺したせいで内官が代わりにご機嫌うかがいにくるほど縮こまった息子がますます気の毒になった。結局、ドギムのほうで耐えられなくなった。茶菓を作ってちょうど書筵を終えた世子を訪ねた。息子は足袋のまま飛び出してきた。字の練習をしたのか、小さな手のひらに墨がいっぱいついていた。

でこぼこで形の悪い茶菓をもぐもぐさせながら世子は明るく笑った。

「母……いや、宜嬪様の味が宮殿の中で一番です」

息子の甘い言葉に心がしびれる。

「宜嬪様はお召し上がりにならないのですか？」

「お腹の中の弟が、あまり食欲がないそうです」

「弟君は悪い子ですね。父上がおかずの文句はよくないことだとおっしゃいました」

宮殿で一番好き嫌いが激しい方も息子には偏食するなと教えているらしい。

「ええ、あとで世子様が叱ってやってください」

「いつ会えますか？」

「おそらく秋頃だと思います」

父や兄と同じように木々が赤く染まる季節に生まれそうだ。まだまだ先の話だ。

「妹だったらいいのですが」

世子は無邪気に言った。

「一緒に字を学び、戦《いくさ》ごっこもできる弟のほうがいいんじゃないですか？」

同年代の友人もいないまま、乳母と内官、臣僚ら大人のなかで育つ息子が不憫で、ドギムはそう訊ねた。世子は首を横に振った。

「妹でこそ宜嬪様が喜びます」

もしかしたら世子は亡くなった妹のことを覚えているのかもしれない。妹の存在が一夜にして消えてしまったのに、世子は一度もそれに触れなかった。まだ幼かったから記憶に残っていないのだろうと思っていたが、もし母親のために知らないふりをしているのなら、それもまた不憫だ。

「一緒に後苑でも歩きますか？」

散歩以外に息子ともっと時間を過ごす理由が思い浮かばなかった。幸い、つまらない誘いにも世子は喜んでうなずき、手をとり合った。

東宮殿へと向かう林道を一緒に歩いた。数日前に雪が降ったこともあって、吐く息が白くなるほど寒かった。ドギムは世子の服の襟を何度も整えた。母からの世話を受け、世子は父親そっくりの笑みを浮かべた。

しばらく歩くと、どこからか男たちの声が聞こえてきた。見知らぬ者に出くわすのはまずい。ドギムは慌てて顔を隠して、退いた。このように後苑の奥深くまで入ることができる者は多くない。遠くに大殿の宮人たちが見えた。寒いなか、サンが朝臣たちを率いて東屋に上がったようだ。

戻ろうとしたが、ふと考えをあらためた。

「世子様、私はここで待っていますので、王様にご挨拶なさいませ」

父王と仲がよく、英敏な世子を広く知らせるのは悪いことではない。

「臣僚たちといらっしゃるので、礼儀正しくしなければなりません」

心配しないでと母に言い、世子は父のもとへと駆けていった。

白く雪化粧した木の下に身を寄せ、冷たい手をこすった。思ったより長くかかった。世子を膝に座らせて自慢しているサンの姿を思い浮かべれば、長く待つのも苦ではなかった。

やがて帰ってきた息子はひとりではなかった。意外にもサンが一緒だった。

「臣妾がいたずらに世子様を送り出して、お邪魔をしてしまいましたか？」

「いや、そうでなくても終えようとしていたところだった」

サンは凍えて赤くなった彼女の手をそっとつかんだ。

「冷たい。ただでさえ気をつけなければならない時期ではないか」

「なぜ気をつけなければならないのですか？」

好奇心に満ちた瞳を輝かせながら世子が割り込んだ。

「お前の弟があまりにも小さくて弱いからだ」

「私もそうだったんですか？」

世子は母親のお腹のどこに弟が隠れているのかと首をかしげた。

「そうだな。これだけ育ったのが不思議のようだ」

膝にやっと届く息子の頭をサンはいたずらっぽく押さえつけた。

「私も父上のように背が高くなるのですか？」

「この父ほど大きくなるためには、よく食べて一生懸命勉強しなければならない」

まるでどこにでもいる平凡な家族のようだ。ドギムは胸が熱くなった。妊娠したせいか、このところ感情の起伏が激しい。涙もろくもなった。

母の気持ちを知らない世子はただ浮かれていた。小正月の飾りつけ、まだ片づけていない木の上の燃灯を指して笑った。これ以上支えられないと枝の上に積もった雪を振り落とした。雪玉をつくって、手がしみるとうなった。

「そなたに似て、本当にやんちゃだ」

ゆっくりとあとに続き、息子を見守っていたサンが優しく笑った。

「臣妾はおとなしかったから、似ていませんね」

ドギムが言うと、サンは鼻で笑った。

やがて玉流泉《オクリュチョン》近くの池にたどり着いた。見ただけで冷たさが感じられるほど水は澄んでいた。跳ねるように歩きながら水の中を覗いていた世子がいきなり叫んだ。

「あれを見て下さい！」

悠然と泳ぐ冬の鯉だった。丸々と太っていて、川の主のようだ。

「私の体よりも大きいですよ、母上！」

夢中で手を叩く姿があどけなく、息子の致命的な失敗をドギムは一瞬聞き逃した。

すぐに気がつき、血の気がすっかり消えた。これまで世子はドギムとふたりきりの場以外では失敗をしなかった。しかし、今は王の御前だ。彼女はサンの性格を誰よりもよく知っていた。さらに孝《ヒョ》宗《ジョン》朝の時、とある側室が自身の実子である翁主を思わず「お前」と呼び、時の王が激怒して殺そうとした前例もある。

この世に側室の子はいない。ひたすら王の子がいるだけだ。サンがいくら寛大でもそれを忘れてはならない。

「王様！　世子様はまだ幼いので口が滑っただけでございます。罪は臣妾にありますので、どうか臣妾を罰してください」

ドギムは雪原にひざまずいた。

サンは複雑な顔をしていた。しかめた眉間には怒りがあり、じっと世子を見る目つきにはいたわしさがあり、やがて彼女に向けた視線に含まれていたのは心苦しさだった。

「そなたひとりの体ではないのだ。立ちなさい」

サンはドギムを抱き起こした。

「幼い世子が生母を愛する心を、どうして過ちと言えるだろうか」

意外な寛大さにドギムは驚く。

「それでも間違いはわかるだろう？」

サンは目を丸くした息子を厳しく叱った。

「はい、私が悪いです」

「……そんなに母と呼びたければ、私たち三人でいるときだけそうしなさい」

「王様！」

今度は身が震えるほどびっくりしたが、サンは平然と続けた。

「王妃や和嬪がいるところでは絶対に駄目だ。わかったか？」

「肝に銘じます」

「お前も母をこんなに困らせたくはないだろう」

サンは息子のすべすべした頬を軽く叩いた。世子の満面に笑顔の花が咲いた。

三人はふたたび歩きだした。息子は何事もなかったかのように無邪気に先を走った。何度も振り返り、遠慮なく「母上」と呼んだ。

「世子様に甘すぎます」

冬の兎《うさぎ》を追いかけるのに世子が夢中になっている隙に、ドギムが言った。

「そなたにも甘いのに、そなたが生んだ息子にはどうしようもないだろう」

サンは照れくさそうに笑った。

ほんのひとときの家族の休憩はすぐに終わりを迎えた。忙しいサンは政務に戻り、ドギムは次の日課のために世子を見送らなければならなかった。白く覆われた大地に延びる道を息子と並んで歩いていく。すべての音を雪が吸収し、とても静かだった。

「私が言ったではないですか」

サンが書いた重熙堂の横額が見える頃、世子がふと口を開いた。

「母上と呼んでもいいと言ったじゃないですか」

そうして、にやりと笑った。

「母上！」

わざと言ったのだ……。

息子の笑顔からドギムは真実を悟った。

望みをどうにか叶えようと幼い子が王の御前で小細工をしたのだ。とんでもない度胸だ。いや、もしかしたら父王が自分にべったりなのに気づいていて、起こしたことかもしれない。ドギムはあきれてしまった。ここまで来たら本当に誰の息子なのかわかる。いろいろと小細工をするのは母親に似ており、緻密に状況を動かす狡猾さは父親に似ている。

「母上、母上！」

世子は今まで言えなかった鬱憤を晴らすように母を呼び続けた。

冷たい風が信じられないほど暖かく感じられる時間だった。承恩をいただいて五年間夢を見ているような気がした。もちろん薔薇色だけの甘い夢ではないが、このように愛らしく英明な息子が登場するときは、この上なく美しい夢になってしまう。

ドギムはこれが夢ではなく、目覚める必要のない実際の人生であることをありがたく思った。

＊

晩春になると異常な暑さが猛威を振るった。渓谷の水が乾き、大切な穀物が駄目になった。当然のように疫病も蔓延した。麻疹《はしか》だった。サンは哀れな民を救おうと各村の病人を自ら毎日確認し、内医院と恵民署《ヘミンソ》などを催促した。

驚くべきことに病魔は宮殿まで犯した。中宮殿の宮人ふたりに症状が現れた。

「疫鬼祓いの儀式をしても足りないのに、警戒がさして厳しくもありません」

ギョンヒは文句を言った。

「一度火がつけば瞬く間に蔓延するのに、あまりにも安易ですよ」

それもあり得ることだった。大妃ら王室の上の者たちはみんな麻疹にかかっていた。一度かかれば二度とかかることがない。予防のために財を使う理由がないのだ。

「あなたも幼いときに病んで大丈夫でしょ?」

ドギムが言うと、ギョンヒは目の色を変えた。

「宮殿にはかかったことのない人も多いじゃないですか! 宜嬪様のように!」

「私はかからないわ。昔、あなたとボギョンを看病しながらも元気だったじゃない」

「それでも気をつけなければなりません! 世子様も同じですよ」

ギョンヒはちょうど挨拶に来ていた世子をちらりと見た。

「まあ、それはちょっと心配ね」

ドギムも同年代の子供たち同様に病気がちな息子が気になった。世子は新しく学んだ字を見せるのだと筆を動かすのに忙しかった。

「母上、これを見てください!」

世子が意気揚々と叫んだ。母という声にギョンヒは眉をひそめたが、ドギムは肩をすくめただけだ。他人の目がないときはかまわないとサンの許しを得たので、注意はしなかった。

世子の書いた字は「子母之心《チャモジシム》」だった。

「なんとまあ、上手に書かれましたね」

ドギムは賞賛を惜しまなかった。

「どういう意味かもご存知ですか？」

「はい！　慈愛にあふれた母の心を言います」

世子は頬を赤らめながら微笑んだ。

「世子様は生母様に格別に従われますね。普通は乳を飲ませる乳母に愛着を持つものですが」

母親に向ける世子の愛情にギョンヒは興味津々だった。

「妬むことが減ってよかった」

ドギムはいたずらっぽく言い返した。

「もし、そうじゃなかったら……あ！」

「どうされたんですか？」

突然の声に、ギョンヒが慌ててドギムの手を握った。

「胎動を感じた！」

懐妊してから子供はずっと静かだった。毎晩、ドギムが途方もない腹痛に悩まされたときでさえお腹の子に動く気配はなかった。不順な懐妊症状で母体を苦しめているのとは正反対だ。ところが、今初めて存在感を表わした。

「世子様、手をお貸しください」

ドギムは世子の小さな手を自分のお腹に触れさせた。

「弟ですよ。感じられますか？」

意外に強い力に世子はびくっと手を引っ込めた。しかし、すぐにふたたび手を伸ばす。お腹の中からの反応が不思議なのか、おそるおそる探っていく。

「母上はお寂しいでしょうね」

世子が手を止め、ドギムに言った。

「寂しいですって？」

「妹じゃない。私のような男の子です」

「妹も力強く蹴ることができますよ」

しかし、世子は小さな頭を横に振った。

「妹ではありません。弟です」

確信に満ちた話し方にドギムは言葉を失った。

「もともと子供は純粋で、大人が見られないものも見るというではありませんか」

目を輝かせてギョンヒが言った。

「おめでとうございます！」

「いいのいいの、もういい」

常に都合のいいように考えるのがギョンヒだ。彼女の言葉は無視するにかぎる。

「ところで」とギョンヒは乳母へと目を移した。「そなたは大丈夫か？　今日はやけに静かね」

いつも騒がしい人がなぜだかぼんやりしている。

「ああ。ええ、昨夜寝そびれたのですが、どうもすっきりしなくて」

彼女はゆっくりと応えた。

「世子様に乳を飲ませる人がそれでいいのか」

強く非難するギョンヒを、「お前は、黙っていなさい」とドギムがにらむ。

「そなたはゆっくり休みなさい。世子様はほかの宮人に任せよう」

「いえいえ、大騒ぎするほどではございません」

乳母は手を横に振った。


しかし、その二日後、乳母の顔に不吉な病の花が咲いた。麻疹だった。急いで出宮させなければならなかった。子供が丈夫になるように六、七歳まで乳を飲ませる風習は厳然としてあり、世子への乳が突然絶たれたことを多くの人々は心配した。

果たして、王室は重大な問題に直面した。すでに乳にうつっていたのか、世子が麻疹にかかったのだ。朝の挨拶に来た世子の目もとが赤みを帯びているのを怪しく思ったサンがすぐに指摘した。直ちに世子の寝所を大妃殿の東側の行閣に移した。恵慶宮は快く孫の看病をした。

幸い、病状はひどくなかった。紅斑があちこちにでき、微熱もあったが、集中的に医薬庁《ウィヤクチョン》で治療を受けたら、一日で快方に向かった。世子は白粥を食べ、湯薬も飲んだ。夜もぐっすり寝た。退屈だと言って本すら読んだ。

それでもドギムは気が気でなかった。しかし、サンが世子に会うことを許さなかった。

「王様、臣妾が世子様を……」

「そなたは麻疹を患ったことがないから駄目だと言っているだろう。うつったらどうするのだ」

「臣妾はもう大人だから大丈夫です」

「そうでなくてもこの頃のそなたは、懐妊のために体力がなくなっているではないか」

切に哀願しても、その拒絶は頑強だった。

「そもそも世子の寝殿を移した理由もそのためだ」

「御簾をかけて、遠くからでも……」

「世子の病状が微々たるものであるうえ、母上が真心を込めて見守っていらっしゃる。そなたはお腹の子のことだけを考えていなさい。胎動を感じたんだって？　そなたの世話が必要なのは、世子よりその子だ」

反論など到底できなかった。ただでさえ心配事の多いサンに、これ以上当たることもできなかった。ドギムは仕方なく退き、枕に顔をうずめて静かに泣いた。

「宜嬪様、世子様から伝言が届きました」

翌朝、目を腫らしたドギムに宮人が何かを差し出した。くしゃくしゃになった紙切れだった。いかにも子供らしい拙い文字で『望雲之情《ぼううんのじょう》（遠くから親を懐かしむ）』と書いてあった。

「まだございます」

宮人が次々と紙片を差し出す。『倚門而望《いもんのぼう》（母が気をもんで子供を待つ）』、そして『反哺之孝《はんぽのこう》（子供が大きくなって親に恩返しする）』と書かれていた。

いつの間にこんなにたくさんの字を覚えたのだろうか。十歩離れて見守らなければならない側室なので、息子がこれほど立派に育ったことも知らなかった。

病の自分を母が心配していることを知っている。大きくなったらその恩は返す――そんなことを自ら伝えてくる大人びた子供になるとは夢にも思わなかった。

「昨日の夕方には快癒されたそうです」

宮人はさらなる吉報を伝えてくれた。

「忍冬茶《インドンチャ》を服用すると熱が下がり、紅斑も治まったんですよ」

恐れる必要はない。麻疹を患ってもわずか三日で治るほど息子は丈夫だ。しかも、サンが何があっても息子だけは守ってくれると言った。

「そうね。わけもなく大騒ぎをしたみたい」

ドギムは宮人に笑みを返し、息子に書く返事について考え始めた。

翌日、サンは世子の麻疹が完治したという教書を下した。大変うれしい慶事だと医薬庁の宿直医や看病に努めた人々に褒賞を下した。宗廟に感謝する祭祀を行い、これを祝う科挙試験まで開くことにした。

ただ、回復後すぐの移動は負担がかかるということで、世子はあと数日大妃殿に置かれることとなった。まだ少し体も痛むようだが、優しい祖母とよく遊んでいるという伝言を受けた。おかげでドギムも忙しくなった。味けないおかゆだけを食べていた世子においしい料理を作ってあげたかった。まもなく息子の愛らしい笑顔を見られると思うと、ただただうれしかった。

そうして三日が過ぎた。

サンは眠る息子の顔を覗き込んだ。

病んでいる間、ひと言も文句を言わなかった。本を読みたいとねだりはしたが、一冊与えると、もう治ってしまったようだと冗談交じりに話した。母親のようにたくましく、恐ろしい麻疹も信じられないほど簡単に乗り越えた。熱が下がり、すっかり紅斑も消えた。

しかし、天は気まぐれで、意地悪だった——。


「我が息子よ」

サンが優しく言った。

「父はここにいる。目を開けてみなさい、うん?」

冷や汗に濡れた額に貼りついた髪の毛を払ってあげた。小さな体が痙攣を起こした。

「大変恐れ入りますが、王様……」

内医院の提調がほとんど涙ぐみながら告げた。

「続けて蔘茶を飲ませたのに効果がありません」

急変した世子の容体は、悪化の一途をたどっていた。

昨夜は平穏だった。朝まで元気だった。ところが、正午から信じられないほど熱が上がった。熱気が胸をふさいで朦朧《もうろう》とし、まともに呼吸もできなくなった。目を剥き、発作まで起こした。

「治るどころか、どうしてますますひどくなるのだ⁉」

怒りのあまり、サンは叫んだ。

「明朝までに麻疹の治療に長けた医員たちを呼び集めなさい！」

臣僚たちが怒りを抑えるよう懇願すると、彼は激情をこらえ、座った。

「余が見守るのは至極の情のため、また志があるからだ」

茫然自失のつぶやきが、乾いた唇から流れ出た。

「……どうしても見ていられない」

涙を隠すために手で顔を覆った。

「ひと晩中、世子を看病している恵慶宮様も途方に暮れているというのに、何もできない余はどうすればいいというのだ」

苦悩と祈りの三日が過ぎた。

処方を変えて乳汁を使ったが、効き目はなかった。痙攣の症状は収まったというが、それほど劇的な改善とはいえなかった。せっかく宮殿外から集めた医員たちも、まともな処方を出すことができなかった。藁にもすがる状況なので侍薬庁《シヤクチョン》を設置して祈祷祭を行った。大臣たちを宗廟社稷に送り、切に祈るようにした。それでも効き目がなかった。

サンはぼんやりと座っていた。隣の部屋では息子が死線をさまよっていた。何も手につかなかった。この三日は政務も中断している。

「王様」

絶望にのみ込まれる寸前の彼を呼んだのは、恵慶宮だった。

声に込められたものをサンは察知した。ずっと眠れず赤くなった目で、サンは母后を見た。気丈な老婦が初めて視線を避けた。

サンはふたたび息子の顔を覗き込んだ。

もううわ言も言わない。静かに目を閉じている。小さな体が火の玉のように熱い。サンが与えた本は部屋の隅に転がっていた。

「大妃様はすでに世子様を見て退かれました。王妃もです」

しわの寄った顔を絶えず涙で濡らしながらも、恵慶宮は毅然としていた。

「あの人は……？」

言いかけ、サンは黙った。馬鹿げた質問をするところだった。

息子の病状が悪化して以来、彼女を見ていない。治ったはずの息子が、なぜ突然死の淵に連れていかれたのかを納得させる自信がなかった。彼自身さえ納得できないことだった。

「王様も最後の挨拶を……」

それ以上は口にすることができず、恵慶宮は服の結びひもを濡らして去っていった。

「……ち、父上」

か弱い声が聞こえた。

「父上」

久しぶりに聞きとれる言葉だった。サンはさっと顔を近づけ、世子の声に耳を傾けた。

「うん、父はここにいるぞ！」

「……おりません」

「何が、何がいないのだ？」

「母上がおりません」

世子がゆっくりと目を開いた。熱に浮かされた瞳はうるみ、美しく澄んでいた。

「みんないらっしゃったのに……母上だけいらっしゃいませんでした」

サンは言葉が詰まった。

「母上を……呼んでください」

うるんだ瞳で世子は必死に訴えた。

「そうしてこそ、私が去る……」

幼い体がまた発作を起こした。この三日間何度も見たが、このような恐ろしい光景はいつも初めてのように感じる。熱がさらに上がるのではと抱いてやることもできなかった小さな体を、サンは強く抱きしめた。大丈夫だと数千回ささやきながら涙を流した。

「父上」

ようやく激しい痙攣が収まったとき、世子がふたたび口を開いた。

「私が王妃様の子になったので、母上は来られないのですか？」

幼い息子の切ない問いに、サンの胸はつぶれた。

先王が自分を景慕宮と母后の系譜から外し、一面識もない伯父の下に入籍させたときのことを思い出した。王位に就くためには正統性を持たなければならない——実に正しい言葉だった。

「すべて私のせいでしょう?」

しかし、息子の純粋な問いが、無理やりに埋めた彼のしこりを露わにした。

「違う」

彼女はここには来られない。

麻疹を患ったことがなくて危険だ。ただの側室には世子の臨終を守る名分がない。胎中の子供を保護しなければならない。そう、理由はいくつも思い浮かぶ。

しかし、彼にはもうそのような理由を守る意味がわからなかった。

「もうすぐ来る」

サンは息子の手を握った。

「少しだけ我慢しなさい」

今にも世を去ろうとする息子の願いを、是が非でも叶えてあげたかった。

王命を賜った内官が大急ぎで駆けていった。待っている間、息子はさらに二、三度発作を起こした。しかし、よく耐えた。

「……世子様!」

ドギムが足袋のまま駆け込んできた。その姿は壮絶だった。息子の命を救ってほしいと昼夜を問わず天に祈っていたのだろうか、服も髪も乱れ放題だった。

「母上……」

ひどい熱花で覆われた世子の顔に、笑いの花が咲いた。

「いらっしゃると思いました」

枕もとにかがんだドギムは、胸が詰まって何も言えなかった。涙だけが顔を濡らした。

「私が……母上に来てほしいと願ったから……」

望みを叶えた英明な息子の残像が、瞳の中で揺らいでいた。

「父上」

世子がつぶやいた。

「母上」

幼い声が徐々に小さくなっていく。

終わりの時が近づいている……。

サンの頭の中は真っ白になった。

しかし、ドギムは違った。

「……今回は私が来たので、次は世子様が私のところに来てください」

彼女は切ない約束を口にした。

「すぐにですよ。必ず来なければなりません」

あえぐように呼吸をしながら、息子がかすかにうなずいた。

「来世は妹と鹿に生まれて……」

世子がつぶやいた。

「母上と妹を……でも父上は……」

熱にうなされよくわからないことを口走った。しかし、それさえもすぐに収まった。

「母上……」

それが最期の言葉だった。

世子が亡くなったのは、春の光に包まれたうららかな未《ひつじ》の刻（午後二時）だった。内官が屋根に上がって可愛らしい黒い袞龍袍を振りながら、「帰ってきてください」と三度叫んだ。もちろん、帰ってくる人はいなかった。

サンは白袍《ペクホ》を身に着けた。大妃と恵慶宮、王妃は素服（喪服）を着た。これから三年間続く世子の喪礼の始まりとして、王室の家族は悲しく哭泣した。湯灌《ゆかん》（遺体を洗い浄め、服を着せるしきたり）もした。火の玉のように熱くなって、あっという間に冷たくなってしまった世子の体を洗った。二度と母上と呼べない口には米粒と真珠が詰め込まれた。

息子がこの世から旅立った夜、サンはドギムに会いに行った。

しかし、どうしても彼女を見ることができなかった。今日行われた喪礼のすべての過程に側室の役割などなかった。庶母《ソモ》にすぎないため、子供の死からも必ず離れていなければならなかった。その遠い距離が、ひどく悲しかったはずだ。

彼女は息子が姿を消したまま戻ることのなかった部屋の、戸の前にじっと立っていた。

サンはひどく恥じ入っていた。長い年月を王だから仕方がないのだと振る舞った。自分の運命として受け止めろと放置したことも多かった。その代わり、彼女と息子は守ると断言した。しかし、その約束を守れなかった。

戸の隙間からすすり泣きが聞こえた。サンはひと晩中その音だけを聞いた。

*

「汁をもっとちょうだい」

ドギムは宮人に空いた器を差し出した。

「さっきも全部吐かれてしまいましたが……」

「空けたからまた満たさないと」

宮人は躊躇しながら、ふたたびすまし汁を出してきた。ご飯を入れ、匙一杯すくった。待っていたかのように吐き気を催したが、無視して腹に入れた。

息子が死んだ。

最初は現実味がなかった。よく知らぬ人々が小さな息子の遺体を布で覆って運ぶ間にドギムは重熙堂に戻った。ひたすらじっと世子を待った。約束したのだ。すぐにまた現れそうだった。

しかし、皐復《コボク》（死者の名を呼んで、離れていく魂を呼び戻す儀式）だけが聞こえた。続いて法螺貝の音が聞こえた。誰かの泣き声も聞こえた。ドギムの世界はふたたび止まってしまったのに、現実を受け入れなければならないとあちらこちらから警告されているようだ。

王室の残酷な道理も彼女を憔悴させた。大妃や恵慶宮らを訪ね回りながら、いくら悲しくても水刺は必ず召し上がるようにと求めなければならなかった。自分は水をひと口飲んでもすぐに吐き出してしまうが、それはべつに問題ではなかった。王妃に傷心がどれほど大きいかと訊ねるなど、実に滑稽ではないか。側室が産んだ子供の死を心から悲しむよう強要される王妃も、自分が産んだ子を他人の息子のように扱う自分も……。

この宮殿の女性たちの境遇は、どんなことがあっても何も変わらなかった。

全部出し切ったと思っても涙の泉は尽きなかった。毎晩厚い布団をかぶって泣いた。そうするうちに気がついた。

子供をふたりも失った。絹のように美しい兄妹だった。それでもまだひとり、残っている。ひたすら母親だけに依存する、お腹の中の弱い三人目が。

「大丈夫ですか？」

吐き気を抑えようと胸を叩いていると、宮人が駆けつけた。

「大丈夫。食べてこそ生きられる」

ドギムはどうにか全部を飲み込んだ。

「……生きないと」

悲しみと怒りも、全部。

それでも殯宮《ひんきゅう》には、様子をうかがいながら出入りすることができた。人の気配がまれなときは、小さな棺桶をいつまでも眺めた。息子が棺桶の蓋を開けて立ち上がり、にっこり笑うのではないかと無駄な期待をした。

時が流れ、そんな期待すら抱くこともなくなったとき、ふと疑惑が生じた。

国に疫病が広まった。乳母が先にかかった。世子もかかった。幸い症状は微々たるもので、すぐに元気になった。そこまではよかった。ところが、治った病気がふと怪しくなった。湯薬が全く効かないほど悪化の一途をたどった。そして、ついに亡くなった。

熱も下がった。紅斑も収まった。よく寝て、よく食べた。そんなふうに完治した病が、短時間で悪化して人の命を奪うことができるのだろうか。

果たして、本当に病だったのだろうか。

輪郭が描けない疑惑のなかで、助けを求められるのはギョンヒだけだった。

「どこから手をつけていいかわからない」

世子の死について詳しく語った。一昨年の誕生日に寝殿の近くで呪いの儀式の痕跡を発見したことも打ち明けた。

「……疑わしいということですね？」

毒殺のような凶言はさすがのギョンヒも口にできず、そう問い返した。

「あり得ないことでもないじゃない」

実際、呪いだとか毒薬だとかいう事件は、世代ごとにあった。遠い世代をたどるまでもなく、先王と先々王、そしてその子供たちまでも頭を悩ませていた。

「ですが、世子様を害して得をする者はいるでしょうか？」

ギョンヒは懐疑的だった。

「誰もいませんよ」

外戚と庶子が乱立して王位継承が激しい政局ではなかった。世子はサンが遅くに得たひとり息子だった。むしろ、臣僚たちが早く世継ぎにしなさいと大騒ぎする名分があった。

「それもまた、私が解決しなければならない疑惑の一つだろう」

ドギムは強情に答えた。

「王様からは何かお話はございませんか？」

「人の命はそもそも天の意思にかかっているものだと悲しんでばかりいらっしゃる」

本当にそう思っているのかはわからない。しかし、サンはそうせざるを得なかった。

世子の病の責任を負った内医院の都提調がほかでもないソ・ゲジュンだった。彼は少数党派に近い人物であり、朝廷で攻撃されることが多かった。そして、今回の世子の薨逝はその完璧な口実となった。内医院の罪で世子が死んだので、直ちに罰を与えろという上訴が殺到した。しかし、サンには彼が必要だった。彼は峻厳《しゅんげん》な蕩平策の大黒柱となる高潔な臣下のひとりだった。サンの政治を最もよく理解し、助力する寵臣であることは言うまでもない。

サンは彼を全力で庇護した。内医院の罪ではないと、自分が自ら処方を書いて調べたと釘を刺した。さらに問い詰めることはサンの罪で世子が死んだと批判するのと変わらないというように断ち切った。そして、悲嘆に暮れた父の役割だけを忠実に守った。

「じっとしていらっしゃらなければなりません」

その裏事情は当然ギョンヒも知っていた。

「王様の意思のあるほうに立たなければなりません」

「いつもはどんなことでも疑ってみるあなたが、どうしてそんなに落ち着いているの？」

わけもなく苛立ち、非難してしまった。

「今年は麻疹がとりわけ大きく広がりました。宮殿の外の子供たちのように、世子様もどうすることもできなかっただけです。そして、宜嬪様はとても心を痛められ、虚しい思いに落ち込んでいらっしゃるのです」

ギョンヒは冷静さを失わなかった。

「今は宜嬪様ご自身の安否からお気づかいください。お腹の赤ちゃんを守ってください」

「何をどうしようというわけではない。ただ納得したい。それだけよ」

ドギムは静かに話しだした。

「世子様が……いや、私たちの息子が死んだのだ。わずか五歳だった。息が切れる瞬間まで私のことを探されたのよ」

息子に何もしてあげられなかった。あの子のためという言い訳がむしろ顔色をうかがうようにさせてしまった。母と呼んではいけないと叱った。息が切れる苦痛を和らげることもできなかった。

「本当に天の意思なら受け入れなければならない。しかし、ほんの少しでも疑惑があるなら……私が認められない過ちがあったとしたら……私は知りたい。知っておくべきだ」

涙がまたどうしようもなくあふれた。

「私ができるかぎり宜嬪様をお助けいたします」

友情を裏切ることができるはずもなく、ギョンヒはやむなく約束した。

「ありがとう」

ドギムは強くギョンヒの手を握った。

「たとえ私があなたの助けを借りられなくなっても、あなたは止まらないで。大妃様やほかの人を通じてでもずっと探ってほしいの。わかった？」

「どういうことですか？」

「知ってるでしょう。私は身ごもっていて、万が一のことがあるかもしれない」

彼女は丸くふくらんだお腹を撫でた。

「昔、私が言ったこと覚えてる？　怖いって言ったよね。王室は赤ん坊さえできれば、私なんか百回も殺すだろうと。それが寂しいと」

手のひらにささやかな胎動が伝わってきた。

「今は違う。赤ん坊のためなら、自分のお腹を割いても怖くない」

「どうか弱気なことをおっしゃらないでください」

ギョンヒは真っ赤になった目もとをごしごしと拭いた。

「約束して。止まらないって」

「ええ、なんでも約束しますから、弱気なことをおっしゃらないでください」

ドギムはギョンヒを抱きしめた。とても危うく切ない時間だった。しかし、その時間にもまた、すぐに終わりが到来した。

＊

蒸し暑い天気のなか、世子の出棺をした。サンは自ら行幸した。土を掘り、棺桶を埋め、青い墳丘をつくる過程をすべて見守った。還宮せず墓所で一夜を過ごし、そして息子と別れた。

十分に悲しんだという言葉は決して妥当ではないが、前に進まなければならない。サンにとって今度のドギムのお産は重大な問題となった。遅くに得た唯一の息子を失った。間違いなく世継ぎを急かされる。朝廷の動揺が微々たるものだったのは、もうすぐ生まれる赤ん坊がいるからだ。世子を生かすことができなかった内医院に対する攻撃も、新しい王子を祈願する熱望のおかげで停滞した。ふたたび惨事が起こることを容認できない内医院は、焦り交じりの上疏を行った。

「産月があまり残っていないので、随時診脈できるように事前に護産庁を設置してください」

しかし、サンは首を横に振った。

「産室庁は三か月前に設置するが、護産庁はそうしてはいけない。そなたたちの心配はわかるが、前例にないことはできない」

今回も彼は私心を消した。

「産月まで待ちなさい」

そのため、そのような奏請は二度と上がらなかったが、代わりに王室の世話が充実していた。大妃と恵慶宮の配慮は格別だった。宮人同士が安産と男児を授かることを祈願する祈祷祭も開いた。幸いなことにドギムの意志も強かった。今回の懐妊は特に大変だったのによく耐えた。肉がつきにくい分、食事を欠かさなかった。どうしてもご飯を食べられなかったら、間食で補った。

にもかかわらず、暗雲が空を覆った。

「麻疹か？」

サンがドギムの脈を診る医女ナムギに訊ねた。

よく食べてよく寝るのになぜかドギムは体力が衰えた。軽い散歩だけでも疲れ、息を切らした。ときどき胸に刺すような痛みが感じられるとも言った。それだけでなく、一昨日からは熱が上がってめまいを感じ、目も赤く染まった。

「何日か見守るべきだと思います」

医女ナムギはためらいながら告げた。

「紅斑が見えないうえに微熱にすぎないので、麻疹を疑うには早いです」

「しかし、症状が似ているし、重病人のように気が衰えているではないか」

「宜嬪様の心の病みが深く、お腹に赤ん坊を抱くことさえ大変なようです」

ナムギは慎重につけ加えた。

「当面は安静にしていただく以外は……」

これといった方法がないという意味だった。サンはぎゅっと目を閉じた。

「……王様」

ナムギが出ていきふたりきりになると、ドギムが体を起こした。寝かせようとしても言うことを聞かなかった。

「療養に出してください」

乾いた唇をどうにか動かし、ドギムが要請した。

「別の宮殿でも、どこでも……ここを出たいです」

ここでなければどこでもいい。サンは彼女が吐露できなかった本音を理解することができた。「ここ」とは単に宮中を指すのではない。自分のそばを意味するのだろう。

「治ったら帰ってきます」

本気ではなさそうだった。彼女は目を合わせなかった。

「果たして治るかはわかりませんが」

「子供は……」

「できれば赤ん坊も外で産みたいです」

ドギムは彼の言葉をさえぎった。

「ここはあまりにも複雑な事情が絡まっています」

周りを見回す彼女の目には深い絶望が垣間見えた。

「だからといって過去を振り払うことはできず、未来にも期待はできません」

彼女は続けた。

「そして、今はとてもひどいです。もうこれ以上はいられません」

その言葉は鋭い刃となってサンの胸を斬りつけた。

「そなたがいなければ私は……」

彼はドギムのいない宮中を想像することができなかった。ひとりで耐える自信もなかった。

「そなたはまだ私のそばにいるのか？」

ドギムをひどく遠くに感じた。知っていながら知らないふりをした昔の距離感ではなかった。心地よい慣れ親しんだ空気は全く見当たらないよそよそしい距離だった。娘が死んだときとは比べものにならないほど、その溝は深かった。一緒にいても楽ではなかった。家族という垣根を堅固にしてくれた息子が死んだ。もう彼女は自分から離れたがっているようだった。

「今、ご覧になっているではないですか」

帰ってきた答えは空虚だった。

「王様」

さらに何かを言いかけた口を彼女は閉じた。

「……いいえ」

「なんだ？」

普段なら放っておいたはずだ。しかし、今はどうしても本音を引き出したかった。

「臣妾が死んだら必ず世子様のそばに埋めてください」

ドギムが言った。

「お願いでございます」

「弱音を吐くな」

サンはのどを絞り、かろうじて返す。

「私が叶えられる願いでもない」

あまりにも絶望的だったので、思いがけない笑みまでこぼれた。

「むしろ、私がそなたにどうか私を世子のそばに埋めてほしいと頼まなければならないところだ。どう見ても牛のように丈夫なお前は、私より五十年は長く生きるのだから。そして私が死んだら、お前は心がすっきりしたと浮かれて、振り向きもしないだろう」

奇跡のようにドギムの顔にも笑みが浮かんだ。

「お互い、そばに行かせてそばに行かせてとうるさいから、世子様が寂しがらないでしょうね」

これにサンは希望を抱いた。

「早く体を癒してほしい」

ふたたび家族を作ることができる。新しく生まれる赤ん坊はその終わりではなく、始まりになるはずだ。彼女は相変わらずそばにいるだろう。

「臣妾もそうです」

今度だけは彼女の本心が感じられた。


サンはがらんとした重煕堂を守った。

療養させてほしいというドギムの要請には背を向けることができなかった。夜明けの星がきらめく間に宜嬪を見送った。彼女はすぐに戻ってくるとは約束しなかった。二度と戻ってこない人のような影が顔に差していた。送った場所はさほど遠くないのに、異郷万里まで離れた気分だった。

数日が過ぎた。ドギムは文さえ書いてくれなかった。彼女の沈黙は果てしなく彼を苦しめたが、先に訊ねることもできなかった。老婆心で送ったソ尚宮が消息を伝えてきた。彼女は体を清潔に保ち、食事も欠かしていないと言った。理由はよくわからないが、気力がある日には世子に仕えていた宮人たちを訪ねるとも言った。どうやら快方に向かっているようだった。

それなら幸いだ。

しかし、サンはひとり重熙堂を徘徊しながら虚空をにらみ、思い直した。子供たちは死んだ。ドギムは去った。これのどこが幸いだ？

ここを建てたとき、どんなに幸せだったかを思い出した。途方に暮れ、涙だけがこぼれた。脳裏には雨が降ったあの夜のことがよみがえった。誕生日を迎えたドギムに重熙堂を見せようと連れてきたが、足止めされてここに泊まった夜だ。

雨が激しく大地を叩く音を聞きながら、くたくたになるまで交わり合った。ドギムの頭は彼の裸の肩にもたれかかり、指には春紫苑の花の指輪がはめられていた。

「王様の袞龍袍は実に大きいです」

ぼうっと余韻に浸っていたドギムがふとつぶやいた。

「毎日見ていながら気づかなかった……」

サンの懐から抜け出すと、彼女は床に畳んでおいた袞龍袍を手で掃くように触った。

「重そうですね」

まるで彼が支える天下の重さについて語るような同情めいた口調だった。そして、その重さを減らそうと軽口もつけ加えた。

「臣妾が羽織ったら床に引きずって、一歩も踏み出せないでしょう」

「一度着てみるか」

「本気ですか？」

一気にドギムの瞳が大きくなった。

「いや」

サンは顔色一つ変えずに撤回した。

「もちろんです。一瞬御医を呼ぶべきかと思いました」

意地悪をされたように、ドギムは口をとがらせた。

「そなたが袞龍袍を着るということは私がチマを穿くのと同じだ。理屈に合わないという意味だ」

「どうしてですか？　王様は何を着てもお似合いだと思いますが」

もちろん褒め言葉などではない。からかっているのだ。生意気だと鼻をつまもうとするサンの手から、ドギムはすばやく逃れた。

「もしかして、王様は市井で言われている言葉をご存知ですか？」

「どんな言葉だ？」

「襟《えり》が触れるほどの出会いも前世からの縁」

ドギムが言った。

「臣妾は幼い頃にその言葉を初めて聞いて、ここをかすめるという意味だと思ったんです」

彼女は袞龍袍の袖を指さした。

「通りすがりにお互いの服の袖が触れ合うだけで一つの縁ができるという意味だと」

「そうだな」

「でも、大人になって考えてみたらそうじゃなかったんです。襟はここじゃないですか」

ドギムが笑いながら、袞龍袍の首回りを触った。

「お互いの襟をかすめるためには、ただ道で通りすがりに会う程度では駄目です。抱きしめられる仲じゃないと」

それなりに淫蕩な意味が込められていることに、サンも初めて気がついた。

「そういうことだったのです。臣妾があまりにも純真だったのでしょう」

なぜか胸を張るドギムに、サンが言った。

「それを自分で悟ったのだから、もう純粋ではないようだな？」

「誰のせいですか」

彼女は恥ずかしそうに目をそらした。

「王様は来世に生まれ変わっても臣妾と襟をかすめますか？」

そう言って、ドギムは真剣な目をサンに向けた。

サンは顔を赤らめるだけでまともに答えられなかった。彼は心の中にあることを打ち明ける才が全くもって足りなかった。しかし、彼女は彼の心中を的確に察することができた。

「そなたは？」

にやにやするドギムの表情に耐えられず、サンが逆に訊ねた。

「そうですね。よくわからないですが……考えてみます」

ドギムは冗談でごまかした。

「あとで決まったらお話しします。王様とは袖だけならかすめてもいいのか、それとも襟までかすめてもいいのかを」

彼女は自分を慕っていないと言った。これからもそんなことはないと誓ったりもした。そばに置くことには慣れたが、その言葉を決して忘れることはできなかった。

それでもその誓いを口にした日から長い時間が流れた。さらに多くの事情があった。今はもう彼女も考えを変えたんじゃないか？　取り消してくれないだろうか？

そう考えると、今すぐ訊ねたかった。しかし、やはり勇気が出なかった。

「袖であれ襟であれ、かすめるという部分は違わないんだな」

だから、彼は軽口で応じた。それは、勇気が出たときに訊けばいい。

「触れて通りすがらなければなりませんから」

ドギムは笑った。ただ、いかにも寂しそうに見えた。

寂しい闇の中で彼女の笑顔が散り散りになった。その雨の夜は過ぎてしまった。彼女の膝枕に横になって時間は存分にあるので待つと言った昼寝も、昔のことになってしまった。

子供たちは死んだ。彼女は去った。

私はまたひとりになった。

「……王様！」

いや、ひとりになったと思った。

「なぜ……？」

サンは忽然と現れたドギムを見て、呆然となった。

「帰ってきました」

去るときと同じように彼女の顔は青ざめていた。重いお腹を支えるために腰に手を当てていた。だが、宮人たちの助けを受けていないことから見ると、少なくとも去るときよりは気力はよみがえっているようにも思えた。

「こんなにすぐ……？」

彼女の姿を目の当たりにしながらも、サンはまるで信じられなかった。

「療養地に長く留まると思った」

サンは動けなかった。彼女に近づく自信がなかった。

「そうしようとしました」

ドギムが言った。

「王様を恨もうとしました」

それも無理はないと思った。サンは息子だけは守るという約束を守れなかったことを思い出した。傷つく面目などなかった。

「しかし、たやすいことではありませんでした」

ドギムのほうから近づいてきた。

「今回も本当に容易ではなかったんです」

涙まじりのため息が彼の首筋に届いた。ドギムが彼の胸に顔をうずめたためだった。

「一度でもたやすかったら、ほかのことも容易になったはずなのに……」

サンはおずおずと彼女を抱きしめた。あまりに強く抱きしめると壊れるのではないかと怖かった。しかし、あまりに弱々しく抱きしめると逃してしまうのではないかと怖かった。

どうしようもない恐怖のなかで、彼は依然として互いの襟が触れ合えるという事実だけに感謝することに決めた。

＊

やがて世子の生まれた九月が来た。例年より寒くて悲しい季節だった。サンは世子の誕生日に墓所と魂宮《ホングン》（神威を祀る場所）に赴き、礼を尽くした。幼い者がひとりでいるにはどれほど寂しく、怖いだろうと心が沈んだ。最近は「世子」という文字だけを見ても涙があふれた。

そして、ドギムはいつの間にか臨月を迎えていた。途中、閏月が入って産み月を計るのが少し混乱したので、焦りも出た。

世子の供養を終えたサンは、久しぶりにドギムのもとを訪れた。

「墓所はいかがでした？　王様もお変わりありませんか？」

「そうだな。封墳《ポンブン》の周りががらんとしていて寂しいから木はもっと植えなければならないが、それ以外はきちんと整っていた」

サンは満月のようなドギムのお腹を撫でた。

「元気だったか？」

「ええ、昼はずっと胎動がありました」

思う存分遊んで疲れたのか、今は細かい動きも感じられなかった。そう話すドギムの目は赤く、わずかに濡れているように見えた。

「泣いていたのか？」

ドギムは苦笑いした。

「世子様が懐かしくて」

昨年の今頃、どれほど幸せだったかを思い出し、涙が込み上げてきた。世子は熱い藿湯をふうふう吹いて食べた。母親が作ってくれたことを心から喜び、にこにこ笑いながら。彼も幼い息子の無邪気さが恋しかった。

「……王様」

この頃よく硬くなる彼女の表情が和らいだ。

「大丈夫です」

引力めいた力が彼を導いた。サンはゆっくりと彼女の細い肩にもたれかかった。ここしばらく、互いに気まずい時間を過ごしていたので、少しぎこちなかった。しかし、そのぎこちなささえも心地よかった。

「昨夜、世子様の夢を見ました」

「どんな夢?」

「すぐにまた会いに来るとおっしゃいました」

彼女の口もとに笑みが浮かんだ。

「縁起のよいしるしです」

「そうか」

和やかな昔に戻る、その一歩なのかもしれない。

「赤ん坊が生まれたら、また繋馬樹を見に連れて行ってくれますか?」

夢のように遥か昔の記憶を懐かしみながら、彼は寂しそうに言った。

「枯れてしまった。世子が去り、木もまた死んでしまった」

「きっとまた咲くでしょう」

サンを強く抱きしめながら、彼女はささやき続けた。

「大丈夫です。きっと、大丈夫です」

その小さな体が、細い腕が、どれほどのなぐさめになるかは言い表せないほどだった。しかし、また何か違和感を覚えた。

驚き、サンは彼女を引き離した。

「もしかして熱があるのか」

「いいえ、なんともないですが」

額に手を当てると、確かに微熱があった。療養から戻ってきてからは、少なくとも体温だけは穏やかだった。不吉な予感にサンの表情が険しくなる。

「咳が出たり、のどが痛くはないのか？」

「そのような症状はございません」

ドギムは首をかしげ、続けた。

「ただ、みぞおちが前よりよく痛みます」

「なぜ、すぐに言わなかったのだ」

「お産が終わらないとよくならないそうです」

「宿直の医官と医女を連れてきなさい。早く」

すぐにサンが命じた。


翌日になるとドギムの病状は明らかに悪化した。熱がさらに上がり、めまいを感じた。症状はやはり麻疹と似ていた。ただ、今回も紅斑はできていない。同時に、彼女は胸の痛みを訴えた。四肢もこわばり、揉みほぐしてあげなければならなかった。診断が確定できず、医官や医女は右往左往した。

結局、サンが判断を下した。

出産が目前ということもあり、サンの心配は並大抵ではなかった。重熙堂に病床を設け、政務もそこで見た。大殿内官、ユンムクを彼女の病床につけ、面倒を見させた。万が一の事態を防ぐために薬袋と薬器は寝殿に置き、薬を調合するときは必ず彼が見守った。

「軽い疲れでしょう」

声からも力が抜け、こだまのようにかすかなのに、ドギムは毅然と振る舞った。サンが差し出した湯薬の器を受け取るときも、決まり悪そうだった。

「軽いか軽くないかは私が調べる。早く飲みなさい」

黙って飲んだが、なぜだか彼女はにっこりと笑った。

「どうして笑うんだ？」

「臣妾はもう何年も王様に湯薬を捧げてきましたが、今は王様が臣妾に湯薬をくださる……なんか不思議です」

昔と同じ彼女の笑顔を見て、サンの胸に喜びが込み上げる。

「私は王なのだから、そなたから何かをしてもらう必要はない」

「臨月まで苦労させるなんて、本当にすごい赤ん坊のようですね」

ドギムはお腹に手を当てながら、言った。

「王子様でしょう。世子様がきっと男の子だとおっしゃったんですよ」

そんな前向きなことを言っていたのに、彼女はふいに涙を流し始めた。

サンはうろたえ、懸命にドギムをなだめる。

「お腹の子供とそなた自身のためにも頑張らなくては」

「……死ぬのは悲しくないです」

自分に言い聞かせるかのようにドギムはつぶやいた。

「ただ、長い間抱いてきた望みをまだ叶えていないのに……そう思うと切なくて」

彼女は複雑な表情でお腹を撫でた。

「繫馬樹がまたよみがえると言っていただろう」

顔をゆがめながら、サンがすがるように言った。

「ええ、そうでしたね」

ドギムは涙をこらえ、ふたたび笑った。

「大丈夫です。大丈夫でなければなりません」

その笑顔だけで、大きくうねっていたサンの心の波が静まっていく。

病人は体がつらくて感情の起伏が激しいから、看病する自分まで動揺してはならない。サンは自分にそう言い聞かせ、努めて落ち着こうとした。ドギムが入浴し、眠る姿まで見届けたあと、ようやく自分の宮殿に戻った。積み上がった上疏を読み、手紙も書いた。それから寝床に入った。

「……お、王様！」

しかし、いくばくもなく自分を呼ぶ声に起こされた。

「どうしたんだ？」

「宜嬪様が危篤です」

内官ユンムクだった。

「誰が……なんだって!?」

「急に熱が上がって、四肢を全く動かすことができないほどです」

意味がわからなかった。

「いや、熱が下がり、眠る姿まで見てきた」

「王様、宜嬪様の病状は重いです。処方を新しく出さなければなりません」

ユンムクは毅然とした声で繰り返す。

「急に病状が悪化しました」

「……世子のようにか？」

寡黙な内官はうなずいた。サンの目は恐怖に染まった。

どうやら、知らせが届いたのは彼が最後だったようだった。すでにすべての建物が明かりを灯していた。夜明け間近の薄明かりを駆け、病床に着いたときには大妃と恵慶宮がすでに来ていた。

「どうしたらいいのでしょうか、王様？」

恵慶宮は病人の細い手を握って泣いていた。

おそるおそるドギムへと視線を移し、サンは絶句した。苦しげにひどく顔をゆがめ、胸をつかんでいた。冷や汗が布団を濡らし、息づかいは不規則で弱かった。見るに忍びなく、サンは大妃のほうへと視線をそらした。

「痙攣まで起こしました」

大妃もすっかり狼狽していた。

「医女は来たのですか？」

「ええ。でも、熱すら収めることができません」

ドギムがあえぎはじめた。彼女の乾いた唇から、よく聞き取れないうわごとが漏れる。

「胎児も尋常ではありません」

大妃が言った。

「ずっと胎動がありますが、尋常ではありません」

サンがドギムのお腹に手を触れる。中で胎児がもがくように激しく動いている。

「月数は満ちています。お産を誘導してみるのは……」

おずおずと申し出た恵慶宮に、大妃が叫んだ。

「何を言う！　こんなに弱っているのに産苦に耐えられるわけがない」

「でも龍種だけでも生かさないと、大妃様！」

「母を犠牲にまでして生まれた子供が家族に堂々と顔向けできますか！」

こんなに興奮した大妃の姿は初めてだった。

「……大妃様のお言葉が正しいです。産婦の容体がこれでは子供もどのみち生きて産道を通ることはできません」

サンも落ち着いて母后を説得した。

「この人が病気に打ち勝つことを願うしかありません」

自分の無力さに対する答えはそれだけだった。


ひどい夜が過ぎて朝が来た。ところが、朝が過ぎる前に尋常でないことが起きた。サンが顔を洗って衣襟を正しく整えていると宮人がやって来た。

「宜嬪様が王様をお探しです」

「意識が戻ったのか？」

唇に流し込んだ薬がようやく効き目を見せたようだ。サンは思わず顔をほころばせた。

「どうしているのだ？」

「恐れ入りますが、様子がちょっとおかしいです」

宮人は用心深く言った。

「起き上がる気力もないのに体を洗いたいと望まれるので、お水をお出ししました。すると今度は、王妃様に拝謁したいとおっしゃいました」

「王妃を病床に呼んだのか？」

サンは眉をつり上げた。

「なんの話をしたのか？」

「聞くことができませんでした。私は宜嬪様から任されたほかの仕事をするために……」

「ほかの仕事？」

「内人の頃に着ていた服を探してこいとおっしゃいました」

つかみどころのない行動の連続だった。

「それで私を呼んだのか？」

「あ、あの……恐れ入りますがそれは……」

なぜか宮人はぶるぶる震えはじめた。

「王様を探されたのではなく。実は宮女、ペ家のギョンヒ様とキム家のボギョン様を連れてこいとおっしゃいましたが……。あまりに様子がおかしく怖くて、私が勝手に王様を迎えに参りました」

彼女はまるで人生の最期を迎えた人のように振る舞っているようだ。

「よくやった。早く行こう」

サンは後ろも振り向かずに大股で、重熙堂へと向かった。

いざ門口に入ると不吉な気運が襲ってきた。意識を取り戻したと言っていた彼女は、目を閉じて静かに横になっていた。しかも、微動だにしていない。

「先ほどまで起きていたのに、急に痙攣を起こして……」

どうしてもサンの顔を見ることができず、医女はひれ伏した。

「下血をされました」

「子供は？」

「血はすぐに止まりましたが、脈が不安定で胎児の安全は保障できません」

「……これ以上できることはないというのか？」

考えたら、最初からできることなどなかった。サンは虚しく笑った。

「もういい。全員出て行け」

「……王様？」

彼女の声だった。やっとの思いで目を開けた。まぶたさえ重そうに見えた。

「気がついたのか？」

サンは枕もとに座り、顔色をうかがった。医女も慌てて脈を取る。

「どうして、ここにいらっしゃるのですか？」

彼女は起き上がろうともがいた。

「私はギョンヒとボギョンを連れてこいと言ったのだ！　どうして王様をお連れしたの！」

宮人を叱咤する目つきが厳しかった。

「も、申し訳ありません！」

「ギョンヒとボギョンを連れてきなさい！　時間がないから早く！」

しかし、その声も徐々に小さくなり、体から力が抜けていく。

「最期すら自分の好きにでないなんて……」

青白い顔に自嘲的な笑みが浮かんだ。

「必ずあの子たちの顔を見て逝かなければならないのに……」

「……私の顔は見たくないのか？」

サンが訊ねた。

「王様は心配ありませんから。臣妾がいなくてもきちんと生きられるでしょうから」

「今まで私はそなたを大事にしていると言ってきた、そのすべてを忘れたのか？」

最後まで受け入れてくれない気持ちが恨めしかった。

「私は嫌だと言いながら、なぜ王妃は呼んだのだ？」

「必ず世子を新しく立てるようにお願いしました」

「……なんだって？」

「臣妾にはもうできませんので、これからは王妃様がどんな手を使っても、王様に似た元子を得なければなりません」

絶句するサンを見て、ドギムは苦しそうに笑った。

「信じられませんか？」

死を目前にしても夫ではなく友を求める女人がする行動ではなかった。

「王様が跡継ぎを立ててこそ、私たちの世子様も忘れられずに永遠に祭祀の御膳を備えてもらえることでしょう」

笑いは薄れ、代わりに涙が顔を濡らした。

「そして……」

彼女は膜がかかったようなかすかな目でサンを見た。

「王様は、夜空の下に一万の河川を照らす月のように立派な君主です。民にはこれからも王様のような君主が必要ではないでしょうか」

サンは頭を垂れた。

「……これから私にどうやって生きろと言うのだ……うん？」

「うまく生きていかれますよ」

彼女はうっすらと笑った。

「臣妾が亡くなって、すぐに新しい側室を選ぶでしょう。そうすれば世継ぎが生まれるでしょう。新しい息子を育てる楽しさで満たされたら、死んだ者など大したことじゃなくなるでしょう。もともとそんな人などいなかったように、簡単に忘れて生きていくでしょう」

「違う」

「そうです。よい君主はそうしなければなりませんから」

「全部私が悪かった。だから、どうかそんなことを言ってくれるな」

徐々に生気を失っていく目を見て、サンは初めて哀願した。自分で何を言っているのかもわからなかった。ただ、この人を捕まえなければならないという思いだけだった。

「本当に臣妾を大事にしてきましたか？」

「そうだと言っているではないか」

「それでは来世では知ったふりもしないでください」

彼女は彼の愛情をふたたび無残に押しのけた。

「些細な願いが少なからずありました。ただ私だけを思う夫に会い、子供に乳を飲ませ、母という言葉を教え、遠慮なく子供の名前を呼び、叔父たちから馬の乗り方も学ばせて……。しかし、王様のそばでは何一つなし遂げられませんでした」

赤く火照った頬に、また涙が流れた。

「あなたにとっては優れた君主であることがすべて。ならば、ただよい王様として暮らしてください。臣妾は平凡な女人として生きます。本当に臣妾を大事に思うのなら、来世では気づいても知らないふりをして、襟だけ一度かすめて通り過ぎてください」

ドギムのひと言ひと言に胸が張り裂けた。

「最後までこんな仕打ちをするのか。そなたは本当に私に少しも心を寄せてくれなかったのか？」

返事を聞くのが怖かった。それでも聞かなければならなかった。

「まだわからないのですか？」

彼女はふたたび笑みを浮かべた。今度は優しい笑みだった。

「あなたのことが嫌だったら、どんな手を使ってでも逃げていたでしょう」

それからゆっくりと目を閉じて、ささやいた。

「決して手に入らないのなら、何も望まないほうがましなのに……」

サンは彼女が目覚めるのを待った。

二度と目を覚まなかったらどうしようと心配するたびに、いつもたくましく起き上がった。決して苦しみの中に彼を残して立ち去らなかった。彼女はそういう人だった。

だからドギムが目を覚まし、自分の胸に痛いほどの傷をつける言葉を吐き出すのを、サンはいつまでも待っていた。

しかし、彼女は二度と目覚めることはなかった。

十八章　疑惑

もう王宮には拠り所がなくなった。

サンはそう口にした。限りない悲しみの涙まで見せた。葬儀は義烈宮の前例に従い、側室一等の礼式として執り行われた。

墓所と祠堂を並べて息子と母親を一緒に置いた。天の理《ことわり》と人間の情を考えると、そばに置くことが道理にかなっていた。恋しくてよく訪れた。行幸の際は王自ら祭祀を行い、祠堂と墓所をしばらく見て回ってから宮に戻ったりもした。両墓所を守る官吏たちがつまらない騒ぎを起こしたときは、「ふたりを特別に大切にする心があれば、そんなことはできるはずがない」と憤慨した。

三年の喪に服している間、毎年必要な祭文を直接書いた。碑文も自ら作った。その側室のために数多の石碑文を書いた。あまねく褒め称える文だった。自分が厳しく接してもよく我慢して従った人格と、己を律し、決してゆるむことのなかった身の振りかたを特に高く評価した。死を目の前にし、王妃に世継ぎを求めるよう懇願した点も見逃さなかった。料理と機織《はた》りに長けており、文才もあったと書いた。

サンはドギムをそのように思い出したかった。いや、そう記憶していた。

彼は失った家族を追悼し、静かに胸の中にしまうことを望んだ。しかし、世の中はそのように放っておかなかった。

その年の十一月、常溪君《サンゲグン》が突然亡くなった。婚事の直後に起こったことなので、誰もが非常に当惑した。幼い宗親が毒を盛られて死んだという不穏な噂が次第に広がり始め、やがて政局を揺るがす嵐となった。

恐ろしい年が暮れる冬、大妃は教書を下した。

「王様の危機は、すなわち国が滅びる危険である。なれば、女人が出るしかありません」

彼女は過激な主張をした。

「かつて、ホン・ドンノが完豊君《ワンプングン》だか、常渓君だかを擁し、凶計を企てたことがあった。幸い、天が助け、世継ぎがすぐに立ったが、世子は突然薨去した。そして、懐妊した側室さえも悲劇にみまわれた。二度の災難には同じような怪しさがあり、疑わざるを得ない。その原因とみなされた常溪君でさえ疑わしい亡くなりかたをしたのだから、これはもう黙って見ていることはできない」

いきなり意表を突く手腕は女丈夫らしかった。

「朝廷で真相を明らかにし、逆賊を討伐するまで食と湯薬を断つ」

朝廷はあっという間に沸き返った。大妃の痛憤のこもった訴えが通じたのか、自ら進んで弁明するという者が現れた。常溪君の母方の祖父だった。彼は孫が生前、多くの人々から新しい王に推されていたことを告白した。

そのなかから彼が名指しした逆徒は、この国の軍権を握っていた名門ク氏の武官だった。ク・サチョはかつて、ドンノと親しく過ごし、恩彦君の私邸に出入りもしていたので、疑いはさらに深まった。不運な宗族に好意をよく施していたというある丞相宅の子息もともに捕らえられた。当然、鞫問が開かれた。最初は疑いを強く否定したが、ついに認めた。常溪君を擁立して政変を起こすつもりだったという。

しかし、ここまで来ても曖昧な点が多かった。

まず、誰が常溪君を殺したのかという疑問は明らかにならなかった。謀反が明らかになることを恐れ、父親の恩彦君が毒を飲ませて殺したという噂が大きく出回ったが、証拠はなかった。また、常溪君の死が世子と側室の死とも関連があるのかも曖昧だった。逆徒たちの討伐は、あくまでも「世子が亡くなった機に乗じて常溪君を推戴した」ということに焦点を当てていた。

そんななか、重要な証言をしたのは恩彦君宅の召使い、ヨンエだった。

捕盗庁に拘禁されて尋問を受けた際に、常溪君の毒殺を確信したが、その毒薬は先に弁明した母方の祖父の家から出たものだと強く主張したのだ。そのため、常溪君の母方の祖父が当初から謀反に加担して世子と懐妊した側室に毒を盛ったが、事がこじれると保身のために常溪君まで殺したのではないかという疑惑がふくらんだ。

しかし、ヨンエの口は閉ざされた。意外にも捕盗庁は常溪君の母方の祖父を釈放し、ヨンエに拷問を加えた。七十歳の老婆には堪える術《すべ》がなかった。ヨンエは牢獄で死に、彼女が知っている真実も迷宮のなかに消えた。

大妃はひどく憤慨した。

「ヨンエの供述で一部始終を明らかにする希望が生まれた。ところが、王様が庶弟を守るために事を隠そうとして、哀れにもヨンエだけが死んでしまったのだ！」

彼女の怒りには根拠があった。サンの反応は最初から手ぬるかった。

まずサンは世子と側室の病状について、不審な点はあったと言いながらも、毒殺などの疑問には耳を貸さなかった。医学知識に詳しい彼が自ら処方を書き、病気の経過も直接調べた。その結果、息子は麻疹だった。側室は順調でない妊娠過程に病気が重なった。ふたりとも病死だったと結論づけたのだ。

次に寵臣、ソ・ゲジュンの問題があった。内医院の過ちを認めることは、内医院の都提調だった彼が追放されるだけでは足らず、賜薬まで受ける口実になる。あらゆる党派の争いのなか、辛うじて釣り合いをとっていたサンとしては、是が非でも彼を守らなければならなかった。

何より最大の問題は、サンの庶弟である恩彦君だった。息子の常溪君が逆賊の烙印を押されてしまえば、恩彦君の命を守れる可能性は極めて低かった。ただひとり残った庶弟だ。弟を殺して、父の氏族を滅ぼす親不孝を犯すことはできなかった。

サンは今回も自分の道理を止めなかった。すでに亡くなった者たちへの未練の代わりに実利を選んだ。よき君主として全力で耐えた。

謀反の顛末を隅々まで明らかにし、逆賊の父である恩彦君も必ず殺さなければならないとし、しばらく食事と薬を拒否し続ける大妃に対抗した。サンも食事を断って大殿の扉を閉めてしまった。大臣たちが恩彦君の賜死《ササ》を奏請するたびに、王の役目は本当に難しいと怒って涙を流した。

結局はサンが勝った。跡継ぎもいないなかでサンが断食で身を痛めるので、皆どうしていいかわからなかった。大妃殿に譲歩していただけないかと進言した。雎鶏《カンファド》が暴れて世が乱れると非難される状況についに大妃も折れた。おかげで恩彦君は命を救われた。江華島への流刑で済まされた。

もちろん、その後も恩彦君に対する糾弾は続いた。一息ついたと思ったら逆賊だから殺せという上訴が殺到した。それでもサンは揺るがなかった。

「わずらわしい」

読む価値もないかのように上疏を放り投げた。

恩彦君は王の庇護のもとで長生きした。彼が死を迎えたのは遠い後日、王が崩御し、大妃が垂簾聴政で政権を握ってからだった。大妃の復讐はついに実現したが、少なくともこのときではなかった。

いっぽう、世間でもありとあらゆる噂が流れた。たいていは嫉妬にかられた王妃や和嬪が毒を盛ったなどというでたらめなものだったが、そのなかの一つはかなりもっともらしかった。

内官のユンムクに関連した噂だ。ユンムクが誤って煎じた薬を飲んで側室が死んだが、大妃がこれに気づいて告げると、サンは側室の治喪所《チサンソ》（葬儀場）からユンムクを引っ張り出し、首を斬ろうとした。しかし、引き止める者がいて、我慢して流刑にすることで終わったのだと。さらにユンムクはかつて、ドンノと内通していた奸悪《かんあく》な者であるという……そんな噂だった。

根拠はあった。ユンムクは世子を看病した内官のひとりであり、側室が亡くなった直後になぜか理由もなく里帰りしていた。

そんなこともあり、大提学《テジェハク》が噂の真偽を王に直接訊ねた。

「もっともらしく聞こえるな」

サンが言った。

「しかし、薬についての云々はおかしい。薬を煎じるときは必ず余がよく調べた。宮中では誰もが知っておる。しかも薬袋と薬器はいつも病床に置いてあったから、間違った薬が混ざることもなかった。そなたは宮廷の事情をよく知らなかったので驚いただろうが、とんでもない戯言だ」

大提学は恥じ入り、首筋をかいた。

それでもサンは大提学の体面を考えて調査するふりをした。噂を広めた者たちが捕まり、泣き叫びながら弁明することで終わった。

世子と側室の死をめぐる攻防は実に至難だった。血族を守ろうとするサンと名分を考える臣下たちの葛藤へと飛び火し、大妃の存在感も目立った。しかし騒動は結局収まるものだ。何年も引きずっても、適当なきっかけさえあれば終わることになる。

そして、そのきっかけは新しい世継ぎの誕生だった。


時は遡る。

十月の初日に跡継ぎを案ずる大妃の教書が下り、間もなく側室揀擇令《カンテク》が下された。出棺前なので臨月で亡くなった側室の遺体はまだ昌徳宮にあった。それでも早く新しい世継ぎを誕生させようという無情な論が繰り広げられた。王の齢《よわい》はいつの間にか三十五になっていた。皆、気ばかり焦っていた。死者を記憶する宮人たちの涙は木霊《こだま》となって散った。

最終揀擇が開かれた。今回も内定者はいた。サンの叔父、パク・フェボと同じ一族の娘であった。サンはパク・フェボが自分に代わって世子と側室の喪主の役割を果たしたことを大いに称え、そのような栄光を与えた。パク氏の娘は翌年、嘉順宮《カスングン》の称号を与えられ、綏嬪《スビン》に冊立された。

慎ましくて厳粛な女人だった。目を伏せて言葉を慎みながら笑いをのみ込んだ。誰かのように口答えどころか、男と目を合わせることさえ無礼だと考える粗野な田舎娘だった。揀擇のとき、彼女をじっくりと観察した王妃は言った。

「見た目が亡くなったあの者と似ていました」

ただ、綏嬪のほうが満足していたかどうかは疑問だった。

彼女は十七歳だった。本来、婚約者もいた。隣に住む同年代のさわやかな士人だった。ところが、婚礼直前に村に水害が起きた。堤防が決壊し、家が崩れ、婚礼も台無しになった。そのため、揀擇は避けられなくなった。王のお相手とはいえ、しょせんは側室の立場だ。早く息子を産めと世間の厳しい目にもさらされるだろう。

さらにサンは、三十代半ばに入ると歯が抜けて髪も白くなり、太り始めた。世子と側室の死後、悲しみのため急速に身を崩していった。日々の激務と飲みすぎもひと役買った。いずれにせよ初々しい娘の新郎になるのにふさわしい殿方とは言えなかった。

しかし、綏嬪は士大夫の娘だ。与えられた運命を受け入れる美徳だけを学んだ。

いかにも残念な新郎を見ても、彼女は落ち着いていた。心の中ではどうだかわからないが、少なくともそれを顔には出さなかった。サンはその点を高く買った。

にもかかわらず綏嬪はしばらくの間、茨の道を歩いた。

彼女が入宮して間もなく、王妃が懐妊した。王妃の代わりに王子を産むとやって来たものの、不要な存在になってしまった。従えた妃たちはみな士大夫の娘なので、混乱が起きないようにとサンが合宮を公平に回したせいだった。彼の立場からすれば、三人のうち早く誰かが後継者を生んでくればそれで十分だった。どうせなら正室の子を待つとサンの足が途絶えたのは不幸だった。サンが亡くなった子供と側室を忘れられず、墓所と祠堂を頻繁に訪れるのも不安だった。

それでも天は綏嬪の味方だった。

王妃の妊娠は偽胎（想像妊娠）であることが明らかになった。臨月だからと産室庁まで設けたのに子供は生まれてはこなかった。かつての和嬪と同じことが起きたのだ。

薄氷を踏むような暮らしのなか、綏嬪は入宮四年目にやっと元子を産んだ。出産した日、五色の虹が現れるなど縁起のよい兆しがあったというが、果たしてそれだけの価値がある息子だったのかは以後の暗鬱な歴史が判断するだろう。

のちには翁主《オンジュ》もひとり授かった。子供は多くなければならないと周りからいくら言われても、彼女は側室として過ごした十三年間で、わずかふたりしか産めなかった。

しかし、やるべきことはなしたので、綏嬪は最後の勝利者のように堂々としていた。


サンは偉大な王になった。

さまざまな業績を積んだ。しかし、彼は常に変わらなかった。遅く寝て、早く起き、政務を執った。読書と執筆に没頭した。透徹した節約精神は相変わらずだった。

王室も平穏だった。大妃と恵慶宮は慈愛深く、すくすく育つ後継者がおり、妃たちは姉妹のように仲がよく、妬み合わなかった。実に君子のお手本だった。

彼は亡き側室と子を胸に埋めて前に進み続けた。よい王としてそうしなければならなかった。よく墓参りをしていた足もいつしか途絶えた。新しい後継者が次男であることを喧伝《けんでん》すれば、王権が毀損されるからだ。

しかし、確かに変化はあった。

その側室が亡くなった翌年にはこんな騒動があった。サンが宿直する若い臣僚たちの様子を見にいくと、彼らは『平山冷燕《ピョンサンネンヨン》』を読んでいた。才知のある男と美しい女人の恋を描いた雑文だった。サンはひどく怒った。以前だったら小言ですんだはずなのに、なぜか本を奪って燃やしたりもした。以後はさらにひどくなった。雑文を書いたとして将来有望な士人の科挙の受験資格を剥奪した。稗官《ペグァン》小品体《ソプムチェ》（大衆小説などに使われていた文体）を使った事実を深く反省しなければ朝廷には呼ばないと年配の老臣を責めたりもした。正しい文章だけを書けというサンの執着の裏には密かな悲しみがあった。

女人に関しても極めて無関心になった。

「宮中に特別に愛する女人はおらぬ」

治世晩年に入るとそう公言した。朝臣たちも、王は妃たちに公平に接し、宮女を遠ざけているとも語った。

サンは心を閉ざした。最初の世子が亡くなり新しい世子が生まれるまで、三人の妃たちが誰も息子を産めずに苦しんでいた時期でさえ、サンは誰も娶《めと》らなかった。

彼が自ら選んだ女人は、その側室が最初で最後だった。

二度と感じられない激情で胸を焦がしたその女人は、最初から存在しなかった者のように忘れ去られた。思い出さなければ浮かび上がらないほど、その面影は薄くなった。

そして、十四年の歳月が流れた。

最終章　赤い袖先

サンは老いて病を得た。

四十九歳。さほど年を取ったわけではなかった。しかし、同年代の臣僚たちが青年のように精力的なのに比べ、彼は急速に老け、頻繁に病になった。飲みすぎと過労が問題だった。百歩譲って酒は減らせても、政務を減らすことはできなかった。

この頃は世子のことがとても心配だった。サンが意地を張ってあと回しにし、十一歳になった今年になってようやく冊封を終えた。息子は無事に大きくなった。幼い年にすでに二重あごが生じるほど体格もよかった。素質も悪くはなかった。それなりに聡明で誠実だった。ただ、しっかりとした感じがなかった。帝王らしい野望もなく、平和に暮らすことを望んだ。複雑怪奇な今の朝廷では、それは途方もない夢だった。

サンは自分があまりにも早く倒れてしまうときのことを考え、備えなければならなかった。

幼い世子が王位に上がれば大妃が垂簾聴政をするはずだが、彼女は骨の髄まで頑固な僻派《ピョクハ》（老論派の保守派）で、血なまぐさい騒ぎが起こる可能性は高かった。

綏嬪も問題だった。彼女が幼い王の生母として礼遇されるかぎり、その実家の独走を防ぐ方法はなかった。張り子の虎である王妃と和嬪では牽制すらできなかった。恵慶宮はすぐに綏嬪の味方についた。彼女の外戚は純朴な田舎の士人で私欲を働かないというが、後ろ盾が与えられればさまざまな誘惑も多くなる。流されれば権勢をふるいかねない。ただでさえ、親族だからといってあと押しする漢陽生まれの老論勢力が強いのだ。

サンは決して権力を信じなかった。外戚はなおさら信じなかった。

それで国舅（王の義父）を育てることにした。行護軍のキム・サウォンの娘を世子嬪として目星をつけた。計画は着々と進んでいる。すでに再揀沢まで行ったのだから、最終揀沢さえ終われば安心できるだろう。

熟慮の末、未来の国舅に選んだキム・サウォンは、なかなかの人材だった。雑文が好きなことだけが欠点だった。若い頃には、宿直中に恋愛小説を読んで問題になったこともある。それでも反省文が完璧だったので大目に見た。文章を書く才に優れていた。かつて、あの人が亡くなったときは美しい挽詞（故人を追慕する詩）を作り、手向けもした。サンはそれを夜に読み、大泣きした。

あの人……。

思わず浮かんできたその面影に、サンはびくっとした。もう長いこと忘れていた。泥酔した夜にだけ思い出した。見た目もかまわぬほど忙しく暮らしてみたところで、酒の酔いはあまりにもたやすく彼女を呼び起こさせた。大きく澄んだ瞳。頬を赤らめる笑い顔。そして……。

いや、危ない。サンは首を横に振った。

その代わり、上の子のことを考えた。あの子さえ生きていたらこんなにも頭を痛めることはなかっただろう。今年で十九歳になったはずだ。政の先頭に立つのにちょうどいい年だ。中身も自分とそっくりだった。男らしく度胸があり、とても賢い子だった。

しかし、大人になった長男を想像するのは容易ではなかった。膝に座って無邪気に遊んでいた子供の姿しか思い浮かばない。過去に残してきた人を現実に呼び込むというのは、そういうものなのかもしれない。

そういえば、明後日がまさに長男が亡くなった日だ。うっかり忘れてやり過ごすところだった。歳月に磨耗され、確かに鈍くなっている。

「王様、水刺床をお持ち致します」

「いらぬ」

サンがぶっきらぼうに答えたが、戸が開いた。なぜか提調尚宮が膳を出した。没頭の最中に邪魔され、サンは苛立った。

「いらぬと申したではないか！」

「綏嬪様が保養食として供えた全鰒炒《チョンボクチョ》（アワビの醤油煮）でございます」

体面を考えてひと口でも食べなければならないという意味だった。

料理に優れた綏嬪は、手作りのおかずを作って捧げたりもする。今日も腕前を少なからず発揮したのか、おいしそうな色合いだった。ただ、食欲がなくても味見をしなければならないので、たまに面倒なときがある。

サンは無愛想に匙を口に入れた。おいしかった。食材に味つけが見事に調和していた。思わず背を向けた現実に彼を引き戻すかのようなおいしさだった。

「よい出来だったと伝えなさい」

そう、現実に集中しなければならない。ひたすら前だけを見つめて生きてきた。最善を失っても次善を見つけた。熾烈になし遂げてきた。過去は過去にすぎない。万が一はない。あの人も、上の子も、胸の中に埋めてしまおうと懸命に努力した。また引き出してはいけない。

もとの考えに戻った。念のため未来に備えよう。準備ができていない世子を守る勢力をつくろう。民心が困窮して痛みを伴わぬように守ろう。

サンは疲れた目をこすった。

外戚に外戚で牽制するという計略が、自分の死後にどうか通じることを願った。しかし、もしかすると対抗するために置いた火種が、むしろ国全体をのみ込む火災になるのではないだろうか。

サンは苦笑いした。どのみちほかに方法がない。どんなものでも準備しておいたほうが、何も準備しないよりはましだ。残像のように張りつく不安は、努めてなだめた。

「亡くなった、兄上……はどんなお方でしたか?」

世子が訊ねた。

明け方からしとしとと雨が降った。サンは体調が悪く、便殿に行けなかった。寝殿で簡単な仕事だけをした。今日は長男の命日だった。承旨を送って墓所を確認させた。封墳は青く、墓域はきれいだという報告を受けた。

「どうして、そんなことを訊くのだ?」

サンは読んでいた上疏を下した。

「あまり話してくださったことがありません」

世子はおずおずと笑った。

事実だった。死んだ子と生きた子を比較する愚を犯したくなかった。そして、他人と共有することがはばかられるほど、愛着のある思い出でもあった。

「この上なく立派だった」

サンは微笑んだ。しかし、世子が臆してしまうのではないかとすぐにごまかした。

「まあ、あれの母親によく似ていたから」

「宜嬪様はどんな方でしたか？」

世子の表情が妙だった。怪訝そうなサンを見て、世子は口をもごもごさせた。

「あの……とても寵愛されたという話を聞いたのですが……」

父王が側室を、それも宮人だった女人を大事にしたと聞いて、不思議に思ったのだろう。

「誰に聞いたのだ？」

「大妃様がいらっしゃって、そう話されました」

「ふむ！　余計なことをおっしゃったな」

「恐れ入ります。私が無礼をいたしました」

サンが眉をひそめると世子はすぐに謝罪した。

「いや、かまわぬ」

平気なふりをしてサンは口を開いた。

「あの人は……」

しかし、すぐにどう話せばいいのかわからなくなった。ひと言で表現するのは容易ではなかった。生きているときに難しい人は死んでも難しいものだ。

「私を笑わせてくれる女人だった」

悩んだ末に出た言葉は単純だった。

「ああ！　恵慶宮様も同じことをおっしゃっていました」

世子が膝を打った。

「宜嬪様がいらっしゃったときは、生まれて初めて見るようなお顔で笑っていたとおっしゃっていました。臣僚たちと一緒にいるときの笑いとも全く違っていたと」

「そんな昔の話はよそう」

照れくさくもあり、サンはすぐに話を変えた。

「あとで一緒にお前の兄……の墓を見に行こう。私も直接足を運んでからずいぶん経った」

「本当ですか？」

「もし私が一緒に行けなくなったら……。お前ひとりでも行ってみなさい。わかったか？」

世子はその言葉の背後にある不吉な意味を理解できなかった。単純に外に出るのがうれしかったので、そうすることを約束した。

世子はすぐに下がった。ひどい咳を湯薬で抑え、サンは横になって天井を見た。

そうしてはいけないと知りつつも彼女を思い出した。大きく澄んだ瞳。頬を赤らめる笑顔。かぐわしい首筋、真っすぐな肩、小柄ながらしっかりした手、温かくて柔らかな胸、そして……。

頭が痛かった。かすかな過去を探るには年を取りすぎてしまった。記憶の扉は開いたが、足りなかった。いくつもの彼女の欠片が一つに集まらず、どれも曖昧なままだった。たくさん覚えている分、たくさん忘れもした。

「王様、水刺床をお出しします」

ふたたび、妨害があった。

「食欲がないから下げなさい」

今度も提調尚宮は彼の命を無視した。

「またなんだ？」

「お体の具合がよろしくないので、綏嬪様が保養食をお捧げしました」

ため息をついたが、サンは立ち上がった。

「感謝すると伝えなさい」

匙を手にとった。饅頭汁だった。饅頭の皮がぷりぷりしていた。食べやすいようにひと口で収まるように作られていた。上質で新鮮な材料を手に入れて煮たようで香りもよかった。

そういえば昔、あの人も饅頭を作ってくれたことがある。

めちゃくちゃだった。きれいに作るといったが全くの嘘だった。それぞれ、形も大きさもばらばらだった。まるで饅頭には見えない塊もたくさんあったし、皮が破れて中の具がはみ出しているものがいくつもあった。

そんな饅頭を平気で出し、厚かましくも言った。

「料理は形より味です」

とはいえ、味もよくなかった。肉と葱、もやし、にんにくなどすべて入っているのに、調和がとれておらず、薄かった。

「塩が尽きて、うまく味つけができませんでした」

サンの表情を見て彼女はしれっと告白した。

「気づかれないと思いましたのに」

あきれて思わず笑ったら、また図々しくなった。

「料理は味よりは真心です」

「やり方がわからなければ、宮人たちに代わりに作るように言えばよいだろう」

「必ず私が作って差し上げると約束したではありませんか」

サンはその答えが気に入った。

「ところで、塩がなければそなたはどんな食事をしているのだ?」

「山菜を茹でて食べたり、少しは醤油もあるし……。ちゃんと食べております」

「本当に必要なら手に入れればいいものを」

彼女は唇を噛み、ちらりとサンの顔色をうかがった。

「大丈夫です」

「大殿には十分にあるから一升出してやる」

「結構です」

「持っていきなさい。お前はよくしてあげようとすれば、必ず文句を言う」

その理由がわかるので、サンはどうしてもあげたくなった。

「私は勤倹節約で福を大切にしている」

突然、彼女は厳粛な顔つきで彼の口調を真似した。

「これまで私が大切にしてきた福をすべて集めれば、あえて大殿の塩までいただかなくても自然に食べ物に塩味が染み込む奇跡をなし遂げるだろう」

「お前はまた私をからかっているんだな」

むっとするサンにドギムは言った。

「まあ、一、二回はご自身がやられてみないと」

彼女は饅頭の皿をサンに突き出した。

「きちんとお召し上がりください。一つも残してはいけません」

そして、まるで復讐を果たしたとでもいうようにいたずらっぽく笑ったのだ。

とにかくおかしな女人だった。何も求めなかった。あげると言えば断った。女人の美徳を守るためではなかった。なければないなりに生きる。それが自分の生き方なのだという彼女の主張なのだ。絶対にあなたの思うとおりには動かないと言わんばかりに……。

「本当に全部お召し上がりになったんですか？」

黙々と食べて器を空けると、彼女は目を丸くした。

「食べ物を残すのは贅沢だ」

「じゃあ、もう一杯いかがですか？」

まさかの言葉に当惑するサンの顔を見て、彼女はけらけらと笑った。


「……王様、汁が冷めます」

匙を持ったまま、汁椀だけをにらむサンを見て、提調尚宮が言った。

はっと我に返った。知らず知らずのうちに笑みまで浮かべていた。実に久しぶりに気がゆるんだ心地よい時間だった。あの人と一緒に暮らしていたときはこういう時間が多かった。

そして、大きな喪失感が襲ってきた。笑みは水ににじんだように消えた。

「駄目だ。下げなさい」

味がよければよいほど毒のように感じられる気がした。

「ひと匙でもお召し上がりにならないと」

提調尚宮は落ち着いた口調でふたたび勧めた。

「代わりに世子に持っていきなさい。それなら、綏嬪の体面が傷つくことはないだろう」

サンはそう言って、膳を押しのけた。

「ところで、提調尚宮はどうしてこんなに顔を出すのだ。大殿のことまで引き受けているのか？」

「大殿の先任尚宮が三人も王宮から退かれたため、人手が足りません」

確かに、配下の宮人たちが年をとるにつれて出宮が多くなった。

先日はソ尚宮が出ていった。目がかすみ、自分の体もうまく動かせない老婦に仕事をさせることはできなかった。彼女は最後の挨拶をしながら滝のように涙を流した。あの人のことで恨んでいる思ったが意外だった。いや、もしかしたら自分のための涙じゃなかったのかもしれない。

あの人を記憶する人たちがだんだんと減っていく。あまりにも簡単に忘れられている。甚だしくは自分さえも忘れて元気に生きてきたという事実が胸を痛めた。さっきまでの心地よさは消え、ひどく疲れを感じた。

「わかった。横にならないと」

それでも忘れるのが正しい。忘れるためにすでに多くの努力を傾けた。気が弱くなるたびに湧き出る記憶の残像をどうにか抑え、サンは目を閉じた。

＊

体調が戻るや、気弱になっていた心も徐々に回復していった。そして、多忙な毎日も。重臣の上疏に難癖をつけて攻撃した弘文館《ホンムングァン》の官僚を流刑にしなければならず、流刑が不当だと反論する官僚たちを納得させせなければならなかった。

サンはふたたび彼女を忘れた。心の奥底に深くうずめた。

「全く、精力だけは回復しないな」

薄明の空に鶏の鳴く声が響いている。疲れ切った体をだるそうに起こし、サンはつぶやく。

「最近ではいろいろな者を相手にすることさえ大変だ」

「湯薬から差し上げます」

末端の宮人たちが顔を洗う水と衣服を準備している間、提調尚宮が告げた。

「湯薬の世話は内官にさせなさい。この前のように宮女に任せたら、ただではおかない」

潤いを失った白髪で編み上げた髷を撫でつけながら、サンが厳しく言った。

「宮女の世話を嫌う理由がわかりません」

提調尚宮があきれたように返す。

正しい指摘だった。湯薬なんて誰があげようがなんの違いもない。それなのにサンは妙なことにこだわった。宮女が湯薬の小膳を持ってくるのが嫌だった。思い出として大切にしまってある切ない領域が侵されるだけでなく、振り返りたくない感情がよみがえりそうだからだ。

「ほかの女人の手に任せるのが嫌だ」

思わず本音を吐いて後悔した。すぐに言葉を正した。

「医薬を女人の手に委ねることはできない」

偏狭な言い訳になってしまった。

「心に留めておきます」

提調尚宮はそれ以上反論することなく、去っていった。

その日はひどい暑さだった。サンはすぐに疲れてしまったが、それでも本分は忘れなかった。便殿での退屈な押し問答に耐え、真昼に開かれた武芸試験にも親臨した。各軍営で一斉に行われる試験なので、皆が自尊心を懸け、熾烈を極めた。サンは最も目をかけている壮勇営《チャンヨンヨン》（王室直属の親衛隊）

の試験を真剣に見守った。その後、訓錬都監《フンリョンドガム》と御営庁《オヨチョン》、守禦庁《スオンチョン》、摠戎庁《チョンユンチョン》と相次いで回った。

最後に立ち寄った禁衛営《クミヨン》の試験場で意外なことが起きた。

馬上偃月刀《マサンオウォルド》を競う番だった。馬に乗った軍装した武官たちが巨大な偃月刀を振り回した。みんな似たり寄ったりで、特に目立った者はいなかった。

サンは御座に寄りかかって氷を浮かべたシッケを飲んだ。

武官たちが馬で駆け回るなか、その群れの向こうに地面にしゃがみ込んで何かをしている男が見えた。武官にしては体格が小さいように思えた。何をしているのか気になって、サンは首を伸ばしてじっと見つめた。

その男は馬蹄に踏まれた草を整えていた。いや、ただの草ではなかった。荒涼たる軍営にまで根を下ろし、つぼみを開いた春紫苑の花だった。

その瞬間、サンは弾かれたように立ち上がった。手から離れた器が床に落ち、粉々になった。

「王様、どうかなされましたか？」

内官たちが駆けつけ、割れた欠片を拾った。試験の最中だった武官たちも皆、動きを止めた。

「いや、かまわぬ。続けよ」

崩れるように御座に座り込んだ。

やがて、春紫苑の花の世話をしていた男と目が合った。ひときわ瞳が大きくて澄んでいた。記憶の中のあの人に酷似している。

思い出した。彼女の末の弟だ。昔、科挙に及第したときに呼んだことがある。そうだ。確かに彼女とよく似た顔をしていた。姉と自分は母親に似ていると照れくさがっていた。

そして、彼女は春紫苑の花に似た女人だった。

正直、弟のことなど考えもしなかった。彼女が亡くなったあと、その外戚たちも自然に関心から遠ざかった。新しい世継ぎと新しい外戚ができたので牽制しなければならない理由もなくなったからだ。よく覚えてはいないが、長男が死んでから彼女の両親を追贈したのがおそらく最後に施した好意だったはずだ。それ以外は上がったら上がったなりに、地に落ちたら落ちたなりに、そのまま放っておいた。これ以上、無情に接する理由はなかった。かといって、特に気をつかわなければならない理由もなかった。

しかし、すでに姉を忘れた世に彼はそのまま残っていた。

「あの者を連れてきなさい」

サンは内官に命じた。次の瞬間、厚かましいと思い直した。

「いや、いい」

しかし、すぐにまた命じた。

「……連れてこい」

サンがもう命令を変えないと確信して、ようやく内官は彼を連れてきた。

「そなたの名はソン・フビだったな?」

「さようでございます」

サンは彼の顔を見つめた。そこに、全く欠片を合わせることができなくなったあの人の形を見つけた。彼もサンの視線を避けなかった。お互いが同じ人を思い描いているのがわかった。

やがて、彼は丁寧に腰をかがめた。しかし、サンは挨拶を受ける資格などない気がした。

「何をしていたのだ?」

訊ねるサンの声が震えた。

「どうしてよりによって……？」

春紫苑の花がその人に似ているということを、どう切り出せばいいのかわからなかった。

「かつて世子様におかれまして……」

しかし、彼が自ら答えた。

「そのう、先の世子様がおっしゃっていたそうです。王様が世子様の実母のことを、春紫苑の花のようだとおっしゃったと」

サンも覚えていた。まさか幼い息子が、父子の秘密だと約束した話を外に話してしまったとは思いもしなかったが。

「宜嬪様の手紙を通じてそのお話を聞いてからは、私の目にも春紫苑の花は特別なものに見えるのです」

彼の目が、馬に踏みにじられても散らずに咲き続ける花へと向かった。

「到底雑草には見えません」

彼が生かしたかったのは、花だけではないのだろう。

サンは何も言わずに彼を帰した。それから後苑に行った。色とりどりの華やかな花の間に咲いた春紫苑の花を見た。わざわざ植えたわけではないのに、自然に花の種が飛んできて王の庭にいっぱい咲いてしまった。あの人の笑顔が自分の心いっぱいに咲いたように。

忘れていた歳月を取り戻すかのようにとめどなく涙があふれ、サンの袞龍袍を濡らした。

あっという間に日が暮れた。疲れた一日の末に寝殿に戻ったサンは唖然とした。

「これはなんだ？」

書机の上に春紫苑の花が一束置かれていたのだ。

「大殿の見習い宮女が昼間に王様が春紫苑の花を眺めている姿を見て、喜ばせるために摘んできたようです」

サンの性格をよく知る提調尚宮は、すぐにひれ伏した。

「分別のない子供が勝手を知らずに犯した無礼なので、どうかお許しください」

彼の沈黙が長くなるほど、激しい叱責を待つ宮人たちの心臓は縮みあがっていく。

ようやくサンは口を開いた。

「花は折らないようにと教えなさい。春紫苑の花は特に、折れたら悲しむ人がいると」

胸が痛むほど素朴な花をそって手にとる。

「そして、その子にこれをあげなさい」

サンは袖から果実を一つ取り出した。蜜柑だった。

あの人は蜜柑を手に、どうやって食べればいいのかわからないと頬を赤らめた。甘酸っぱい味が舌先ではじけると眉を少ししかめた。その顔がとてもよかった。彼女によくしてあげたことがなかったのでなおさら印象深かった。それで耽羅から蜜柑を進上してくる季節になると必ず一つ取っておいた。あの人が世を去ったあとも、この情けない習慣を直すことができなかった。

「こんな貴重なものをただの見習い宮女にですか？」

提調尚宮は眉をつり上げた。

「その子のためにあげるのではない」

サンは苦笑いした。

「自分自身のためにあげるのだ」

はるか昔、祖父がなぜ幼い見習い宮女だったあの人を膝に座らせ、祖母の本を下賜したのか、サンは初めてその思いを悟った。

長年あげる人が見つからずサンの懐で腐ってしまっていた蜜柑だから、今年は幸いだった。

その夜、サンはすぐに就寝せず、あちこち何かを探し回った。寝殿と書斎、大殿の隣の部屋まで探せる場所は探し尽くし、疲れ果ててしゃがみ込んだ。じっと見守っていた提調尚宮が静かに歩み寄った。

「探すべきものがある」

サンはため息をつきながら、言った。

「間違いなく近くに置いたはずなのに思い出せない」

「なんのことでしょうか？」

「これくらいの箱に全部整理しておいたのに……」

「王様、何をお探しですか？」

提調尚宮は辛抱強く訊ねた。

「彼女の遺品のことだ」

「……宜嬪様がいらっしゃるときは主に昌徳宮にお泊りになりました。宮人たちに探させます」

一理あった。彼女の死後、この昌慶宮に住居を移した。政務のときやむを得ず泊まらなければならないときを除けば、昌徳宮はできるだけ避けた。

「信頼できる者たちを送りなさい。決してなくしてはいけない」

サンは焦りを募らせながらそう約束させた。

二日後、提調尚宮からの報告はサンの期待したものではなかった。

「見つかりませんでした」

「よく調べたのか？　重熙堂まで？」

「大変申し訳ございません」

しかし、サンは失望しなかった。

「それなら慶熙宮だけが残るな。きっとそこにあるだろう」

「はい、夜が明けたらすぐに宮人たちを……」

「かまわぬ。余が行ってみる」

「暑くて気力も衰えていらっしゃいます」

「それでも今はまともなほうだ。また病で寝つく前に行ってみなければ」

彼は意を曲げなかった。

「何も見つけられなかったと言ったのに、それはなんだ？」

ふとサンは、提調尚宮が何かの包みを手にしているのに気がついた。

「……私から王様に捧げるものがあります」

彼女の目にかすかな迷いがよぎった。

不思議なことだった。サンの知るかぎり、提調尚宮は非常に冷静沈着な人だ。比較的若くして老熟した競争者たちを抜き、宮中女官の最高の座に就いたほどに。

「なんだ？」

もちろん、サンに見逃すつもりはなかった。

提調尚宮は結び目を解いた。出てきたのは数冊の本だった。女性たちが書いた諺文書《オンムン》（ハングルで書かれた書）だった。数行読んだサンは驚いて表紙をもう一度見た。

「雑文じゃないか」

「郭張両門錄《クァクチャンヤンムンロク》」は、昔、先王が好んで読んでいた小説の一つだ。

「そなたは王を愚弄するのか」

憤慨するサンに、提調尚宮は開いた本の一部を指さした。

「ここをご覧ください」

「……まさか！」

彼女の署名だった。

「先王様の頃、当時宮女だった宜嬪様が郡主様たちとともに筆写した本です」

「ああ、覚えている。チョンヨンとチョンソンが贈り物だと先王様の御前に……」

サンは記憶を探りながら、うなずいた。

「先王様が崩御した際に所蔵していた書籍を整理いたしました。そのときから私が保管するようになりました。王室の宝物を取った罪をお許しください」

「どうして、そなたの手に？」

提調尚宮の目は、深い湖面のように穏やかだった。

「私もまた筆写に参加したからでございます」

しばらく沈黙が流れた。

「……そなたの名前はなんだったか？」

「ペ・ギョンヒと申します」

サンは両の手で顔を覆った。熱いものが込み上げ、胸が上下に揺れた。

「そなた以外にあとふたりいただろう。ひとりは早くに亡くなった。もうひとりは……」

「大殿洗踏房の尚宮、キム家ボギョンです。一昨年病気で死にました」

彼女の表情に揺れはなかった。

「……そなたもひとり残されたのか」

「はい、王様」

「そうか……」

「きっと、待っていてくださるでしょう」

提調尚宮は、いや、ギョンヒは静かに付け加えた。

「時がくればまた会おうと約束いたしました。だから待ってくれているはずです」

サンは自信に満ちた彼女の目を見た。王と違って、自分は一度も彼女を忘れたことがないと胸を張っているようだった。妙な嫉妬心が湧き起こった。

側室が死んだ。それで若い女人を揀擇し、側室の代わりを置いた。新たに息子ももうけた。過去を忘れ、新しく出発したのは自分だと思った。しかし、今になっては自分が捨てられたほうだという感じがした。あの人が一番大切にしていた世界には、ついに割り込むことができなかったという敗北感があった。

「これは消しなさい」

サンは『ソン・ドギム』と記された署名を指さし、告げた。

「厳然として爵号まで与えられた側室の名前を、むやみに明らかにしてはならない」

「王様！」

恨むようなギョンヒの目にもサンは屈しなかった。

「消して、紙を重ねて書き直しなさい。私がその者に下した爵号で」

「宜嬪」と言った。自分の女人であり、家族だと慈しんでつけた名前だった。

「今この場でやりなさい」

サンは紙と筆を宮人に取ってこさせた。ギョンヒは誰を相手にしているのかよくわかった。当然屈服した。大勢でともにした筆写だった。頁ごとに誰が書いたのか、段落の下に署名を残した。

それを全部直した。『ソン・ドギム』を消して『宜嬪』と上書きした。

友だった宮女は残らなかった。王の女だけが残った。

「王室の宝物を保管して捧げた功績は大きい」

ギョンヒの筆書が終わった。

「わずかでも賞を授与する」

「お褒めの言葉は望んでおりません」

拒絶は謙虚ではなかった。頑固だった。

「今まで隠していたのに、どうして今になって捧げるのだ？」

「王様は宜嬪様を忘れられたとばかり思っておりました」

厳しく問い詰めてもギョンヒは落ち着いていた。

「そして、私は宜嬪様を送る自信がありませんでした」

「もう送ることができるか？」

「いいえ、一生かけてもそうはいかないことに気づいただけです」

サンは苦笑した。

「最期に彼女はお前たちを求めた」

「はい、そううかがっております」

「彼女はなぜお前たちではなく、私が来たのだと怒った」

そして、笑いはすぐに残酷な苦痛になった。十数年前に得たものであっても、依然として赤い血が流れるほど生々しい傷痕だった。

「私には、次の世で会ったなら知らぬふりをしてくれと最後まで無情だったのに……」

恨んだ。あんなにしがみつき、すがったのに……私の罪を、王の罪を大目に見てはくれなかった。だから忘れようと努力した。

あの人を消してこそ自分が生きられると思った。容易ではなかった。恨みながらも絶えず彼女を求めた。すっかり忘れたと思っていた時代でさえ、彼女は隙を狙って飛び出してきた。

「……宜嬪様はただ知らなかっただけです」

「何を？」

「自分の真心をです。もしかしたら、知っていながらわざと知らぬふりをしたのかもしれません」

ギョンヒの声が震えた。

「認めるには恐怖が大きかったのでしょう」

「……真心？」

「宜嬪様も王様を……」

「やめろ」

少なくともそれは、自分と彼女ふたりの間のことだった。他人の口から彼女の本心を聞きたくはない。彼女ではないほかの人の同情も必要ない。

「出ていけ」

サンは自分と彼女とのいくつもの瞬間を、誰とも共有するつもりはなかった。

*

六月十日、サンの背中に膿腫ができた。裂けて膿がこぼれるのではと思うほど痛かった。熱が上がって、体中が火照った。頭痛もひどかった。それでも我慢できた。

いや、我慢しなければならなかった。ひどい苦痛はひとり静かにこらえたかった。しかし、王であるため、そうすることはできなかった。自分にだけ頼る世の重さは千斤のようだった。

体の痛みは苛立ちへと変わった。くだらないことでののしり争う臣僚たちまでは我慢できた。しかし、彼の孝行心をいいことにどうでもいい愚痴をこぼす大妃と恵慶宮、内助という名目でわずらわしい妃たちには落ち着いて接することができなかった。気持ちが楽になる場所が一つもないという悲しみが込み上げてきそうだった。

それで、できうる最善の選択をした。サンは慶熙宮へと足を向けた。

暑い夏だった。彼女は夏に生まれた女人だった。きちんと誕生日を祝ってあげられたことは一度もなかったが……。

運命的だった幼い頃の初めての出会いも、いつの間にかひとりの男とひとりの女として再会したときも、息子を産んで一緒に繋馬樹を見にきたときも、全部夏だった。青い草木とともに希望が芽生える季節だった。

そして、彼女は残暑のなか世を去った。炎天よりも熱い情炎を抱いて消えた。

長い歳月が過ぎ、サンはふたたび彼女の夏を迎えた。

どこを探せばいいのかわかる。鬼の殿閣だ。

手助けするという宮人たちは振り切った。蝶番がきしむ扉を開けた。虫食いの窓の外に枯れてしまった繫馬樹が見えた。衣装箱を探した。歩き回ると埃が舞った。高い棚から順に見ていった。踵を上げただけで息が切れた。見えない棚の上を手で探っているうちに何かにぶつかった。つかんで引きずり下ろそうとしたら、手が滑った。

白い箱だった。床に跳ね、中身がこぼれた。細かい文字でぎっしり埋まった紙が何枚も散らばった。サンは一枚を手にして、読んでみた。彼女の字だった。今は記憶すらない過ちについて書かれた反省文だった。読んでいる途中で、涙で文字が見えなくなった。

ふとサンは箱からあふれ出もせず、残ったものがあることに気づいた。大したものではなかった。何も持っていなかった人だった。生前に使っていた筆や本、数珠などが出てきた。からからに乾いた枯草のようなものもあった。長男が作った花の指輪だった。サンの指先が触れるや、埃のように崩れてしまった。

一番下に服が一着あった。袖口を赤く染めた宮女の衣服だった。宮女を赤い袖先と称するのは、この衣装が由来だった。

まさに彼女が死ぬ直前に探していた服だった。

サンは服を床に広げた。驚くほど小さかった。記憶にあるよりずっと小柄な人だったのだ。この拳ほどの体であれほど猛々しく振る舞い、自分を包み込み、子を産んでくれた。もう彼女の体温など微塵も残っていないただの布切れをつかんで、サンは泣いた。

なぜ、最期の瞬間にこの服を求めたのだろうか。

別れるときは余裕がなくて訊けなかった。一番幸せだった時代を思い出しながら旅立ちたかったのだろうか。王の懐に抱かれたことを後悔したのだろうか。

いや、違う。

きっと、最期に自分で選んだ人生をその手で抱きしめたかったのだろう。

彼女は娘であり、姉であり、側室だった。人によってそのように定義された。しかし、彼女は宮女でもあった。苦しい人生だった。蔑視される人生でもあった。それでも、適当な伴侶を選び、楽に暮らせればよい運命を拒み、自ら選んだ道だった。他者によって定められることはなかった。彼女はそんな女人だった。

そして、サンはそんな女人だからこそ彼女を愛した。実に一生の愛だった。少年時代に偶然出会った思いもよらない相手から得た感情だった。自分の天性に逆らった。否定しようとしても無駄だった。一生の習慣のような禁欲も押しのけることができなかった。忘れたふりはできても忘れられなかった。

そうだ。それは確かに愛だった。

「……私がそなたを愛した」

サンは言った。一度も声に出したことがない言葉を。

「だからお前が恋しい」

何事もなかったかのように宮殿に戻った。しかし、枯れ果てた精神と肉体は回復できなかった。

肩と背中から始まった腫れ物が頭にまで広がった。熱も出た。サンはこれを「胸に鬱積した気病み」と呼んだ。余計に騒ぐ必要はないと思った。積もり積もった気病みをどうすることもできないと言って、診脈も拒んだ。自ら処方した。冷たい物を食べ、あらゆる湯薬を飲んだ。

痛みは日に日にひどくなった。意識がぼやけ、夢と現実の区別がつかない状態にまで至ったときようやく内医院に調べさせた。患部が膿んで血まみれになった。すべての薬に効き目がないため、危険な施術まで敢行した。それで膿がすっかり抜けて、腫物が治まれば快癒するだろうという希望も生まれた。実際、サンの顔色も以前よりよくなった。

しかし、わずかな快方は嵐の前の静けさにすぎなかった。サンは倒れた。もう治癒の見込みはなかった。祈祷祭を行った。恵慶宮と世子が最後の挨拶をした。大妃は直接薬を差し上げたいと王様の病床へと近寄り、慟哭した。だが、王様の安静のために静粛にして耐えてくださいと臣下たちに懇願され、大妃は部屋を出た。

サンはひと月近くの闘病の末に崩御した。

太陽の光が煌々《こうこう》と降り注ぐ、暑い夏の日だった。

ぱっと目が覚めた。夢を見た。正確には覚えていないが、ぞっとするような恐ろしい……。すがるように枕にしていた何かをつかんだ。感触がふんわりと柔らかかった。

「悪い夢でも見られましたか？」

聞き慣れた声だった。

「あぁ……いや、何か夢を見たようだが……」

反射的に応え、サンは石のように固まった。

枕にして寝ていたものの正体は膝だった。ゆっくりと視線を上げた。膝の持ち主が見えた。大きくて澄んだ瞳はまるで水墨で描いたようだ。淡く、深く、美しかった。

「どうして……？」

彼女だった。不思議そうに微笑んだ唇が生き生きとしていた。

「……そなたがここにいるのか？」

「まだ目が覚めていらっしゃらないようですね」

顔に初々しい笑みが広がった。

「まあ、臣妾の足がしびれるほどお休みになったのですから」

ドギムはいたずらっぽく自分の足を揉んだ。

「世子様も王様に似てよくお休みになっているようですね」

そう言って、隣に寝そべった子供を撫でた。白い服を着た男の子がもぞもぞと体を動かした。

あれは誰だ？

サンは首をかしげた。答えは簡単だった。一番上の自分の息子だ。

彼は慌てて起き上がり、顔を鏡台に向けた。血色がいい。しわと白髪がない。歯もまともだ。呼吸さえさわやかだ。若くて健康だ。ずいぶん前に失った祝福だ。

サンは今がいつかを知った。

老臣たちと死ぬほど言い争いをした日だった。疲れ果て、苛立ちながら真昼に側室を訪れた。安息を望んだ。彼女は当然のように膝枕をしてくれた。

最も幸せな瞬間だった。元気で聡明な息子がいた。彼と彼女は試練を経験したが、一緒に乗り越えることで一種の絆が生まれた。

愛しているかと訊いても彼女はうなずかなかったが、違うとも言わなかった。いつでも彼の心に応える可能性を残しておいた。

これは過去だ。現在ではない。夢だ。現実じゃない。

「もう行かれないと」

ぼんやりしたままのサンを見かねたドギムが催促した。

「大変遅れていらっしゃいますよ」

「あ……その……そうだな。行かないと」

戸惑いのなかでも、体には長い習慣が宿っていた。サンは立ち上がった。

しかし、戸口の前で振り返った。知らずに眠っている子供と微笑む彼女を見た。このまま去ってはいけない気がした。

「今日はこのまま抜けることにする」

サンは大股で戻り、ふたたび彼女を座らせるとその膝に頭をのせた。

「ひょっとして、どこかお体が悪いのですか?」

彼女の声は渋かった。

「悪くはない」

「では、どうしたのですか?　早く行かなければならないでしょう」

「なぜ、やきもきしているのだ?　夫が悪くないというのだから幸いだと思わないと」

「臣妾は痛いです」

「……どこが?」

「足です、足!　しびれて死にそうです」

おそるおそる訊ねたが、返ってきたのは冗談まじりの愚痴だった。

「我慢しなさい」

サンは駄々をこねた。どのみち自分はいつも彼女に優しくなかった。

「王様だと言いながら枕一つないのですね」

ぶつぶつ文句が続いたが、聞こえないふりをした。

「ひとりであまりにも長い年月を過ごしたので、いつからか私もよくわからなくなった」

彼女が口を閉じ、しばらく経ってからサンはふとつぶやいた。

「そなたが恋しいのか、それとも過ぎ去った時代が切なく美化されただけなのか……」

優しく頭を撫でていた彼女の手の動きが止まった。

「今はわかる。私はいつもそなたが恋しかったし、そなたがいた頃を恋しがった」

サンの涙がドギムの膝を濡らした。

「……聞こえますか？」

彼女は言った。なぜか戸の外が騒がしかった。すすり泣く声が聞こえた。「王様、どうかお戻りください」と切々と祈る声もあった。

「いらっしゃるべき所に行かれてください」

彼女はさっきとは違う人のようだった。すべてを知っているように見えた。

「いい王にならなければなりません」

ささやきは甘いが、また厳然としていた。

「いるべき所はここだ」

サンは断固として譲らなかった。

帰るにはもう遅い。できるかぎりやった。いつも夫より王であることを先に選んだ。それで一生涯ぶつかり合った。本当は死ぬほど苦しかった。

「私を愛してくれ」

彼女を強く抱きしめた。
これが過去でもいい。夢でもいい。死でもいい。
今、私はここにいる。
彼女の温もりを感じられる、今この瞬間がすべてだ。
「だから私を愛してくれ」
幸い、今回は断りがなかった。にこやかに笑う彼女だけがいた。
それだけで十分な答えだった。
サンは彼女に微笑んだ。
そして、瞬間は永遠となった。

〈終〉

外伝

外伝　袞《コン》龍《リョン》袍《ポ》のように赤い色

ドギムは石垣に咲いた薔薇を見つけた。

今にも雪が降り注ぎそうな空がどんよりとした冬だった。いうまでもなく薔薇が咲く季節ではなかった。それで不思議に思った。近づいて手を伸ばし、花びらを触ってみようとしたが、思いとどまった。寒い気候を乗り越えて一人でやっと花を咲かせたのに、むやみに人の手で触れては枯れてしまうのではないかと怖かった。

亡き娘のことを思い出した。ヨンヒのことも思い出した。それで薔薇が枯れずに長く咲き続けることを願う気持ちで毎日、見に出かけた。

「どこへ行くのだ？」

今日も腕に温かな腕ぬきをはめて薔薇を見に行くと、サンと出会った。

「ちょうどよかったです」

ドギムは希望を分かち合うことに決めた。

「王様に貴重なものをお見せいたします」

「なぜそんなに浮かれているのだ？」

サンは首をかしげた。

「冬にもかかわらず薔薇が咲きました。初夏に咲く花なのに、実に珍しい光景でしょう」

「私は薔薇にはあまり興味がないのだが」

彼は空気を読めず台無しにした。

「君子が好むような花ではない」

そう言いながら地面から所々に頭を突き出した春紫苑の花を指さした。

「私はああいう花のほうが好きだ」

「どこにでもある花じゃないですか」

ドギムはさしたる関心を示さず答えた。

「あのようなものとは比べものにならないほど美しく咲いているので、一度ご覧になってください」

ふたりは並んで薔薇の前に立った。

「袞龍袍のように赤いでしょう？」

ドギムが明るく笑った。

「なるほど」

サンは薔薇よりはドギムを見て言った。

「赤が好きなのに、どうして青い色のものをつけているのだ？」

突然彼がドギムの腕ぬきを指さした。

「そなたには似合わぬ色だ」

サンは半分拗ねた様子で言った。

「ましてや、すっかりすり減っているではないか」

確かにそうだ。シク兄さんからもらって以来、かなりの歳月が流れた。

宮女時代には冬の間ずっとこの腕ぬき一つで耐えたといっても過言ではない。サンが見るのも嫌だと不愉快に思うことを案じてドギムは腕を後ろに隠した。

「王様がいつも羽織っていらっしゃるぼろに比べればましかと思いますが」

「なんだって？」

「靴や足袋も擦り減るまで履いていらっしゃるじゃないですか」

「王として当然そうすべきだ」

サンは厳粛に言った。

「とにかく、それに比べると臣妾の腕ぬきは新しい服と変わらないです」

ドギムは肩をすくめた。

「寒い冬に咲いた薔薇の花をご覧ください。実にけなげなではありませんか」

彼女は毅然としてつけ加えた。

「だから必ず守ってあげたいのです」

サンも初めてドギムがなぜその薔薇に夢中なのか察した様子だった。ふたりは初雪が降り積もる間、赤い花びらを胸に刻んだ。

しかし、すぐに薔薇は枯れてしまった。

か弱い花びらの上に積もった雪に耐えられなかったせいだろうか。それとも、頼るところもなく冷酷な世の中とたたかうのがきつかったためだろうか。ドギムは枯れて黒ずんだ花びらを見て涙を流した。生かしたかった。守ってあげたかった。しかし、また守ることができなかった。

「大殿から使いが来ました」

ドギムが涙を流していると、宮人の声が聞こえた。

「王様が下賜されたものだそうです」

青い風呂敷だった。結び目を解いてみると、新しい腕ぬきが出てきた。中には木綿の綿を厚く入れて刺し縫いし、表には薔薇の模様が刺繍されている。とてもきれいで温かかった。

そして、小さな文も添えてあった。

「薔薇は枯れてしまったが、これもまた袞龍袍のように赤い色だ」

見慣れた御筆《ぎょひつ》だった。

ドギムは涙を拭いた。春を待つことにした。薔薇はふたたび咲くだろう。一緒に咲くであろう仲間を蔓《つる》に伴って。そのときは寒くも寂しくもないはずだった。

春を待つこの冬にはサンからもらった腕ぬきを見ながら耐えることにした。

なるほど石垣に咲いた薔薇のように、見なくても赤く染めたであろう彼の頬のように、そして袞龍袍のように、赤い色だった。

そのため、ドギムの心も赤く、そして熱く燃え上がった。

外伝　空《から》の住処《いえ》

便殿で口論が長引いた。臣下たちの言うことは正しかった。そのため、サンはより正しい言葉で対抗しなければならなかった。負けるつもりはなかった。当然のごとく勝った。しかし、優越感は束の間だった。どのみち明日も明後日も繰り返される日常のことにうんざりした。すぐに別の争点を持ち出し、繰り返される中身のない時間をかろうじて振り切った。

行くべきところがあった。いや、会わなければならない人がいた。

ドギム――。

普段は恥ずかしくて呼べない名前を思い浮かべた。ときどき、サンは彼女をそのように呼ぶ資格がないという気さえした。たとえ王だとしてもだ。今もそうだ。心の中で呼んでみただけなのに妙な気分だった。

それでも彼女に会わなければならなかった。本当に不思議だった。時には喧嘩することもあった。しかも彼女はサンが絶対に勝てない相手だった。心のうちがはっきり見える臣僚たちとは違って、はるかに複雑で難しかった。にもかかわらず、ドギムとの言い争いは嫌ではなかった。王を言い負かして、勝ちほこった、その顔がいとおしかった。そんなとき、わざと拗ねたふりをすれば、彼女はできもしない愛嬌を振りまきながら和ませようとした。それがさらにいとおしかった。

「どこへ行った?」

ところが、ドギムがいなかった。彼を迎えたのはただの空の住処だった。

「昭容様は大妃殿にご挨拶に行かれ……」

「すぐに戻らずに寄り道しているな」

サンは宮女の困惑を容易に察した。

「ほかの宮房の宮女たちと一緒にいらっしゃいましたが、急いでお連れします」

誰と一緒にいるのか見当がついた。ドギムについてまわる仲間たちなのは明らかだった。

長い間、サンは彼女たちを疑っていた。ドギムのおこぼれを狙う金魚の糞なのではないかと思っていた。棚ぼたを望む詐欺師かもしれないとも思った。そのため、ドギムが懐妊したとき、彼女たちが持ってきた餅や果物などもよく思えなかった。それで彼女が寂しがるのを承知で引き離そうとした。ほとんどの悪縁は友達の仮面をかぶって近づいてくることを、サンはよく知っていた。

しかし、ドギムは揺るがなかった。

「その者たちは臣妾の友達です」

その言葉ですべてが説明できるだろうという態度だった。

その宮女たちも同じだった。王の警戒心に驚いて逃げたが、顔色をうかがいながらこっそりドギムに近づいた。何度引き離しても時が経てばまた元に戻り、すべては無駄骨だと感じた頃、サンもついに彼女たちの存在を認めた。

彼女たちはサンには決して計り知れない感情を共有する仲に見えた。幼い頃から世話をする内官に対する感情、あるいは杯を交わす寵臣たちに対する信頼とは全く違っていた。実に見慣れない存在だった。

それでもだんだん理解するようになった。いや、違う。理解するふりが上手になったというのがより正しい表現だろう。彼にはそのような存在がおらず、王として君臨するかぎり、今後も現れそうになかった。

「捜さずともよい」

サンは宮人に首を横に振った。待つことにした。座につくやいなや、ソ尚宮は当然のように本を開いてくれた。サンも習慣のように目で文字をたどった。

だが、今日は妙な日だった。集中できなかった。サンは顔を上げ、ドギムのいない空の部屋を見回した。以前は彼女に似合わない空間だと思っていた。しかし、今は彼女の空席が似合わない空間にしか感じられない。

思えば承恩を受けたのち所帯道具を移してきても、ドギムはしばらく荷物を解かなかった。私物を入れた包みは結び目が固く結ばれたまま部屋の隅に置かれた。サンはその光景を諸刃の剣のように感じた。彼女は身の程をよく知り、決して裏切ることはないという確信があるいっぽうで、いつでもあの包みを手にしてふらっと消えてしまうかもしれないという恐れが胸をざわつかせた。特に彼女の心がわからなくて寂しい日には、その剣はサンの胸を突いたりもした。

そして、ついにドギムが包みを解き、部屋に物を並べたとき、血が流れていた彼の胸も癒えた。

「赤ん坊がすぐに産まれてくるでしょうから」

サンが新しく整理した部屋を見回すと、彼女は恥ずかしがった。それ以来、ここはあっという間に彼女の空間になった。

日に日に大きく育つ赤ん坊の面倒を見るのに忙しいこの頃も、ドギムは自分の部屋だけは自分で掃いて拭くといつも意地を張った。それで、いつもきちんときれいにしていれば幸いだが、往々にして彼女は怠けていた。ぼろぼろになった紙を束ねて隅に放ったままにしていたり、畳んだ衣服の上に筆や本を置いて、その上にまた服をのせたりもした。そうしておきながら、あとで見つけられないと言って部屋をひっくり返した。

「皆それなりに秩序があります」

その姿を見てサンが舌打ちをすると、ドギムは散らかすのが好きな人たちがそろって口にする言い訳を堂々と言い張った。

「息子が見て似てしまうのではないかと心配だ」

「でしたら、王様にだけ似るように教えてさしあげてください」

ドギムが言い返した。

「まあ、王様も整理整頓がお上手なほうではないでしょう」

「なんだって？」

「宮人たちがそばで教えてあげないと、どこに何があるのかもご存じではないでしょうに」

水を得た魚のように彼女は言った。

「何かを探されてそれが見つからないと、余がそんな些細なことまで把握しているほど暇そうに見えるか？　とおっしゃるじゃないですか」

恐れ知らずにもサンの話し方を真似てくすくす笑った。

「お前は最近とても元気になったものだな」

サンは呆れた。

「なかなか王様に似ていませんでしたか？」

ドギムは気にしなかった。

「もう一度やってみましょうか？　余がそんな些細なことまで把握して……」

「もうよい」

サンが機嫌を損ねると、彼女はまた笑った。

「大変なことになりました。見て学ぶべき両親がふたりとも全然冴えなくて……」

突然ドギムの顔から笑みがぬぐい取られたかのように消えた。みすみす世継ぎの母と自ら称する不敬を犯した。彼女は口をつぐんだ。気まずい沈黙が舞い降りた。

「そうだな。親がふたりとも冴えないな」

ただ大切な瞬間を壊したくなくて、彼は信念に逆らってしまった。

「それでもお前のほうが冴えないぞ。正直、整理整頓は私のほうがそなたより上手だ」

ドギムは目を丸くした。

「ええ、そういうことにしておきましょう」

彼女の顔に小さく笑みが浮かんだ。サンはそれで満足した。

「そういうことではなく事実だ」

「王様が知っている事実と私が知っている事実はかなり違うようです」

再び勢いを盛り返したドギムの声が響き、自然と笑いがこぼれた。

「……もしかしてお体がよくないのですか？」

ひとりでにやにやしているサンを見て、ソ尚宮はびっくりした。

「先程召し上がった茶菓でお腹を壊されたのでしょう！　じめじめした陽気だから！」

「いや、そうじゃなくて……」

「御医をお呼びしましょうか？　それとも内医院の都提調をすぐにお呼びしますか？」

やかましく騒ぎ出すとサンは咳払いをした。

「もうよい。本を読むから下がりなさい。邪魔になる」

収拾がつかないため、結局、ソ尚宮を追い出さなければならなかった。

一度切れた集中力は戻る術《すべ》もなかった。サンは読書を完全にあきらめ、ただドギムが戻ってくるのを待った。

不思議だった。普段は何もしないでいると落ち着かなかった。この仕事を早く終えて次の仕事をしなければならないと一年中追われる気分だった。彼の日常の重圧は決して振り払うことのできない同伴者だった。それなのにぼんやりと彼女を待っている今は不思議と心が楽だった。

「王様がすべて目を通さなければならないというお考えは捨ててください」

たびたびドギムはそう言った。

「適当に放っておけばなんとかなるものです」

宮女時代の経験をもとに、彼女は肩をすくめた。

「それは地方の端くれの役人が言う話だ」

サンはいつも同じように反論をした。

「王はそうあってはいけない。自分を楽にするために政務を適当にするなら、誤った習わしが根づく。貪官汚吏《たんかんおり》が勢力を得て、民は困窮に陥るだろう。だからどれか一つでもいい加減に見過ごすことはできない」

ところがドギムの表情が妙だった。

「偉そうにしていると言うつもりか？」

常日頃のような冗談を予想してサンが先手を打った。

「いいえ」

驚いたことに、彼女はふざけることもなく首を横に振った。

「王様がどうしようもなく、そんな方で幸いだと思いました」

浮かべた笑みが温かく、サンはいい意味として受け入れた。

どうしようもなく、そんな人。苦々しく彼はその言葉を振り返った。サンを理解しようとするドギムの努力が込められた誠意の言葉だった。しかし同時に、それは彼女がサンを越えられない枠の中に入れることにもなってしまった。

いつからか彼女はその枠に合わせてサンを見ようとした。要求するよりは自ら解決した。対話を試みる前に、最初から顔色をうかがった。ひとりで判断し結論を下した。サンを信じるよりは、サンではない人々に頼ろうとした。

「足りないことがあれば私に言いなさい」

サンは何度もそう求めた。

「お前の夫は私だ。お前を守るのも私だ。だから、必要なことも、足りないと思うことも、必ずほかの者たちではなく、私に言いなさい」

「とりたててお願いすることはございません」

しかし、ドギムは応じなかった。しびれるほど冷たい笑みを浮かべて。

彼女の冷たい笑みはたいていは明敏な振る舞いによるものだったが、線を引いて距離を置く頑固さとして表れることもあった。サンが男の役割を果たせないほどにドギムも側室のふりには素質がなかった。

なぜなのか理解できるのがさらに悲しかった。サンは自分に対する彼女の偏見がおもしろくなかった。そのような存在だと決めつけるようにさせた自分の過ちはよくわかった。誰かを恋慕するのは初めてなので上手くできなかった。抱いてはならない感情を認めるのも初めてで愚かだった。率直に感情を表せない性格は誤解を深めた。

しかし、挽回しようとする試みさえ防備し、寄せつけないのは冷酷に感じた。ドギムがひとりで早合点して壁を作ったり、彼のよい意図さえ曲解して受け入れるのは寂しかった。

そのため、たびたびサンは泣き言を口にした。道理に合わず腹を立てたこともあった。彼なりによくしてあげようとしたが、むしろ誤って事を悪くしてはどちらにも傷を残した。

「今日は気を配らねば」

サンはがらんとした空の部屋で誓った。

「顔を見たら、優しく言わないと」

恥ずかしさを振り払うために、もう一度つぶやいた。

それにしても、なぜ戻ってこないのだろう。サンは考えた。彼女が戻ってくるまでここで永遠に待ち続けるわけにはいかない。細かく組まれた日課を考えれば、この程度の逸脱さえ罪悪感を抱いた。しかし、彼女の顔を少しでも見られるという期待が、その足かせのような感情に勝った。

彼女も私を約束なしに待っているとき、いろいろな思い出を懐しむのだろうか。思い出のなかに刻み込まれた傷痕を見て後悔するだろうか。どうして早く来ないのか気になってじりじりするのだろうか？　なんとか顔を一度見る言い訳をつくろうという奇異な欲望がわかるだろうか。

疑問が次々と起こった。しかし、サンは無駄に膨らんだ感情を一気に振り払った。過度な期待は控えたほうがましだ。傷つかないためにも即座に手放した。

そろそろじっとしていられなくなった。彼は誰もいない部屋をうろついた。もしかして補修すべきところはないか、壁や床をじっくりと見ていると、ふと文匣《ぶんこう》の上に置かれたがらくたを発見した。布を縫ったものだった。サンはそれらがなんであるか気になってじっくり見てみた。

「友達と一緒に切れ端の布で作りました」

先日、ドギムが直接見せながら自慢したためだ。

「元子様に差し上げようと思いまして」

友達という宮女たちと、何かを読んだり書いたり作ったりしながら時間を過ごすということは大体わかっていた。特に冬至の日には必ず集まって福笊籬《ポクチョリ》を作るとか。

「これが一番いいでしょう?」

ドギムが人の形をした人形を差し出した。なるほど、暇つぶしに作ったわりには彩りがよかった。

「お前が作ったのか?」

「あら、違いますよ。ギョンヒの腕前です」

彼が知らないと思ったのかドギムが付け加えた。

「とてもきれいな内人です」

誰なのかはわかる。顔も見たことがある。そのためサンはドギムの言葉にさらに疑問を抱いた。ただ目、鼻、口がついているだけで平凡に見えた。彼の目にはドギムの顔立ちのほうがはるかによく見えた。事実、ドギムのほかは、サンにとって女人たちの顔はすべて似たようなものだった。

「どうして親しくなったんだ?」

「ギョンヒとですか?」

どうして関心を示すのかというようにドギムが首をかしげた。

「あの子は、最初は人気があったんですよ。見目麗しい子でしたから皆が群がり、臣妾もそうでした。ところが、実はきつい性格で……」

彼女は肩をすくめた。

「結局、みんなが離れていき、臣妾だけが残りました」

「お前はなぜ残ったのだ?」

「ギョンヒのように反応がいい人は珍しいですからね」

ドギムがくすくす笑った。

「毎回やられるたびに飛び跳ねるので、いたずらをすると面白いんです。からかっているうちに情がわいてきました」

「あの内人といつもいがみ合っている子がいると言っていたじゃないか」

「はい、ボギョンです」

続いて彼が相槌を打つとドギムが素早く答えた。そして、別の人形を差し出した。いや、人形を作ろうという意図で裁縫をしたはずの、ある衝撃的な結果を見せた。

「この気味の悪いものはなんだ?」

顔をしかめるサンを見てドギムは笑い出した。

「ボギョンが裁縫をこんなにもしたということだけで奇跡ですよ」

「藁を編んで作る呪いの人形も、これよりは愛らしいだろう」

「その子の話では、男の子たちが好きな九つの頭を持つ妖怪だそうです」

かの妖怪がすべて凍って死んだあとにはそのように見えるかもしれない。

「実はボギョンもギョンヒと絡んで親しくなりました」

ドギムが言った。

「ボギョンとは、もともと監察尚宮に捕まったときに出会った仲でした。臣妾はいたずらがばれて捕まったのですが、ボギョンは誤って尿瓶を割ったり、物干しのひもを切ってしまい、怒られることが多かったのです」

「とにかく罰は一緒に受けたんだな」

「はい。ボギョンはふくらはぎを一発殴られただけで死にそうだと大げさに言って、さらに罰を受けたりもしました。臣妾はその姿を見て笑って反省の兆しが見えないとまた叱られました」

サンはじっと耳を傾けた。彼が知らない彼女の世界を知るのが好きだった。

「ところが、純朴なボギョンにも到底耐えられない相手がいました。まさにギョンヒでした。ふたりでよく喧嘩もしましたが、特に激しく殴り合いながら争った日がありました。なんの罪もない臣妾もちょうど近くを通りすがり、たまたま巻き込まれました」

無実なのに巻き込まれたという部分がちょっと疑わしかったが、サンは黙って聞いた。

「純粋に防御しようともがいただけなのに、気がついたら臣妾がふたりとも殴り倒してしまったのです」

ドギムがにやりと笑った。

「確か、お前の兄に聞いたが、幼い頃は腕っ節が強かったそうだな」

「え？　麦畑の雀のようにおとなしい臣妾について、兄がどんな戯言を言ったのかわかりませんが、それは真実ではありません」

麦畑の雀というが、それほどおとなしい存在ではない。サンは鼻で笑った。

「とにかく臣妾が寛大にギョンヒとボギョンを和解させ、友にしたというお話です」

ドギムは曖昧な美談で締めくくった。

「すると、もうひとりは？」

やがてサンは記憶に残らない宮女について訊ねた。

「ヨンヒと申しますが……」

ドギムが最後の人形を見せた。明らかに、ボギョンが作ったものよりも優れていた。黒い犬の形だった。形がいいわけではないが、丁寧に作られていた。

「人にわかってもらえなかったり、結果があまりよくなくても頑張る子です」

「不思議なほど印象を残せない子だと言っただろう？」

「ええ、それを覚えていらっしゃったんですか？」

ドギムは驚いた。お前に関することは忘れないと返すのも恥ずかしくて、サンは素知らぬふりをした。

「実は、ヨンヒとはどうして親しくなったのかよくわかりません」

彼女は申し訳なさそうだった。

「ただいつからか、ずっとそばにいました」

「それもまた、それで風情があるものだな」

季節が変わり、水が流れ、風が吹いてもいつもともにする縁。慌ただしく暮らしながら、思わず日常を振り返ってみると思い出に満ちている関係。波乱万丈な事件により築いた仲よりずっと切ない、そんな人はむしろ探しにくい。

「臣妾の考えがどうしてそんなにおわかりになるんですか？」

ドギムが口を開いた。

「もしや、心の中が見えるのですか？」

胸に穴が開いているかどうか手で確かめるしぐさがとぼけていた。

「はっきり見えるならそれほど望ましいことはない」

サンは心を込めて言った。

「臣妾も同じです。王様の本音がもう少しすっきり見えたらいいのですが」

「お前は私のことをよく知っているくせにそんなことを」

「よく知ってるだなんて。知っていると思いながらも毎回驚かされます」

口をとがらせながら何か言い添えようとしたが、ドギムは心を変えた様子だった。ひょっとしたら、踏み入れてはいけない領域を避けようとしていたのかもしれない。

「と、とにかく！　王様はいいことをおっしゃいますね。なるほど、すべての人生の歴史にはそれなりに風情がございますね」

やがて彼女は愛情に満ちた目で人形を振り返った。

「近くに置くと、その子たちを思い出すのにいいのです」

「そなたが作ったものはどこにあるんだ」

ふとサンが訊ねた。

「それは元子様が気に入ったからといって、持っていかれました」

「私は見たことがないが」

「そうでしょうね。持っていって遊んでいるうちに壊されたんですよ。直すことができなくて乳母が捨てました」

「やっぱり元子もそなたに似て牛のように力があるんだな」

「女人の歓心を買うなら、花や柳の枝に似ているとおっしゃらないと。牛とはどういうことですか」

ドギムが舌打ちをした。

「今になってみると、王様はギョンヒではなくボギョンに似ていらっしゃいます」

「え?」

「気がまったく利かないところがとてもよく似ていらっしゃいます」

言葉が詰まった彼を見てドギムは大笑いした。

サンはそれがどういう意味なのか理解できなかった。どうして牛のようだという褒め言葉が嫌なのだろうか。きわめて可愛くてありがたい生き物なのに。女心は本当に難しい。

花や柳の枝とは。そう、似た花が一つあることにはある。春紫苑の花だ。よく見る花なのでいつでも触れることができるという安心感があるが、いざ見えないと悲しい、そんな野花だ。

いや待て。春紫苑の花に似ていると言えば、台無しだと言われるだろうか? くだらないことを悩みながらふと気になることがあった。サンは文匣の上に置かれた三つの人形を見た。ドギムはそれらをいつもそばに置いて友達を思い出すと言った。

それならば、彼を思い出すためのものもあるだろうか。

サンは大それた期待を抱いて誰もいない部屋を見回した。しかし、その期待はすぐに外れた。平凡な所帯道具だけだった。衣装箱、敷布団、書机、螺鈿《らでん》細工の箱、黒硯、鏡台、大きな筆筒……どれ一つ彼を思い浮かべるようなものはなかった。

それもあり得ることだ。

サンは恥も知らず期待し、失望した自分を咎めた。彼は彼女にあまりにも優しくなかった。どんなに厳しく接してもよく我慢してついてきてくれる彼女を、当たり前のように思ったこともあった。

特に心に引っかかっていたことがあった。彼女が王室の家族の前で不本意ながら初めて懐任の可能性を告げた日だった。その日はサンも慌てていた。母后が彼女をいたずらに宮殿のど真ん中に呼び出したという事実にかっとなり腹が立った。

そして、その怒りを性急な計算で解いてしまった。サンはドギムが寵妃として見られることを避けたかった。承恩を受けただけでもいろいろ言う者が多かった。そのためサンはむしろ彼女が同情を買うことを望んだ。彼がドギムに冷たく接する姿を見れば、王妃と和嬪も憎んだり牽制したりせず、むしろ安心すると判断した。さらに大妃のどんな思惑も封じ込めることができる、恵慶宮の態度も王妃や側室たちのうちの誰かひとりに偏ることもないだろうとも考えた。

そんな中、ドギムに妊娠の可能性があるという意外な知らせは、忙しく回っていた彼の頭の中を真っ白にしてしまった。朝廷とつながっている妃たちが集まった席では、即座に対応することが難しかった。ややもすると自分の性急な言動によって争いを生むことだけは防ごうと思った。ひとまず考える時間を稼ごうという判断が先立った。聞いていなかったことだと叱責して席を台無しにした。

これらの計算に効き目はあった。しかし、ドギムが傷ついた。その瞬間に見た彼女の表情は惨憺たるものだった。彼女の目もとはかろうじて我慢した涙で濡れていた。

サンはそのとき、初めて女人は男と違う扱いをしなければならないということを学んだ。はるかに荒々しく扱ってもついてくる臣僚たちと同じように思ってはいけなかった。長々と本音を説明しなくても、各自が理解し計算する要領は臣僚の間にのみ通用することだった。彼の振る舞いはまた、あまりにも君主らしかった。

糸で縫い間違えた結び目だった。日課を終えて夕方にあらためてドギムとはじっくり話す心算だったが、心が重くて我慢できなかった。それで慌てて引き返した。

しかし、彼女の部屋には誰もいなかった。まるで今のように。

怖かった。悲嘆に暮れてふらっと去ってしまったのではないかと。じっと座って待つことができなかった。いらいらして気が気ではなく、庭をうろついた。早く見つけろと宮女たちを急かした。しばらくして、チマの裾に黄色い犬の毛をたくさんつけて現れたドギムを見て、サンがどれほど安堵したかは、天だけが知っている。

「王様が話さなければ私にはわかりません」

その日、気がゆるむと、ドギムが言った。

「私が口にしなければ王様も知らないように」

正しい言葉だった。彼が王ではなくただの男だったら、口答えできない忠告だった。

しかし、サンはドギムがわからないことを続けなければならなかった。彼が一生学んできた王の役割の本質がそうだった。それはまるで、わかっていながらも抱えて生きていかなければならない自分の欠点のようだった。

「たまには恩着せがましくされてはいかがでしょうか」

事情を知っているソ尚宮だけが時々言葉を加えた。

「陰では何かと気づかっていらっしゃるではないですか。わかめやら、薬価《ヤックァ》やら……」

彼女は一言付け加えた。

「非常に稀なことですが……」

「もうよい」

サンは目を見開いた。

「ドギム、あの子は気が回るのに、自分の考えだけに没頭しがちです。また時々ぼんやりしているので言っておかないと……」

「言葉に注意しなさい」

サンが厳しく叱った。

「以前はそなたの弟子だったとしても、今は私の側室だ。下に見てはいけない」

「そうですね。ドギムではなく側室でございますね。ああ、私《わたくし》めが膝が痛くて失言をしてしまいました」

膝が痛いことと軽はずみに言うことになんの関係もないはずだが、ソ尚宮は古狸のようにやり過ごした。

「とにかく王様がおっしゃいませんと、昭容様は永遠に知らないままです」

サンは一蹴した。

「もうよい。たかがこの程度で恩着せがましくなどと……」

ソ尚宮の言葉どおり、ドギムが自分のことを永遠にわからないと言っても気にしなかった。いや、彼女さえも知らないほうが、王としての役割には有利になりそうだった。どのみち君主の座は寂しいもので、彼はその役割に慣れていた。

さらに、せこせことけちくさい好意を少し施したからと、顔に出して偉そうにするのは男らしくない行動だと思った。

すでに女人の心を傷つけてばかりの夫であることは自認している。格好の悪い男にはなりたくなかった。歯切れの悪い男にまでなりたくはなかった。酒に酔ってたまに飛び出してしまう言葉はいた仕方なくてもだ。

「……王様！」

そのときだった。待ちわびていた声がついに聞こえた。

「なんの知らせもなく、どういうお出ましですか?」

ドギムだった。あたふたと入ってきて、口をぽかんと開けた。住処の庭に到着してようやくサンが来ていることに気づいたようだ。彼女は必死に目をそらすソ尚宮に気づかないふりをした。

「どこに行ってきたのだ?」

「大妃様と嬪冊封礼《ピンチェッポンレ》を準備していたら遅くなりました」

ドギムはある程度真実を含んだ偽りを告げた。

「そうか?」

上気した頬や、生き生きとした顔は見るからに、友たちとひとしきり遊んできたことは明らかだった。それでもサンは騙されることにした。

「ちょっと暇ができたので来てみた。顔を見たからもう行く」

とにかく帰ってきたからいい。サンは彼女がいる部屋に満足した。

「まあ、少しお待ちください!」

去ろうとする彼をドギムがぎゅっとつかまえた。

「せっかくお渡りになられたのに、そのまま帰られるんですか?」

「そうだな、もう少し早く戻ってくれたらよかったのに」

お世辞でも引き止めてくれたのがうれしかった。

「長くお待ちになられたのですか?」

ドギムが訊ねた。昔だったら足が折れるかというほど鞭で打ったはずのソ尚宮の冷たい表情を見て、おおよそ気づいた様子だった。

「大丈夫だ、気にするな」

これくらいなら優しく答えられたほうだろうと満足して、サンは帰ろうとした。

「ですが…………」

ドギムの良心の痛みが彼を簡単に放さなかった。

「お茶一杯でもお召し上がりになってください。すぐにお持ちいたします」

サンは拒否できなかった。

「そうか。まあ一杯なら……」

勝てないふりをして席に座る彼を見てドギムがこっそりと笑った。

「熱いものでなく、ぬるめにして出しなさい。この前のようでは舌がやけどする」

サンは気恥ずかしくてぶつぶつ言った。

「せっかちでがぶがぶ飲み干すからです。子供でもないのに」

ドギムはすぐに梅茶と栗で作った熟実果《スクシルクァ》（甘露煮）を準備してきた。

「甘くないように煮詰めたのでお口に合うと思います」

「それはよいな」

サンは出されるままにぱくりと食べた。

「嬪冊封礼をかなり盛大に準備されているそうですね」

ドギムは大妃から聞いたという。

「薪がもったいないからと大殿に火を焚かれない王様がどういう風の吹き回しですか？」

「薪を節約したら国庫があふれたので少し使おうとしているのだ。それがどうした」

彼女は赤くなったサンの顔を見逃さなかった。

「臣妾のことがそんなにお好きですか？」

サンが驚いて飛び跳ねる前にドギムがにやにやしながらすぐにつけ加えた。

「臣妾がそんなにお好きなのに、どうして嬪号をまだつけてくださらないのですか？　大妃様が王命を首を長くして待っているとおっしゃっていましたが」

「考え中だ」

「愛する心を込めたよい文字なら、山程あるでしょうに」

しきりにからかうドギムにサンが息巻いて言った。

「よい文字は多いが、お前に似合う文字は一つもないから問題だ！」

その言葉に、ドギムが身をすくめた。

「訳もなく変な名前だけはつけないでください」

「私がもしや変な文字をつけると思ってるのか？」

「愚かの愚の字を使って愚嬪とか、足りないという意味の乏の字を使って乏嬪とか……」

「ああ、いい意見をありがとう。参考にしてうまくつけてやる」

サンはドギムの図々しい鼻をつまんだ。

「大妃様はほかに何か言っていらっしゃったか？」

ドギムは首を横に振った。

「そうか、ほかに何もないのか？」

「実はちょっとおかしなこともありました」

「おかしなことだと？」

「王様は、元子様に父上がいいか母上がいいか、お訊きになったことがありますか？」

「君子がそんな幼稚な質問をするか」

「幼稚な気分になられたら、一度お訊ねになってみてください」

ドギムは悪びれる様子もなく続けた。

「先程、大妃殿で見たときは不思議でした。まだ喃語《なんご》しか話せないのに、王妃様がお訊ねになったときは、元子様が母上と聞こえるような言葉をつぶやいて、恵慶宮様がお訊きになったときは父上のような言葉を口にしたそうです」

「本当か？」

「ええ！　それだけではありません。見守っていらっしゃった大妃様が問われると、にこにこ笑ってお祖母様と聞こえる言葉を発したそうです」

ドギムが言った。

「王様もあとでぜひお訊ねになってみて、どうだったか臣妾に知らせてください」

「お前が訊ねたときはどうだったんだ？」

純粋な喜びに満ちていたドギムの顔に陰が落ちた。彼女は我が子をほかの人に抱かせてただ見ていたに違いない。たとえ元子とふたりきりでいるときに奇特な言葉を聞いたとしても、誇らしげに答えることはできないはずだった。母親と名乗ることができない側室であるため、彼女は息子の誇らしい答えもひとりでのみ込んだのだろう。おそらくふたりきりのときは、元子が彼女を母上と呼んでいるのだろうとサンは推測した。

「ほら、子供がお前に似て賢いのだ」

サンが適当にそう言うと、ドギムの憂いが消えた。

「いいえ、元子様は王様に似ているのです」

取り繕うために冗談まで言った。

「あまりにどう振る舞うかを躾《しつ》けられるので……あ、そうだ！」

彼女は膝をぽんと叩いた。

「これをご覧ください」

ドギムは書机の上に置かれた大きな筆筒を突然サンに差し出した。

「大体これくらいじゃないですか？」

「なんのことだ？」

「王様は宴の席のたびに、筆筒に酒をたくさん注いで臣僚たちに振る舞うそうですね」

筆筒を目で計ってドギムは感嘆を禁じ得なかった。

「とても酔われるでしょうね」

「いや、でもそれがなんだ……？」

「この前もある方に筆筒ごと飲ませたら泥酔して、王様の御前なのに泣いたり笑ったり踊ったり転んだりして大騒ぎだったのでしょう」

ドギムがくすくす笑った。

「王様が臣妾にその話をしながら、とても楽しそうに笑っていらっしゃいました。今では臣妾も筆筒を見るだけで、おのずと笑いが出てしまいます」

サンは自分の耳を疑った。

「臣妾も憂鬱になるたびに笑ってみようと似たようなものを一つ手に入れました」

まるで友たちを懐かしむために思い出が詰まったものを置いておくように、彼を思い出させるものも彼女の空間にあるということが信じられなかった。つい今しがたまではそんなことを望むのはあまりにも欲深いと思っていたからだ。

「私が興じてお前にまで筆筒に酒を盛ったらどうするつもりだ」

サンは冗談を言って、うれしさで込み上げてくる気持ちを隠した。

「大丈夫です」

ドギムが虚勢を張った。

「王様が臣妾を怒らせたり、真夜中に酔っ払って面倒をかけるたびに一筒ずつ空けますよ」

「何も言えないな」

サンはにらもうとしたが容易ではなかった。怒るには気分がよすぎた。彼が表情を隠すのに失敗すると、ドギムもこっそりと一緒に笑った。この場面を絵に描いて、つらく孤独なときに何度も眺めていたい。そんな瞬間だった。

「あまりに長居した」

これ以上は駄目だと思った頃、サンは立ち上がった。

「お渡りになられたのに臣妾がいなくて慌てられましたか？」

身なりを整えるのを手伝いながらドギムが突然訊ねた。

「いや」

サンが言った。

「宮女をつけておいたから、今は慌てたりはしない」

「いくら宮女をつけておいても、臣妾はいつでも問題を起こすことができますよ」

ドギムが図々しく言った。

「そうだろうな」

サンはうなづき、低く笑った。

「いくら宮女をつけておいても、お前がその気になれば逃げることができるということも知っている」

ふたりの視線が合った。ドギムもはっきりと彼の眼差しのなかに弱々しく、怯えているような感情を見たはずだった。しかし、彼女は冗談でもそれに触れなかった。気づかないふりをして、その感情がただサンの眼差しの中で流れて消えるのを待った。

サンは背を向けた。しかし、このまま終えたくなかった。幼稚な感情が生じて踵を返した。完全に油断していたドギムをぎゅっと引き寄せた。口づけをした。驚いた彼女の息づかいを感じた。

「あまりにも長く待たされたから」

しっかりと差し込んだかんざしの下で、そっと流れ落ちた彼女のおくれ毛を撫でた。どきどきした。

「それでも今日はお前がすぐ戻ってくると信じていたから大丈夫だった」

サンは自身の感情を見せた。

ただ、やってみるととても恥ずかしくて顔が赤くなった。ドギムも同様に顔を赤らめて、どぎまぎしていたのは幸いだった。興奮でしびれるような気分に包まれて別れた。

ドギムが彼について庭まで出てきた。サンの後ろ姿が完全に消えるまで見送ってくれた。入るときはひんやりしていた部屋だったが、出るときは温もりが感じられた。これ以上空のままの住処でなくてよかった。

日が暮れた。サンは袞龍袍を脱いで楽な紫色の天翼《チョニック》（武官の公服）を着た。至密内人が脱いだ服を出そうとしたが、引手の外で揺れる大きな影を見てふとある考えが浮かんだ。

「袞龍袍を受けもつ洗踏房内人が外にいるのか」

「はい、王様」

「入ってくるように言いなさい」

至密内人が慌ててソ尚宮の顔色をうかがった。もちろん、驚くのはソ尚宮も同じだった。不機嫌で叱りつけるのではないかと心配している様子だった。

「衣服のどこが気に入りませんか？」

「そうではない」

「落ちていないシミがあるんですよね？　ここでございますか？　それともここ……？」

ソ尚宮が一緒に騒ぎ始めた。

「そうではないと言っただろう。呼んでこいと言われたら呼んでこい」

サンが強く命じると、ソ尚宮はびくっと引き下がった。外がざわついた。すぐにボギョンがためらいながら入ってきた。予想どおりだった。

「お、お、お呼びでいらっしゃいますか、王様！」

ボギョンは極刑を目前にした囚人のようにぶるぶる震えていた。怖がる心境は理解できるが、あまり見栄えのいいものではなかった。

サンは彼女をじっと見た。本当に似ているところがあるか考えてみた。まあ、身長はかなり近いようだった。ボギョンは男の中でも体格がよいほうであるサンと目線が合うほど大きかった。しかし、それ以外は似ているなど冒涜だった。

「訊きたいことがある」

まだ質問してもいないのに、ボギョンの顔色が真っ青になった。

「昭容に聞いたところによると、彼女がそなたとペ内人が争うのを止めようとして親しくなったそうだが」

ボギョンはあっけにとられ、固まってしまった。

「こら！」

見るに忍びなかったソ尚宮が気を引き締めろと脅かした。それでやっと凍りついたボギョンの体がほぐれた。

「私《わたくし》めがペ内人と争ったのですか？」

「いや、それをどうして私に訊くのだ……」

サンはかっとなりかけたが我慢した。

「昭容がそなたとペ内人が大喧嘩になったところを仲直りさせて親しくなったという話をするので気になって訊ねているのだ」

「昭容様がそうおっしゃったんですか？」

緊張が解けたボギョンは驚くべきことに王の前で呆れた表情をした。

「その日はそもそも、昭容様のせいで喧嘩になったんですよ！」

「どうして？」

「正月を迎えるために、尚宮様たちが宗親宅に送る豆の入った巾着袋を準備しておいたのですが、昭容様がいたずらをして袋に穴を開けたのです。四方に豆が転がっているのに、よりによって私とギョンヒ、ヨンヒが近くにいて……」

「昭容はそなたとペ内人だけだったと言ったのだが」

「いえいえ。違います。ヨンヒもおりました」

ボギョンは断言した。

「はい、そうでございます。次の休みのとき、なんの本を読み聞かせてくれるのかと三人で訊こうとしたところでした」

彼女は一生懸命過去を振り返った。

「そのせいで、昭容様のいたずらに巻き込まれて、私たち三人も一緒に罰を受けました」

「悔しかっただろうな」

理解できるとサンがにやりと笑った。

「腹わたが煮えくり返りました！　それで口喧嘩になりました。当時はお互いにぎこちなかったし、よりによって私がギョンヒと仲が悪かったので、だんだん興奮していきました」

「それで四人でもみ合いまでしたのか」

「はい。私が勝ってやっと終わりました」

「昭容がそなたたちを殴り倒したと聞いたが」

ボギョンは派手に鼻を鳴らした。

「ああ、話にならないことです」

王の前での口の利き方や態度があまりに見苦しいため、サンは慌てた。

「ですが、実は……」

ボギョンは気兼ねなく言いたいことばかり言った。

「先日もそのときの話が出たんですよ。でも、ギョンヒも自分が勝ったと覚えていました。またヨンヒは自分が上手く止めたおかげで勝ち負けなしに無事に終わったと言って……。なぜみんな記憶が違うのでしょうか？」

サンは眉をつり上げた。ソ尚宮が泡を吹いて叱る前にさらにボギョンは話を続けた。

「いや、それでも私が勝ったのが正しいです。あの子たちはあんなに痩せているくせに私に勝てるとでも思ったんでしょうか、全く！　おそらく寿命も私が一番長いでしょう」

ボギョンは堂々と拳を握った。

「とにかく、たたかいが終わってからみんな疲れ果てて座り込んでいました。すると、昭容様が私が悪かった、ちょっと待っていてとおっしゃって、焼厨房《ソジュバン》に忍び込んで栗をたくさん盗んでこられました。それをこっそり焼いて食べたのですが、とてもおいしかったです」

ボギョンがにっこりと笑った。

「それで親しくなりました」

彼女らの思い出がサンにも伝わるようだった。つられて心が温かくなったので、少し微笑んだ。

「そうか。さすがそなたたちは彼女の友だな」

王に愛されたがためにドギムが傷つくたび、そばで守ってくれる頼もしい友達がいて幸いだった。たとえ彼女の世界に決して割り込むことができなくても、時にはそのために嫉妬しても、ひとまず安堵した。

「なぜ寿命はそなたが一番長いのだ？」

サンはふと気になって訊ねた。

「ドギム……あっと、昭容様はいつも『私は細く長く生きるの』とおっしゃっているので長生きするはずです。ヨンヒは体が弱いながらも百歳まで生きるでしょう。いっぽうで、ギョンヒはあまりにも悪口を言われているので、きっとそのふたりより長生きするでしょう」

ボギョンが念入りに計算をした。

「最後に残った者が先に旅立った友たちの墓を作り、喪儀まですべて行ってから、あの世に向かわなければならないのに……。ああ、ギョンヒは絶対できません。ひとりで残ることに耐えられないはずです」

「なぜだ?」

「あの子はけちなくせに心は弱いんですよ。ひとりになると強そうに見せて自分をだましていますが、ある日突然爆発しそうなのが目に見えます」

サンはドギムが自分とギョンヒという内人が似ているという理由がなんとなくわかるようだった。

「だから私が一番長生きしたほうがいいんです」

ボギョンが力強く言った。

「必ず誰かは最後に残らなければならないのであれば、それは一番体が丈夫で、感覚も鈍くて、度量の広い私であってほしいです」

やはり割り込むところがない、彼女たちだけの世界であり未来だった。いつも数多くの人々に囲まれていながらも、最も内密な業《ごう》を分かち合う親友はいないという自らの孤独があらためて押し寄せてきた。それで何も言えなくなった。

「あの、昭容様は……」

思う存分騒いでいたが、王が許してもいないのに勝手に親密になった気なのか、ボギョンがこっそりと言葉を加えた。

「いいえ、王様はどうか昭容様によくしてください」

言い返してやりたいが、うまく言葉を選ぶくらいの分別はあった。

「よくしてやらなかったらどうする？」

「えぇ？」

「拳で余を殴るつもりか？」

「そうしてもいいですか？」

ボギョンが間抜けにも訊ねた。

「いいわけがあるまい。無礼にも誰の前だと思っておるのだ。身の程を知れ」

ひぃぃぃぃっと叫ぶうめき声とともに、ボギョンはひれ伏した。

「心配するな。あえてそなたが拳を振り回さなくても、私は苦しんでいるから」

サンは声を低くした。

「彼女の目から涙が流れれば、私は血の涙を流すだろうし、彼女の心が千に裂けるならば、私の胸は万に裂けるだろう」

言い切ってみるととても照れくさい言葉だった。隣で聞いていたソ尚宮がごほごほとむせたのを見るとなおさらだった。顔が真っ赤になった。

「きょ、今日のことは絶対に昭容に伝えるな。もし口を滑らせたら親子三代を滅ぼすだろう！」

顔色をうかがうことが全くできないボギョンは、言葉をそのまま受け止めて非常に驚き、すぐにすべての会話を忘れた。

「大丈夫だからもう下がれ」

あたふたとボギョンが退くと、サンはソ尚宮が口を開く前に一蹴した。

「いつもの王様らしからぬことをおっしゃって……。やはりお体の具合が悪いのでしょうか。御医を呼ばないといけません」

「全く、御医はもう探すな」

サンは恥ずかしさを隠そうと拗ねた。

「……これもすべてあの者のせいだ」

「誰のせいですか、王様？」

ソ尚宮が問い詰めた。

「泣いていた見習い宮女ですら泣きやんで一目散に逃げてしまうほど恐ろしい王様を、誰がこのような平凡な方にしてしまったのでしょうか」

「友から師匠まで、彼女の周りは皆恐れを知らないな」

怖いものなしのソ尚宮の無用な心配を聞きながら、サンは舌打ちをした。

「ああ、もうよい！　とにかく……。お前は弟子を育てるのに苦労したのだな」

「恐悦至極に存じます」

ソ尚宮の儀礼的な返答には、言いたいことが多々あるが我慢するという恨み節が混じっていた。サンは笑いをこらえながら話を変えた。

「さっき用意しろと頼んだものは手に入れたのか」

ソ尚宮が絹の風呂敷で包んだ瓢箪を見せた。

「はい、王様。ですが、これを何に使うおつもりですか？」

サンは答えなかった。

「昭容のところへ行くから支度しなさい」

「昼に行ってこられたのではないですか」

「また行っては駄目なのか？」

サンがぶっきらぼうに言い放った。

「行ってもよろしいですよ。ですが……今日は和嬪様と合宮が……」

彼の険しい表情をこっそりと見たソ尚宮はすぐに態度を変えた。

「そういえば、どうせ守れないのだから合宮日など決めるなとおっしゃいましたね。全く、とにかく年を取ると記憶力が以前にくらべて乏しくなるんですよ」

彼女はぎこちない笑顔で取り繕うとさっと逃げた。


サンは御輿に乗らず歩いて向かった。天翼の裾がそよ風になびいた。今度はドギムがいた。サンを喜ばせようと、ドギムは明かりを煌々と灯した。

「ちょうどいいときにいらっしゃいました！」

ドギムが言った。

「嬪の冊封礼のための新しい礼服が完成しました。着てみますから似合うかご覧になってください」

「似合わない訳はないだろう」

サンは大したことではないと思ったが、ドギムは違った。

「ただの側室ではなく、嬪です、嬪！　緊張しないわけがないでしょう？」

生まれてすぐにこの国の世継ぎに選ばれたサンとしては理解しがたい感情だった。

「鴉《カマグイ》が白い灰をかぶって白鷺《ペクロ》のふりをしているように見えたらどうしましょう？」

「お前は鴉ではなくてもともと白鷺だから心配するな」

かなり優しい慰めだった。

「励ましてくださるなんて、どうされたんですか？」

しかし、ドギムは感動するどころか驚愕した。

「どこかお体の具合がよくないのですか？　御医を呼びましょうか？」

ともすればあちこちから呼ばれるので、御医は確かに体が二つでも足りないはずだった。サンはひどく拗ねてことさらたてを突いた。

「私はもともとできないことなどない！」

「確かに、できないことがないので、台無しにもされますよね」

いい口実ができたドギムはさらにふざけた。

「せっかく王様が誉めてくださったので、臣妾は名前を変えなければなりませんね。ペクロはいかがですか？」

「誰が台無しにしているのやら」

巻き込まれたサンはふてぶてしく言った。

「お前はカマグィにしなさい。ソン・ベクロってなんだ！　お前はソン・カマグィだ！」

口争いをするうちにサンはふてくされた。側室の心がけが悪いので大殿に帰ると怒って踵を返したとき、ドギムがふと置いてあった瓢箪に目を留めた。

「あれはなんですか？　臣妾にくださるのですか？」

「可愛い者にしか与えたくない」

「そうですか。臣妾は嬪に迎えるほど可愛いじゃないですか」

ずうずうしく愛嬌を振る舞うドギムにサンは白旗を上げた。

「……山葡萄酒だ」

想像もできなかったのか、ドギムは目を丸くした。

「昔、笄礼《ケレ》のとき、お前は私の口を欺くと言って、山葡萄汁を捧げただろう」

サンは照れくさくて視線を避けた。

「あれから多忙な歳月を経て、お前を嬪として迎えることになった。ならば、今度は私がお前の口を欺く番ではないか」

耳たぶまで熱くなることだけは防げなかった。

「御酒だ。さっきの筆筒になみなみ注いでやるから全部飲み干しなさい」

昼間、彼の目に浮かんだ感情がよみがえった。ただ、今は彼女の目からもそっくりな感情が揺れ動く感じがした。もしかしたら、ただの錯覚かもしれないし、望みかもしれない。それでもサンは信じたかった。

「ええ、お腹がはちきれそうになっても飲み干します」

ドギムが顔を赤らめたのも、自分と同じ意味であることを願った。

「でも味がよくないと」

彼女は恥ずかしさを隠すためにへらず口を叩いた。

「昔、お前が捧げたものよりはましだろう。苦くてすっきりしなかったからな」

「それでも臣妾は真心を込めて自分で作ったんですよ。王様は焼厨房に用意させたくせに」

「焼厨房の真心がまさに私の真心だ」

「はいはい、そうでしょう」

一言も負けていないドギムは、図々しいとまた鼻をつままれた。

なごやかな団欒の夕方を送った。ちょうど乳母が元子を連れてきた。乳をお腹いっぱい飲んでお風呂まで終えたところで小さな顔がつやつやになった。サンとドギムが月明かりの下で山葡萄酒を分けて飲んでいる間、終始ばぶばぶと機嫌よくしていた。

「元子はお前に似ているから、文句が多いだろうな」

「王様に似ていて小言が多いでしょうね」

息子がどちらに似ているかを推測するふたりだけの戯れは全く飽きなかった。

やがてドギムが新しい服を着た姿を見せた。華麗な襟を翼にした鳥のように見えた。おとなしく鳥かごに座って餌を待つ小鳥ではないはずだった。だからといって、どっしりしていて上品な鳳凰でもなかった。そう、ドギムは『荘子』で読んだ鵬《ほう》に似ている。狭い檻の中に閉じ込められたことも知らず鵬をあざ笑う雀や雉《きじ》とは違う。九万里を飛び上がるほどの自由な存在だ。

サンはよく似合うとうなずき、元子は手をたたいた。

「前に着ていたものははるかに簡素だったが……」

ドギムははにかみ、ぎこちなく振る舞った。襟を正しながらも手元だけこそこそと音を立てた。長年慣れていた服の袖の赤い先端を懐かしんだ。

「とてもきれいだ。よく似合う」

どうか彼が授けた新しい服が足かせにならないことを願って、もう一度心を込めて言った。どのみち彼女はどんな鳥かごでも閉じ込めることができない人だ。

「も、もう着替えてまいります」

ドギムは奥襟に触れながらあたふたとした。そして、万が一でも汚れが付かないようにと重い裾を注意深く引きながら向かいの部屋に行った。

その隙を狙ってサンは残りの山葡萄酒を飲み干し、元子を胸に抱いた。息子は何か言いたげに口をぱくぱくした。しかし、サンには急いで言いたいことがあった。

「もしふたりきりでいるとき、お前の母上が父上と母上のうちどちらが好きかと訊いたら……」

彼は元子の耳にささやいた。

「必ず母上が世の中で一番好きだと言いなさい」

にっこりする赤ん坊とはうらはらに、サンの目には涙がにじんだ。

「この父は王ゆえに言えない言葉だ。だから、お前が代わりに母上が聞きあきるほどに言ってあげなければならない」

柔らかい息子の頬にとうとう一滴を落とした。

「男同士の秘密だ。わかったか？」

誰にも、とりわけドギムに見せてはならない涙を急いで拭いた。

「もし母上に漏らしたら親子三代を滅ぼす……はできないし、とにかく駄目だ。うん？」

元子が心配するなというようにきゃっきゃっと笑った。

「何をそんなに楽しそうにささやいていらっしゃるんですか？」

着替えたドギムが顔を寄せてきた。

「父と子の秘密だ」

「ずるいので母と子の秘密も作らなければなりません。そうですよね、元子様？」

ドギムが元子を抱き上げた。

驚くべきことだった。サンがひとりで彼女を待っていた空の住処。その寂しい空間にドギムが存在し、息子が存在するおかげで満ち足りた絵が完成した。彼が何度も絵に収めたい風景でもあった。彼女にはよき友たちがいる。あえて彼には割り込めない世界を持っている。しかし、今この瞬間もまた一つの世界だ。サンとドギム以外誰も覗くことができないほど満たされた絵が完成した。まさに彼が一生夢見てきた家族団欒の姿だ。

サンはドギムの嬪号としてふさわしい文字を確信した。

「どうしてじっとご覧になっていらっしゃるんですか?」

ドギムがにっこりと笑った。

「ふたりで王様をのけ者にして、恐ろしい秘密を作るのではないかと、もう怖がっていらっしゃるんですか?」

「そうだ、怖くてこれからは足を伸ばして眠れないな」

どうしようもなく彼も笑った。

これからもいつもこの住処に彼女がいればいいのにと思った。サンは酒ではなくこの瞬間に酔っていた。ただ永遠であることを切に願った。

外伝　最後に残った人

ギョンヒはあの愚かな約束をした日を覚えていた。

ドギムが右手の人差し指に布を巻いてきた日だった。あまりにも不注意な子なのでどこかで指を切ったのだろうと思ったのだが、不思議なことにヨンヒの指の同じ場所にも傷があった。

「さっきふたりで親友の誓いをしたからよ」

勲章であるかのようにドギムは自慢した。

ギョンヒもそれがなんなのかは知っていた。最近になって宮女の間で流行している風習だった。指を刺して出た血を混ぜるのだ。互いをかけがえのない親友だと認める神聖な儀式なので、誰とでもするわけではなかった。

「私ともしてよ」

ギョンヒは嫉妬してすぐに言い寄った。

「早く！」

彼女は服の結びひもにつけていた小刀を取り出して突きつけた。

「嫌よ」

ドギムは困った表情であとずさりした。「痛すぎて、もう一度するなんて無理よ」

ギョンヒは腹を立てた。彼女には友達があまりいなかったのだ。正直に言えば、全くいないに等しかった。ほかの宮女たちは皆外見だけを見て彼女を都合のいいように判断した。だが、その性分を知ったあとはがっかりしたと言って離れていった。

そんななか、少なくともこの子たちとは親しかった。そして、ドギムと最も仲がいいのは自分だと思っていたのだ。

「あなたはボギョンとしたら？」

空気の読めないドギムが妙案であるかのように話した。

「嫌よ！」

ギョンヒは即座に拒否した。

「ちょっと！　あんただけが嫌だと思ってるの？　私も嫌だからね！」

負けじと、ボギョンも真っ赤な顔で返した。

「おかしいわよ」

驚いたことにドギムは首をかしげた。

「ギョンヒ、あなたは私よりボギョンとよく一緒にいるじゃない」

「そうよ」とヨンヒもうなずいた。

「私もあなたたちふたりは仲よしだと思ってたわ」

「あなたたち正気なの？」

ギョンヒは鼻息を荒くした。

ボギョンはほかの見習い宮女たちのようにギョンヒの外見を見てどうこうしなかった。嫉妬心から反感を抱いたり、大げさなほど褒めちぎって近寄ってくることもなかった。ただ道ですれ違う人くらいにとらえていた。

そのうえ、本性を知ってからも動じなかった。ほかの子たちは一様にギョンヒに美人だが気に食わないとか、口の利き方や態度が女の子らしくないとも言った。しかしボギョンは違った。ボギョンにとってギョンヒはただ気に食わなかった。そして、ただ口の利き方が荒く思えた。彼女は余計な感情は持たず、失望もしなかった。

だから、ギョンヒは特にボギョンが気にさわった。初めて会ったときから、ボギョンに対する感情は、ドギムやヨンヒに対するものと違わざるを得なかった。

「よく一緒にいるんじゃないわ。運悪くよく会うだけよ！」

「ちょっと！　あんただけが運が悪いと思ってるの？　私だって同じよ！」

ボギョンがまた言い返した。

「ほら。今もふたりで同じことばかり……」

「違うわよ！」

ドギムの一言にギョンヒとボギョンの声が重なる。

「もう、いいわ！」

すっかり拗ねたギョンヒはさっと背を向けた。

「やろうと誘われてもやらないわ、そんなの。子供がする馬鹿なことよ！」

「……さっきはやろうってすがってたくせに」

ボギョンがつぶやいた。ギョンヒは目玉が飛び出るほど彼女をにらんだ。

「でも、ギョンヒの言うとおりよね」

顔色をうかがいながらドギムが言った。

「親友の誓いも何も、いざやってみたら大したことなかったわ」

「そうね、仲よし同士で血を混ぜると入道雲が現れるなんて言われてるけど、嘘だったわ」

ヨンヒもうなづいた。

「そんな誓いをしなくても、私たちは友達じゃない」

いいことを思いついたと、ドギムが手を叩いた。

「ねえ、私たちこの先老いて出宮したら、一緒に集まって暮らすのはどう？」

「宮人の里やそれぞれの故郷じゃなくて？」

ヨンヒはとんでもないとでもいうように訊ねた。

「宮中だけに五十年も住んでいたら、実家とはいえ故郷のように感じないわよ」とドギムが返す。

意外と現実的なところがある子だった。

「そのときはもう宮殿が故郷になってるってことよ」

さもわかったようなふりをしたがるギョンヒは、ここぞとばかり口を挟んだ。

「だから私たちだけで暮らしましょう！」

思惑どおり話に入ってきたギョンヒをドギムが素早く引き寄せた。

「俸禄を貯めて、貸本屋の近くに家を建てるのよ」

「それじゃ、気が向くたびに小説を借りることができるわね？」

ヨンヒが真っ先に惑わされた。

「部屋の焚き口の所は私のものよ！　そこで栗を焼いて食べるんだから」

ボギョンもすでに惑わされていた。

「どう、いいわよね？」

自尊心を保つために最後まで耐えていたギョンヒのわき腹をドギムが突いた。

「……わかったわよ」

仕方がないふりをしてギョンヒがぶつぶつと言った。

「あなたたちは賢くないからお金の貯め方も知らないでしょ。たとえ財物をたくさん貯めて宮殿を出たとしても詐欺に遭うだろうから、私が助けてあげないと駄目ね」

ボギョンは明るく笑った。

「じゃあ約束よ！」

ドギムとヨンヒも笑い出した。頬をぴくぴくさせながら我慢していたギョンヒも結局笑ってしまった。

「絶対に忘れないでね」

ほどなくしてドギムが言った。

「どんなに年を取っても、私たちの立場が大きく変わっても、この約束は必ず守ろうね」

ヨンヒも言った。

「もちろんよ！　そして私が一番最後まで残るわ」

ボギョンは自信満々に胸を張った。


しかし、その約束は消えてしまった。耳もとに無邪気な笑い声だけが木霊のように残ったまま、その人たちは姿を消した。固く誓った人たちが去ると、約束も薄れていった。言い出した人たちさえ守れなかった、まったく愚かな約束だったのだ。

ヨンヒが真っ先に破った。ドギムがそのあとを追った。そして今は……。

「ペ尚宮様！」

幼い宮女が取り乱して叫んだ。ボギョンの弟子だったせいか、いろいろと師匠に似た子だった。

「出宮の日まで、もちこたえられそうにありません」

彼女は涙ぐんでいた。

「キム尚宮様が危篤だそうです」
三、四か月前からボギョンは具合が悪くなり始めた。初めはただ年を取ったせいだと思い過ごしていたが、ますます病状がひどくなった。どんなに食べても痩せていった。頭痛を訴えたり、足がしびれて動けなくなったりもした。半月前からは食欲を失った。肉だったら食べるだろうと思って用意してあげても首を横に振った。
悪い予感で動悸がした。嫌だというボギョンを医女のところに連れて行った。ところが、医女も首を横に振った。もう手遅れだと言った。当然のことながら出宮の日取りが決まった。ところが、ボギョンはその日すら守らず、もう旅立とうとしている様子だ。

「ペ尚宮！」

向かい側から誰かがギョンヒを呼んだ。

「お前の番だと言っているじゃないか」

大殿の提調尚宮だった。

「提調尚宮に昇格するに値する宮人を試す場だ。大妃様が特に注目されているというのに急がないのか！」

その言葉は正しかった。長い間準備してきた大きな機会だった。

「恐れ入ります」

しかし、ギョンヒは一瞬も迷わなかった。

「より急ぎの用ができましたので、これで失礼いたします」

ぽかんと口を開けた提調尚宮をあとにしたまま、ギョンヒは無我夢中で駆けた。

宮女の頂点に立つことは一生の願いだった。父を満足させる機会だった。きっと後悔するだろう。

しかし、ボギョンをひとりで送り出せば、もっと後悔するに決まっていた。ヨンヒとドギムの最期を看取れなかったという事実がどれほど深い後悔になったか、ギョンヒははっきりと記憶していた。

「……あなたは馬鹿なの？」

息を切らすギョンヒを見て、ボギョンが言った。

「今日がどんな日かわかっていて、ここに来るなんて」

叱責する声には力が全くなかった。

「あなたは不安だって占いまでしたじゃないの」

それでも、ふと笑みがこぼれた。

「年老いた内官がする占いなんて。昔、宜嬪様も一度も当たったためしがないと不平を言っておられたわね。そう言っておいて、お兄様の科挙の試験の日には必ず占いをしてたけど」

「私のことは自分でちゃんとやるから、あなたはあなたのことをよく考えなさいよ」

涙を隠すためにギョンヒはぴしゃりと言った。

「ごめんね」

「もう、いいわよ……」

「一番最後に残るのは私じゃなきゃいけなかったのに……」

ボギョンはギョンヒがまったく予想もできなかった謝罪をした。

「あなたにはできそうもないのに……」

ひとりになる。はじめて実感が湧いた。

とうとう堤防が決壊した。涙があふれた。ボギョンの言葉は正しかった。ギョンヒは自信がなかった。もっと難しくて大変なことはやり遂げられても、親友たちを先に送り、最後にひとり残ることだけは到底耐えられなかった。

「代わりに待ってるわ」

ボギョンが手を伸ばした。

「ヨンヒと……」

ギョンヒはその手を追った。

「宜嬪……いや、ドギムと……」

その手が目の前まで近づき、ボギョンが言った。

「待ってるから、時が来たらまた会おうね」

涙で視界がぼやけたが、ギョンヒはしっかりと彼女の手を握った。

「……必ず待ってるわ」

それが最期の言葉だった。

「実はあなたと親友の誓いをしたかったのよ」

ギョンヒが言った。

「ずっとそう思ってたわ」

ボギョンを覆っていた布団を頭まで被せてあげた。幼い頃からいつも騒がしくてわいわい笑う人だった。静かな姿は見慣れないものだ。

それでも平気だった。待っていると言ったのだ。出宮して一緒に暮らそうという約束をみんなが破ったのだから、申し訳なくて必ず待っていてくれるだろう。彼女は自分の友達を信じた。

「……必ず待っててね」

ギョンヒは涙を拭いた。

ボギョンを見送る自信がなかった。ヨンヒとドギムも同じだった。それでも一生をかければ最後には見送れるだろうことを願っていた。そして自分が、最後に残る人となった。

外伝　約束の地

庚申年《かのえさる》（一八〇〇年）の夏。

昌徳宮の正殿、仁政殿《インジョンジョン》で新しい王が即位した。十九歳の青年の王はまたとない聖人だったという評価を受けた父王にそっくりだった。体格は武官と比べても不足ないほど頑丈で大きく、才知は有名な学者と競っても劣るところがなかった。そのため玉璽を受け継いだ瞬間から先王に次ぐ聖君になるだろうという期待が宮中に漂っていた。

「王様は先王様によく似ておられます」

王座についたばかりで、血も混じっていないひ孫に対する大王大妃（貞純王后《チョンスンワンフ》キム氏。イ・サンの継祖母）の視線は温かかった。

「しかしあと数年若かったら、私が便殿に御簾をたらして座っていたはず……」

とはいえ、その目には、満たされぬものが浮かんでいた。

「ほんの少しでも私に許されていたら……」

大王大妃の若き日からの夢はあきらめきれない一言で濁された。もちろん、単にドギムの前だけでこっそりとこぼす静かな一端だった。

「私には幸いなことです」

ドギムはいつものように適切な答えを見つけた。

「おかげで、大王大妃様を国事に奪われることなく、私が完全に独り占めできるではありませんか」

冷たい霜のように厳しい大王大妃の口もとが和らいだ。

「宿題ばかり出す年寄りを独り占めして何がいいというのだ?」

「たくさん出されるといっても昔、王様が……」

思わず慣れた呼称を口にし、ドギムは口をつぐんだ。彼はもういないのだ。宮殿の隅々に残酷なまでに大きな存在感だけを残して去ってしまった。

「……先王様が出された反省文に比べられましょうか」

ドギムは努めてうれしそうな顔をしてもみ消した。そして大王大妃に解いてこいと一昨日出された宿題をわざと騒がしく取り出した。

「宮殿に居座って暇つぶしをする年寄りを独り占めするとは、言われる身には気分のいい言葉だ」

大王大妃がうっすらと微笑んだ。

「ここが間違っている」

しかし、冊子を開くやいなや続く指摘は全く慈悲がなかった。

「また『辯』の字を間違えておる。ここでは話術がうまいという意味で解釈すべきだ」

「私はいつも、区別するという意味の『辨』の字と、話が上手だという意味の『辯』の字を混同します」

「やさしい文字だといって雑に読み上げると間違いが生じるものだ」

梅のお茶を飲んだいつかの暑い夏を思い出した。ドギムは今日も大王大妃と半分は楽しく半分は苦しい時間を過ごした。

「大王大妃様、王様がご挨拶に来られました」

時間がどれほど経っただろうか、科挙の及第でも狙う人のようにあらゆる故事を滔々《とうとう》と詠んでいた
大王大妃がついに静かになると、尚宮が近づいて告げた。

「朝、来られたのに、また？」

大王大妃が障子をちらっと開けて見た。

「政務を執るうちに、ふと大王大妃様のお顔を見たくなりいらっしゃったそうです」

尚宮は満面に笑みを浮かべた。なかなか表情を変えない大王大妃の代わりにとでもいうように。

「王様も本当にお世辞上手ですね。生母に似たのでしょう」

大王大妃がそう言ってうなずいた。

若き王が入ってきた。天井に頭がつくかもしれないと敷居を越えながらそっと頭を下げる姿が子供のようだった。今年の春、背が急に伸びた彼は、まだ自分の身の丈に慣れずに行動がぎこちなかった。

「おふたりが経書を読む声が心地よくて、しばらく外で立ったまま聞いておりました」

彼の笑みにはまだ初々しい青さが漂っていた。顔にかすかに残った麻疹の痘痕ともよく似合っていた。

膝の上で遊んでいた子が知らぬ間にこんなに大きくなってしまった。特に声が大きく変わった。赤ん坊のときは今すぐにでも話し出すのではないかと思われるほどいろいろな声を出し、よちよち歩く頃にはすらすらとおしゃべりするようになったが、いつの間にか低く深い男の声に変わってしまった。とりわけ清涼感があり、父の声によく似ている。

我が子とは呼ぶことができない君主であっても、彼はまさにドギムの息子だった。彼女は息子が成

長したすべての瞬間を覚えていた。一つも忘れないように、振り返ってはじっくりと噛みしめ、大切にとどめておいた。

「女たちが経書を読んでいると咎めることはできなくとも？」

大王大妃が試すように言った。

「孫たるもの、そのようなことができましょうか」

王は一抹の動揺もなく慎ましく答えた。

そして彼が大王大妃にお辞儀をすると、ドギムは席を立ち、後ろに下がって頭を下げた。彼女には息子の挨拶を受ける資格がなかった。息子は世継ぎとして生まれ、王になったが、ドギムは依然として宮人出身の側室だった。

そのような現実は単にドギムだけでなく、息子の心も不快にさせた。王は自分が先に言わなければ座ることもできない生母の立場にいつも心を痛めた。

「宜嬪様も今日は平穏にお過ごしでしょうか」

続いて王はドギムに頭を下げた。それとともに、ドギムも腰をさらに曲げた。

「王様の恩賜のおかげで気楽に過ごしております」

そうでなくても息子は今日も早朝からドギムのもとへと駆けつけてきたのだ。大王大妃と恵慶宮にご挨拶をする前に、自分のところに来てはいけないといくらなだめても、言うことを聞かなかった。

誰に似たのか頑固さは鉄のようだった。

「そういえば、最近考えていたことがあります」

じっとドギムと王を見ていた大王大妃が突然話し始めた。

「すべからず、君王は自らの根元からしっかり固めなければなりません」

なんとなく不吉な予感がしてドギムはあと退りした。

「王妃の養子として入籍されたとはいえ、確固たる庶母が王室にいます。今やこの人は一介の側室ではなく、王の生母です」

大王大妃がドギムを指さした。

「宮《クン》の称号を与えて内医院にも常日頃から問候にうかがうよう命じてください。そして……」

彼女は悩んだ末に、付け加えた。

「参考になるような過去の例を見なければなりませんが、今よりもっと礼遇する方向で呼称も新たに議定《ぎじょう》するのが望ましいと思われませんか」

ドギムはひやひやした。

「私にあえてそのような……」

「もはや一介の側室ではないと言ったではないか」

大王大妃は厳しい口調でそう告げた。


ドギムは息子が王位に上がると、ますます厄介な立場になった。前例のない境遇に追い込まれたからだ。今の王室には王の嫡母で先王サンの正室、大妃（孝懿王后《ヒョウィワンフ》）がおり、両班《ヤンバン》の娘であり王后に準ずる無品嬪として揀択で選ばれた和嬪もいる。宮女出身の側室として王を産んだドギムは、彼女らの間に非常に困難な形で挟まれてしまったのだ。

天下の王の生母が王室の序列でいえば一番下というのは、単に窮屈だからといって簡単に片付けられる問題ではなかった。本来、この世界では儀式やしきたりを重んじ、親族の地位は王の正統性に深く関わる問題だった。したがって、品階は高くあるべきだという大王大妃の言葉は正しかった。

「身に余るお言葉ですので、どうぞお収めください」

ただ問題の当事者であるドギムは気が重かった。意に反して身を投じることとなった昇格の道は、どこまで行っても慣れなかった。

細く長く生きたいと願った本来の自分からかけ離れているようだった。

単純だったドギムの人生を複雑にした先王サンはすでに世を去っている。また別の王が彼女の人生をさらにねじ曲げないことを願った。

「いいえ。大王大妃様のお言葉が正しいです」

さっそく息子が割り込んできた。

「そうでなくても私が先に朝廷に話を切り出すには決まりが悪く悩んでいたのですが、大王大妃様が慧眼《けいがん》をもたれていました」

「しかし……」

ドギムは慌てて口を開いた。

「それで王様は最近、ご挨拶をと言ってまめに足を運んでおられたのですね」

大王大妃の鋭い発言にまた遮られた。

「面目もありません」

王は丁寧に頭を下げた。

「今日もわざわざ私がここにいる時間に合わせて来られたのではないですか」

さもありなんと大王大妃は王の心中がお見通しかのように笑った。

「曾祖母の心を取り込もうとしておられるのですね」

完全に見抜かれた王はつられて笑い、しらを切ることもなく言い返した。

「いかにも効き目があったのではないでしょうか？」

恥じるどころか、むしろ自分の意志を貫いて清々しいという態度だった。

「先王様に似ているだけでなく、忍耐力にかけてはこの人に似ておるな」

大王大妃が言った。変なほめ言葉のように聞こえた。ふたりが笑い出し、ドギムはもう口を挟めなくなった。

「よろしい。王様が必要だというのなら、明日にでも朝廷に伝えましょう」

「恐縮でございます」

王は額を床につけた。

喜ばしいことなのだ。そう、合理的な正しい決定だ。しかし、ドギムは今回も自分の人生を他人が決めるさまを見ていた。そうしてほしいと求める資格はなかった。お願いだからやめてくれと辞退する資格もなかった。上がれば上がるなり、下がれば下がるなり、一歩退いて、ただ任せておかなければならなかった。

「表情が暗いな」

目的を達成した息子は浮かれて出ていったが、ドギムはそのまま残った。すると大王大妃の関心がふたたび彼女に戻ってきた。

「喜ばしいことであろう？」

大王大妃はドギムが自分を納得させようと心の中でつぶやいた言葉と同じことを口にした。彼女の目はドギムの心情を見抜くかのように黒く輝いていた。

ドギムは一生自分の肩にのしかかる側室の座の重さを顧みた。その重みをのせたサンはもういない。だからといって、手放すことができるという意味ではない。

「前から一つお訊きしたいことがあったのですが……」

ドギムはためらいながら口を開いた。

「なんだ」

「昔、淑儀ムン氏が廃されて出宮した日を覚えておられますか？　あの、コ・ソホン尚宮様と呼ばれていた……」

「ああ、もちろんだ」

大王大妃の表情にちらっと冷気が漂った。彼女は自分の夫も、夫が面倒を見ていた側室たちの美しい顔一つひとつをも決して忘れはしなかった。

「その日、私もその場におりました。そして当時の大王大妃様の表情をはっきりと覚えております」

ドギムは慎重に大王大妃をうかがった。

「私の表情はどうだったのだ？」

「それが……安堵なさったように見えました」

意図が誤って伝わるのではないかと慌てて付け加えた。

「好きでも嫌いでも、一時をともに過ごした人々を皆送り出し、ひとり残されたにもかかわらず、とても自由に見えました」

「そうだったな」

意外なことに、大王大妃はドギムの言葉の意味を正確に理解した。

「あのとき、私が何を考えていたのか気になるのだな」

しばらく沈黙が流れた。

「彼女らは……」

ついに大王大妃が言った。

「ああ、違う。言い間違えた」

大王大妃は取り出そうとした本心をこっそりと収めた。

「そうだな、女人の人生というのは、とかくほかの誰かの人生の添えものになりやすいものだ」

代わりに曖昧に言葉を並べた。自分で引いた線をよく守る方なので、昔も今も本当に本音がわかりにくい。

「そういうことが当たり前の摂理だともいう」

一見自嘲的に思われそうな感情さえも上手に隠した。

「私は……とにかく、あれこれ薄っぺらなことがようやく終わってうれしかったのだ」

大王大妃はため息をついた。

「大王大妃の地位に上がれば、王室の長として崇められる。教書を通じて意見を述べることもできる」

彼女は目を輝かせた。

「私はむしろそのほうがいい」

これからも簡単には折れないだろう霜のように固い意気込みを表した。

「えーと、今度出す宿題は……」

何事もなかったかのようにまた話題を変えた。ドギムにどんな話でもすぐに忘れたふりをする才能があって幸いだった。同じように平然と受け答えた。頭の痛い作文の宿題だけは避けようと交渉を試み、冷めたお茶を飲んだ。

やがてドギムは住処に戻った。縫い物を手に取ったのに心が落ち着かなかった。振り切ることのできなかった膨大な量の宿題のせいだけではなかった。結局、彼女は糸をごそごそしながら、尚宮が持ってきた手紙を広げた。実家の家族が送ってきた手紙にまぎれて娘の手紙もあった。

生まれたばかりの頃から生死の境を何度も乗り越えたせいか、彼女は五、六歳の頃まで病弱だった。小さな体に熱が上がるたびに、サンは自ら湯薬を煎じて娘の病床を見守った。彼は徹夜しても翌日には何事もなかったかのように政を行った。決して家の心配を国のことにまで持ち込む類の男ではなかった。

天運で娘は生きのびた。日増しに病床につく日も減った。翁主に封じられてからは、ぴょんぴょんと飛び回った。そして飛び回りきれず、あらゆる奇行に夢中になった。幼い内官の服を盗んで着ては密かに内官の群れに紛れ込んでみたり、観象監の近くに茣蓙《ござ》を敷いて女官たちにでたらめな占いをしては報酬をごっそり巻き上げたりもした。そのような翁主を見ると、ドギムは自分の幼い頃を思い出した。

「体の弱い子だったから、厳しく叱ることもできないし」

いつだったか、翁主が木に実った柿をとろうと小石を投げて、退膳間《テソガン》の裏庭の甕《かめ》を七つも割った日、サンは嘆き悲しんだ。初めてのことではないので、驚くべきことでもなかった。だが、娘は父が小言を並べはしないかと、いきなり宮殿のどこかに隠れてしまったのだ。

「臣妾が翁主様によく言い聞かせてみます」

さまざまな言い訳を駆使し、逃れようとする娘をよく知りつつも、ドギムは言った。

「そなたが誰を諭すと?」

サンはあきれたように反問した。

「そなたに似てこの子は手綱が放たれた子馬のようなものなのに、できもしないことを言うな」

ドギムは返す言葉もなかった。

「いっそのこと、ソ尚宮を翁主の保姆《ポモ》尚宮につけたらどうか。お転婆をひとり育てたのだからできるだろう」

「……王様はこの老人を本気で殺すおつもりですか？」

ちょうど近くにいたソ尚宮がそれを聞いて卒倒しそうになったが、サンは聞こえないふりをした。

「とにかく、翁主がどこに隠れているのか捜してみよう」

彼はため息をつきながら付け加えた。

「もうすぐ夕膳の時間なのに……病にならぬよう食事はしっかり食べないと」

そして、娘を捜すため袞龍袍の裾を振り払い、急いで立ち上がった。

「あ、それでだが」

サンは振り返り、ドギムに言った。

「そなたに似た娘を七人もとうという約束は取り消しだ。育ててみると、ひとりでも手に負えない」

舌を巻いてそう口にした顔がはっきりと浮かんだ。

あのお顔。ドギムはふと浮かんだ姿に息が詰まった。眉毛は濃く、鼻は高くそびえ立ち、せっかちな性質を表しているかのように、ぴくぴくする頬には疲れ果てた様子が歴然と刻まれていた。

まだ忘れてはいない。しかし、彼のいない世の中で多くの日を過ごせば忘れてしまうだろう。忘れてしまえば、また思い出したり偲んだりする方法さえない。

彼の顔を残した御真（肖像画）は、単に側室が退屈だからといって見ることができるものではない。一時は会いたくない日でさえも訪ねてくるその顔を恨んだこともあった。しかし、見慣れたその顔を永遠に見ることができないと思うと胸が張り裂けた。

彼を忘れたくないのだろうか。ドギムは自らに問うてみた。そして、その問いに対する本心にふたをしようと無理に気をそらした。

ドギムは娘から送られてきた手紙の封を切った。

「旦那様のせいで死ぬほど腹が立っています」

翁主の手紙は冒頭からひやりとさせられた。挨拶もそこそこに、いきなり夫君に対する不満を三枚以上も書き連ねていたのだ。

翁主は数年前に降嫁した。娘には心から愛して大事にしてくれる夫に出会ってほしいというドギムの願いに、サンは従った。王室の婿は出しゃばらず身の程を心得た人でなければならないという胸算用もあったようだ。とにかく、翁主は春の日差しのように温かく穏やかなソンビの妻になった。

「好きなら好きと男らしく言えばいいのに、旦那様は憎たらしくもよく花を摘んで、指輪を贈り物としてくださりながら亀のようにゆっくり近づいてきます。私だけがもどかしくて死にそうです」

とはいえ人は持っているものになかなか満足できないものだ。翁主の曲がりくねった字を読みながらドギムは舌打ちをした。

「宮殿の外に出たらおとなしくなさい」

国婚を挙げる前の日の夜、サンは娘を座らせて乞うように話した。彼は長い間悩み、そして思案を重ねたうえで婿候補を選んだが、依然として心配事が多かった。

「義理の両親を敬い、夫に服従してこそ実家の顔に泥を塗ることはな――」

「私の性格が火のようであるのはお父様に似たせいですが、どうしたらいいのでしょうか」

翁主はずうずうしくも父の話の腰を折ったりもした。

「なんだ、私に似ていると?」

サンはかっとした。

「私に似ていたら何時間もおとなしく座って本を読んでいただろうに!」

「あら、一昨日も便殿で腹を立てていたくせに」

翁主が負けじと返す。

「とにかく私に茶目っ気が多いのはお母様に似たせいで、短気なのはお父様に似たせいですから、どう見ても何も私のせいではございませんわ」

「すべては、この父とお前の母親のせいだというのか?」

「はい、そうです!」

翁主は理解してくれてありがとうとでもいうように強くうなずいた。

「どうしてこんなにも世子と違うのか……」

「お兄様がおかしいのです」

サンがあきれて嘆くと、娘は口を尖らせた。

「いたずらをしてもお兄様は受け流すので、重熙堂に行っても面白くありません」

「東宮殿はお前を楽しませるためにある所ではない」

「ならば、お父様が楽しむためにある屋敷ですか?」

翁主がすかさず訊ねた。

「一昨日も重熙堂で酔っ払って、ひとしきり浮かれていたじゃないですか。お兄様に四書三経を唱える勝負をしてみようなどと酒癖が悪かったですよ」

「お前は私が一昨日何をしたのか、一つひとつ実に詳しく見ていたのだな」

サンが愚痴をこぼしても、翁主はまたたきもしなかった。

「私もちょっとお楽しみとして、お父様のようにお酒でもたしなもうかしら」

言っていいことと悪いことを選り分けもしなかった。結局、サンと翁主は口喧嘩が高じて婚礼の前日は一睡もせずに夜を明かした。婚礼の儀のときはふたりとも目が赤くなってうとうとしたりもした。新郎とお辞儀をしなければならない翁主が居眠りをしていただとか、何度も順番を間違えたため宮人たちが苦労したという噂は、娘が宮中に残した負の遺産となった。

「家を出て行くと、父親のことは考えないようだな。とにかくあの不届きものが……」

滑稽にも出て行った翁主を最も懐かしがる人もサンだった。翁主から来る手紙がなぜこんなに少ないのかと罪なき内官を責め立てた。また、やんちゃな子がいなくなると宮殿がとても静かだと寂しさを隠せなかった。昔、彼の祖父が体面も忘れて娘である和平翁主の嫁ぎ先によく出入りしたように、サンも決まり悪そうにしながらもよく娘に会いに自ら出向いていった。娘と婿が仲良く暮らすことを祈りながら、彼が何かと世話を焼き建ててやった美しい住処にだ。

つかの間、翁主の顔を見たあと、なんとか踵を返して宮殿に戻ると、サンは落ち込んでドギムに嘆いたりもした。

「そなたに似た子だからか、到底私の心の中から振り払うことができないようだ」

普段は気恥ずかしい言葉一つまともに口にできない男が、こんなときは涙交じりの声になった。

あのお声。ドギムはふと考えた。鬼の殿閣で盗み聞きしたときはとても清涼だった。歳月が流れ、紆余曲折を経てからはだんだん丸くなってきた。しかし、彼が目を閉じる瞬間までも、その声はなんともいえない深い趣きがあった。嫌なことを言われても妙な余韻が残って嫌うことができない、まさにそのような不思議な趣きだった。

また懐かしんでしまった。ドギムはふたたび翁主の手紙に目を落とした。

「旦那様のご両親は来年頃、吉日を決めて初夜を迎えるのがよいとそれとなくおっしゃっています。ですが、私が思うに旦那様の鈍い速度からして、来年ではなく十年後になっても孫を見ることは難しいと申し上げました」

どうやら宮殿の外でも自分が言いたいことはすべからく吐き出しているようだ。まぁ、この子はどこへ行っても鬱憤を溜めることはないだろう。

「今日はこのあとチョンヨン叔母様と一緒に貸本屋に行くことにしました。運がよければ、昔お母様が筆写した本を探すこともできるでしょう」

あちこちに話が飛ぶ翁主の文章が続いた。

「禁ずることも多かったお父様がもういないので、お母様も昔の趣味をもう一度してみてはいかがですか。叔母様がそれとなく望んでおられましたよ」

とんでもないことを言っておきながら、翁主はまたこのように付け加えた。

「こんな文を書くなんて親不孝だと叱るでしょうね。でも平気なふりをしないとお父様に会いたくなるんです。私が正気じゃないのか、時にお父様の小言さえも耳もとにちらつきます」

だんだんと翁主の筆跡から力が抜け始めた。

「懐かしいと泣きわめいてずるずる引きずるなんて私に似合わないというのに」

最後にはこう書かれていた。

「お父様がおられませんが、お母様は大丈夫ですよね？」

実に意外な問いだった。

王が崩御した。国中が悲しみに沈んだ。世子は直ちに喪主となって国葬を行い、国事を引き継いだ。皆が孫を失った大妃と子を失った恵慶宮を慰め、未亡人になった王妃を気の毒に思った。

その間、ドギムは他人のことを見物するかのようにぎこちない気持ちだけを感じていた。もしかしたら、まったく現実感が湧かなかったからかもしれない。彼女の人生において彼は柱の間をしっかりと横切る梁のように、横目で見るだけでもすぐ見える垂木のように、いつも宮殿にいる存在だった。彼のいない宮中では暮らしたことがないため、彼のいない世の中さえも想像できなかった。そのため、彼女自身ですら大丈夫かどうか、今まで自問していなかったのだ。

「提調尚宮とその一行が拝謁を願われております」

奇襲のような娘の問いに殴られたように読み終えた手紙を握ってぼんやりしていると、ふいに扉の外で宮人が告げた。

「まったく、お聞きになりましたか？」

幸いなのか不幸なのか、敷居を越えるやいなや声を高めるボギョンのせいで我に返った。

「提調尚宮とその一行ですって。もう、私も厳然とした尚宮としての名前があるんだけど……」

「だって、そのとおりじゃない」

憤慨するボギョンに向かってギョンヒは鼻を高くした。

「まあ、あなたは提調尚宮様ですもんね。宮女の頂点なので、気分がいいでしょうね」

皮肉ろうとしたボギョンの試みは失敗に終わった。

「ええ。そうよ。私は提調尚宮よ。それで気分もとてもいいわ」

ギョンヒが軽く言い返した。ふたりがつかみ合いになる前にドギムが素早く口を挟んだ。

「わかったから提調尚宮とその一行はその場に座ってちょうだい」

「宜嬪様までそんなこと！」とボギョンが口をとがらせた。

「ふたりしていつも一緒にいるから、提調尚宮とその一行ってみんな言うのよ」

「いつも一緒って誰がよ！」

ギョンヒとボギョンが口をそろえて息巻いた。

「提調尚宮としてやるべきことも多くて忙しすぎるのに、この子ったらしきりにくっついてきて大変よ」

「笑わせないで！　提調尚宮にしてはすることのない人みたいによく現れて、わき腹を突くのは誰よ」

また始まった口喧嘩は、ドギムが無理やりふたりの口に菓子を詰め込んで収まった。

揚げ菓子を口いっぱいもぐもぐさせながら、ボギョンが訊いた。

「ところで、宜嬪様は最近、その力を感じられますか？」

「王様の親族ですもの、この国で一番強い方になられたわけじゃないですか」

「とんでもないこと言わないでよ、もう」

「えっ、どうしてですか。昔、宜嬪様を苦しめていた宮人たちを並べて冷たい氷水でもかけてはどうでしょう」

ボギョンはそう水を向けた。

「ねえ、パク尚宮っていう前からいらつく子がいるんだけど……」

さりげなく話そうとしたが、ギョンヒが鼻で笑って遮った。

「宜嬪様をいじめていた宮人がどこにいるのよ。宜嬪様がいじめていた宮人たちならわからないですけど」

「まったくもう。これからはこんな子も宜嬪様の一言で、すぱっと！」

ボギョンがギョンヒの細い首を切るふりをして見せた。

「そうね、ギョンヒ。あなたは私の一言で提調尚宮でもなんでもなくなるのだから気をつけてね」

ドギムが拍子を合わせると、ギョンヒはむくれた。

「結構ですわ」

笑いが収まると、ドギムは用心深く気まずい話を切り出した。

「大王大妃様と王様が私に新しく宮の称号を下し、毎日内医院の問候も受けられるようにするとおっしゃるんだけど……」

「正妃様に次ぐ礼遇じゃないの？」

ギョンヒが眉をつり上げた。

「まあ、これほどの出世はないわよね」

ボギョンは口を大きく開けた。

「私は嫌なの。似合わないし」

ドギムは慌てて付け加えた。

彼女は鬼の殿閣に住んでいた殿方に仕えた宮女にすぎなかった。仕えた殿方は清らかなソンビのように書物を読みながらも、腹が立つ姑のように几帳面な方だった。自然と歳月が流れ、その世孫様は王様となり、今は先の王様となってしまったが……。

相変わらずドギムは、彼が彼女の平凡な人生に起こした波風に追いつくことができなかった。

「自らが叶えたものでもないし」

ドギムは自嘲的に笑った。

「私が望んだ人生からあまりにも遠ざかった気もするし」

細く長く、いるようでいないように上手に振る舞い、身の振り方をうまくし、ひとりの敵も作らず、水甕には水を酒甕には酒を入れるように……。つまらない人生を大切に続けようとした昔の自分はどこへ行ってしまったのだろう。

「あなたたちのほうがすごいと思うわ。あなたたちは自分で選んだ道を今でもしっかり歩いているじゃないの」

ギョンヒとボギョンは彼女の悲しそうな気配に気づいて顔色をうかがった。

「ねぇ、最近の見習い宮女たちはギョンヒのことを鬼の尚宮様と呼ぶそうよ！」

重い空気が苦手なボギョンが話を変えた。

「ぴったりじゃない？」

「ふん、見習い宮女たちはあなたを月輪熊の尚宮様と呼んでるじゃないの」

ギョンヒの鋭い返しに、「私は気に入ってるけど？」とボギョンは胸を張った。しかも、熊の真似をしてギョンヒを襲うふりまでした。心底嫌がるギョンヒを見て、ドギムは吹き出した。

「ところで……実は謹んで申し上げることがあって訪ねたんです」

ひとしきり笑ったあと、ギョンヒがあらたまって言った。

「もしかしてどこか具合が悪いところはありませんか？」

「そ、そうなんですよ。驚いて倒れてもよくないし……」とボギョンまで様子をうかがってくる。

なんとなく以前にも似たような状況があった気がする。ギョンヒとボギョンがくだらない話をしながら雰囲気がほぐれるのを待つような……。ふたりともかなり緊張している様子だった。

「何よ、どうかしたの？」

ドギムが不安そうに訊ねると、ギョンヒが慌てて言った。

「悪いことではありません。ただ、先王様の国葬中ですから……。虚弱になった身に荷を負わせるかもしれないと思って……」

「なんの荷を負わせるの？」

「だからといって頃合いを見計るあまり、申し上げるのが遅くなりすぎても違うようだし……」

ギョンヒとボギョンが交互に並べるちんぷんかんぷんな話をドギムが断ち切った。

「いいから早く言いなさいよ」

「……宜嬪様が会うべき人がいるんです」

ついにギョンヒが口火を切った。

「まず人払いをお願いしたいのですが」

ドギムは怪訝に思ったが、ひとまず従った。住処に控える者たちをみな追い払うと、なぜかギョンヒまで出て行ってしまった。静寂の中で待っている間、ボギョンは爪を噛み出した。

ギョンヒがふたたび入ってきたときは、ひとりではなかった。串のように痩せてみすぼらしい身なりの女と一緒だった。彼女は頭のてっぺんが見えるくらい深々と腰を折った。そのせいでぼさぼさの白髪が目についた。ドギムは顔を見るために上体を傾けた。

「……ヨンヒ！」

ドギムは悲鳴を上げた。

「はい、宜嬪様。私です」

ヨンヒがドギムにひれ伏した。

「あまり動揺しないで落ち着いていてください」

ギョンヒはひどく気をもんだ。かつてもヨンヒの問題のためにドギムが卒倒して大変なことになったので、その心配も当然だった。

「……どうやって、一体どうやって？」

唇がぶるぶる震えてドギムは簡単な言葉一つも、まともに言うことができなかった。

「都の外で暮らしておりました」

声を詰まらせたヨンヒの代わりにギョンヒが言った。

「私が見つけたんです」

目の前の顔はドギムの記憶とは大きく違っていた。苦労をたくさんしたのか、日焼けした肌がひどく傷んでいるようだった。乏しくなった毛髪に苦労して簪をさした後頭部は真っ白だった。宮中にいる頃から大変な仕事をしていたため、ひどく荒れてしまった両手はぼろ切れのようになっていた。

それでもヨンヒだった。

記憶すらできない幼い頃からいつもドギムのそばにいたまさにその子だった。他人より優れたところがない自分に悲しみながらも、劣等感にとらわれるどころか、むしろもっと努力して感謝していた、まさにそのヨンヒに違いなかった。

「……本当に生きていたのね」

夢のなかで交わした別れを思い出し、ドギムは涙を流した。

「生きていたのに、どうして姿を消していたの？」

喜びと寂しさが胸の中で入り乱れていた。

「先王様は、お前は生かしてはおけないとお話になられました」

ヨンヒが口を開いた。

「いや……！」

いきなりドギムが泣きそうになったが、ヨンヒが静かに首を横に振りながら続けた。

「宜嬪様と翁主様のことを考え、最大限静かに事を処理するおつもりでしたが、国法に従うべき王として特恵を施すことはできないと言われました。ただ、親友として宜嬪様に仕えた功績は酌量すると言われたのです」

「どうやって？」

「宮女のソン・ヨンヒを殺し、私が慕っていた殿方とともに都を離れるように言われました」

「死んだふりをしたってこと？」

宮女は笄礼で新郎のいない婚礼を行ったのちは無条件に王の女になる。そのような宮女の情事は世間で姦通に次ぐ大罪とみなされる。時には朝廷で深刻に扱うほど大きく扱われたりもするが、たいていは内命婦の秩序に従って隠密に処理される。ドギムもヨンヒが死んだという話を聞かされただけだった。

「そのとおりでございます」

ヨンヒがうなずいた。

「私も二度と都には足を踏み入れないのが自分のためだと思っておりました。宮中ではありとあらゆる噂が実に容易に作られるからです」

ドギムが怪訝そうに訊ねた。

「先の王様の性格では容易ではない決定だったはずです……」

彼はホン・ドンノのときもそうだった。絶対に消さなければならない存在としながら、有益な功労を認め、命だけは守った。すべてを失って命だけが残るのは、ドンノにとってそれほどありがたい聖恩ではなかったようだが。

「昔、宜嬪様が『雲英伝《ウニョンジョン》』についてお話しされたことがあるそうですね」

ヨンヒの口から出た質問にドギムは驚いた。それは仕える主人ではなく、外の殿方を愛した宮女を扱った物語だ。確かにその本をめぐってドギムは決して勝てない論争をサンとしたことがあった。

「それで、宮女は死んでもいいかと先王様を問い詰められたと……」

思い出した。わざと狭めないだけだと思っていた距離が、実は狭めようとしても狭められない深い溝だったことをお互いに悟った日のことだった。

「宜嬪様の二つの質問に対する先王様のお心は変わっていないとおっしゃっていました。この国の王として君臨するかぎり、容易に変えることはできないとも言われました」

ヨンヒは続ける。

「ただ……その問いで、負わせた代償は返さなければならないと言っておられました」

「あなたの命を救ってあげることだったのね？」

胸が一杯になる思いでドギムが訊ねた。ヨンヒは静かにうなずいた。

なるほど、彼はそんな男だった。原則と名分に常に従った。他人に心の深いところを突かれても、権威で押し通すやり方で自らを正当化することはなかった。かえって突かれた傷痕を何度も噛みしめながら自分自身を再び立て直した。受け入れる部分は受け入れ、納得できない部分には代案を出した。

少なくとも彼は自分の過ちを無視せずに直視する人だった。彼が出す代案はいつも気に入るわけではないが納得はさせられた。

「それなのに私にはなんのお言葉もなかったわ」

ドギムがつぶやいた。

「恨まれるとわかりながらも、本当に一言も……」

「先王様はもともとそんな方だったじゃないですか」

じっと聞いていたギョンヒが肩をすくめながら言った。

実にそうだった。どうしようもなく、そんな人だった。長い歳月をともに過ごし、彼についてなら隅々まで知っているという自信はあるが、いっぽうでドギムはこの世を去ってもういないサンにまだ訊きたいことが多かった。

柔らかい肌を隠すためにわざと棘で編んで作った皮をかぶる人だった。女性の歓心を買うような甘い返事はできないくせに、王らしい返事なら誰よりも上手な男だった。側室を怒らせる言葉はよく口にしながら、自分自身をよく見せたり言い訳したりする言葉はなかなか言えない夫だった。

この瞬間、骨身にしみるように痛いこの感情がなんなのかをドギムはよく知っていた。一生涯気づかぬふりをしてきたが、実は常に知っていたのだ。

「私には命に加えて愛まで残してくださり、恐悦至極でございました」

黙ってしまったドギムに、ヨンヒが話を続けた。

「ただ、私と旦那様はどちらも本来の身分を失っていたので、あちらこちらを彷徨《さまよ》う白丁のふりをしなければなりませんでした」

「楽ではなかったはずだわ」

「ええ。主に狩りをしたり山菜を採って食べていました」

長きにわたる苦労話を短く語ると、驚いたことに彼女は微笑んだ。

「苦しい身の上でしたが、それでも幸せでした」

特に幼い頃から宮中で静かに生きてきたヨンヒにとっては野生に投げ出された気分だったろうが、

回顧する表情は平穏だった。

「自分の選択でしたから後悔しないことにしたんです」

本当に多くの感情が折り重なったその一言がドギムの胸を刺した。

「ねえ、旦那様はどうしたの？」

ボギョンがためらいながら訊ねた。

「去年、亡くなりました」

ヨンヒが暗く答えた。

「年を取ったら放浪の身も大変なので、居所を決めることにしました。それで地方の書院でお供えする肉を扱うことを生業《なりわい》にしておりましたが、よりによって悪名高い書生たちにけちをつけられて殴られ……」

彼女は夫君のためには泣かなかった。すでに涙が乾ききったようだった。

「旦那様の死後はそう楽ではありませんでした。女の独り身では小銭稼ぎも大変なんです」

ヨンヒはため息をついた。

「主に乞食をしながら田畑の穀物を盗んで食べました。足の向くまま彷徨って都の近くまで流れ込み、もうこれで死ぬのかなと思っていたのですが……」

「ちょうどそのとき、私がヨンヒを見つけたんです」とギョンヒが口を挟んだ。

「あなたはヨンヒが生きていることを知っていたの？」

ドギムが訊ねた。

「それはなかったわ」

ギョンヒが返す。

「でも、以前ボギョンが馬鹿なことを言ってたじゃないですか。ヨンヒは死んだのではなく、死んだふりをして旦那と逃げたのではないかって……。それでその馬鹿なことを一度信じてみることにしたんです。もしかしたらという思いで、ヨンヒと境遇が似ている者を捜し続けました。本当に生きていれば、名乗れる身分でなく、白丁だろうという程度は推測できましたから」

一番気難しいふりをしながら、実は一番優しいギョンヒらしい。

「ちょっと！　馬鹿げたことを信じるあなたのほうが馬鹿なんじゃない！　あなたも貸本屋でそんな話をたくさん見たと相槌を打ってたくせに！」

ギョンヒはボギョンの抗議を無視する。

「私は後悔していません」

ドギムの目に哀れみを感じたのかヨンヒが強く言った。

「少なくとも、私に気づいて慰めてくれる人を選びましたから」

「ここにもあなたをわかって慰めてあげる人たちはいたのよ」

ギョンヒが不満そうに言った。

「ちょっと！　あなたは空気が読めないの？」

ボギョンがそんなギョンヒのわき腹をつついた。

「ほかの人でもない、あなたに空気を読めと言われるなんて……」

ギョンヒはお腹を押さえながら大きく目を見開いた。

そんなふたりを見て、ヨンヒがくすくすと笑い出した。そのため、ギョンヒとボギョンのふたりとも気が抜けてしまった。

「本当に何も変わってなくて……幸いです」

ヨンヒの笑いはすぐに涙に変わった。

「旦那様と一緒に過ごした歳月は幸せでしたが、心の片隅にはいつも宜嬪様とギョンヒ、ボギョンへの懐かしさがありました。二つのうち一つを選ぶということがどんな意味なのか、はっきりとわかっていたら、最初に分かれ道に立ったとき、永遠に迷ったことでしょう」

ヨンヒがひざまずいたまま涙ぐんだ。

「みんな愚かな私を許してくれますか？」

ドギムは首を横に振った。

「許すも許さないもないわ。私はあなたを守ってあげられなかったのに」

それから彼女を抱きしめた。もともと痩せた子だったが、今は本当に骨と皮しかなかった。

「うおうぅぅ！」

奇妙な泣き声を上げて、ボギョンががばっとふたりを抱きしめた。息が詰ったが、心地よかった。

「私は許すわ」

ギョンヒがもじもじしながら一言付け加えると、そっと寄りかかってきた。すると待っていたかのように、ボギョンがギョンヒをぎゅっと引き寄せ、みんなで抱きしめ合った。

窮屈な人生でばらばらになり、失ってしまった自分の世界をドギムはようやく取り戻したのだ。

「だったら、これからどうしましょう？」

感情の波が静まると、現実的な問題が残った。

「私がヨンヒと一緒にいるわ」

そして、現実的な問題にはギョンヒが一番よく通じていた。

「私が所有する家の一つに、ヨンヒを新しく入った召使いとして置いておきます。ちょうど先日出宮されたソ尚宮様もそこにお迎えしていますので。適当な身分を考えてみますね」

「あなたは都に家と土地をどれほど持っているの？」

ボギョンがあっけにとられて訊いた。

「私たちみんなが出宮してからもお腹いっぱい食べていけるくらいはあるわよ」

ギョンヒが自慢げに告げた。

「じゃあ、みんなで難病にかかったと嘘をついて出て行くのはどう？」

ボギョンが浮かれて言った。大殿の宮人だった彼女は先王が崩御したときに出宮するところだったが、ギョンヒの強大な力によって宮殿に張り付けされているのだった。

「宮殿には飽きるほどいたんだから、そろそろ外に出て焼き栗を食べながら、貸本屋から借りてきた本でも読んで暮らしましょうよ」

「……いつだったか、そんな約束をしましたよね」

苦しい人生のなかでも決して忘れなかったとばかりにヨンヒが言った。

「いつか出宮したら、貯めておいた財で貸本屋の近くに家を建てて一緒に暮らそうって話したわね」

とドギムもうなずく。

「火を囲んで焼き栗を食べながら……」

ボギョンがそこで口を閉じ、ギョンヒをうながす。

「みんなで本でも読みましょう」とギョンヒが締めくくった。

「よく覚えてるでしょ。宜嬪様が私をのけ者にしてヨンヒとだけ親友の誓いをした頃の約束ですからね」

まだ飽きないのか、ギョンヒは幼い頃の寂しさを昨日のことのように引き出してきた。

「それはいいわね。でしょう?」

なんにせよ、ものすごい考えを思いついた自分に感心しながら、ボギョンはギョンヒのわき腹をまた突いた。

「私はいいわよ」

望んでもいなかった大きな幸運だというようにヨンヒは微笑んだ。

「私は提調尚宮として身動きが……」

「何よ、それしき。本人が嫌だったらしかたないわ!」

偉そうにふんぞり返るギョンヒの腕をボギョンがばしっと叩いた。

「それから、宜嬪様は……」

千里の馬を得たかのように疾走していたボギョンの勢いが途絶えた。

「ど、どうしましょう?」

騒がしかった雰囲気が水を打ったように静まり返った。王に愛された側室も、王を生んだ側室も、自らの意志では出て行くことはできない。

「私はシク兄さんを呼ぶわ」

それでも今だけは現実から背を向けたかった。

「日が暮れたら外で歩哨《ほしょう》に立つように頼みましょう。うちのお兄様は最近ぶらぶらしながら、お義姉様が作ってくれるご飯を食べているだけなのよ」

そんなふうに軽口を叩く。

「昔、お世話をしたお礼くらいはもらってもいいわよね?」

「そうよね。利子までつけてもらわないと」

どうしたことかギョンヒが真っ先に素知らぬ振りをして冗談を受けてくれた。

「犬も一匹飼いましょう。大きいのをね」

空気の読めないボギョンはまた浮かれ始めた。

「いや！　二匹飼いましょう。犬の餌はギョンヒがすべて用意すればいいですから」

「あなたの食費だけでも手に負えないわ」とギョンヒが大きく目を見開いて返す。

「蔵の米がなくなったら、私がその犬を連れて狩りに出かけるわ」

ヨンヒがはにかみながら口を挟んだ。

「罠もかけられるし、弓もなかなかうまいんですよ」

「まあなんてこと！　あなたが何をするって？」

ギョンヒは驚いた。仰天した表情がとてもおかしかった。ボギョンが大笑いし、つられてドギムが吹き出し、ヨンヒも微笑んだ。頬をぴくぴくさせて我慢していたギョンヒさえも、ついに爆笑してしまった。

四人は子供の頃に戻ったかのように、お腹が痛くなるまで笑った。


何日か悩んだ末、ドギムはついに決心した。日が暮れてから大殿に向かうと、息子は日課を終えて寝殿にいた。何も言わずに突然訪ねてきた生母を快く迎えるその表情は、父にそっくりな疲れを帯びていた。

「寝る準備もせずに読書三昧ですか？」

いつも明け方まで灯りを消さなかった父のように、姿勢を正したまま机に本を広げていた。

「王としてまだ未熟で、学ぶことが多いのです」

息子は恥ずかしそうに答えた。

「昔は私が眠らずに本を読むと……」

ふと懐かしそうに付け加えた。

「母上がさっと寝かせつけて、私が眠るまで『紅渓月伝』や『朴氏夫人伝』など、民が好んで読む物語を聞かせてくれました。父上がどんなに嫌がっても気にせずに」

笑みをこぼす息子にドギムが言った。

「お望みでしたらお聞かせいたしましょうか」

ドギムが息子に冗談を言った。

「今日、私にだけ物語を聞かせてくれたということを翁主が知れば、自分だけのけ者にされたと怒るでしょう」と息子も冗談で返す。

「あの性格なら直ちに家を飛び出して大殿の外で座り込みをするでしょうね」

「兄妹なのに見れば見るほどおふたりは違いますね」

「私と翁主は互いに異なる形で父上と母上に似ていますよ」

息子は優しく言った。そして、以前妹が自分に挨拶をしにきた際に気分を害して叩き割った硯を横目でちらりと見た。

「ところでなぜ夜道を歩いて来られたんですか？」

「久しぶりに王様とふたりで話をしたくなったのです」

ドギムは持ってきた包みを息子に差し出した。

「これは……お酒ですか？」

息子が困った顔になる。

「私は酒と煙草が苦手だということをよくご存じではないですか」

「確かに、先王様が臣下たちと気兼ねなく付き合うためには、このようなことも学ばなければならないと勧めるたびに途方に暮れていましたね」

このようなことでは全く父王を満足させることができなかった息子はばつが悪そうに笑った。

「一緒に飲もうと持ってきたのではありません。預かっておいたものを返そうと」

「預かっておられたんですか？」

「崩御の二か月前、先王様が私に託されました」

ドギムが言った。

「海の向こうから入ってきた貴重なお酒だそうです。大事にしておいて、好日に飲みたいが、手の届くところに置いておいたら我慢できないだろうとおっしゃっていました」

先王は竹を割ったような男だったが、子供のようなところも多かった。

「宮中で王を恐れないことでは一番のそなたこそ番人役にぴったりだ！――そう言いながら私に託したのですよ」

そのときのことを思い出し、ドギムは微笑んだ。

「父上の貴重なお酒を私が受け取ることはできません」

「王様のもので間違いありません。先王様のすべてを引き継いだのですから」

「……恐悦至極です」

仕方なく息子は酒瓶を受け取った。

「ところで、母上が本当に言いたいのはこのことではないですよね？」

そう言ってドギムをうかがう。

「これから何をおっしゃられるのか、私はとても不安です」

一気に本論に入る姿は父王にそっくりだ。

「簡単に話せる話ではないので、何日も悩みました」

ドギムはためらいながら口を開いた。

息子は母親が宮女出身であり、幼い頃から親しくしてきた宮女たちがいるということぐらいは知っていた。ただ、それ以上は知らなかった。名分と出自に敏感な士大夫たちの上に君臨しなければならない息子に、不足な生母の存在を加えたくなくて、常に言葉を慎んできた。

しかし今日は三人の友たちについて、いつかの約束について、心おきなく明かした。

「……それで、私は宮殿を離れたいと思います」

ついにドギムは最後の願いを口にした。

「私はここではいつも役立たずですから」

「役立たずとは？」

「私は大王大妃様や恵慶宮様のように礼遇される王室の長にはなれません。だからといって、糟糠《そうこう》の妻である王后でもなく、正妃に準じて選ばれた無品嬪でもありません」

ドギムは続ける。

「ただ、先王様の聖恩でその方たちの間に曖昧に挟まれているだけです。そして、その聖恩が尽きた今は、王様の生母という恩恵でかろうじてここに残っているだけなのです」

ずっと胸をふさいでいた塊がぽんと飛び出した。

「ここでの私の人生は永遠にひとりの殿方の側室、それ以上でもそれ以下でもありません」

ドギムは否定しようとする息子に対し、首を横に振った。

「私は小さくてつまらないものでも自ら選びたいのです」

実に叶えがたい望みだった。

娘として、姉として、妻として、母として、人によって定義される人生は、率直に言って悪くはなかった。むしろ胸がいっぱいになるほど素晴らしい瞬間も多かった。

「そうしてひとりの人間として生きたいのです」

ドギムは友たちのことを考えた。ギョンヒは幼い頃に立てた目標のために走り続け、ついにそれをなし遂げた。ボギョンは現実に苦しめられても、いつも満足してよい面だけを見つめながら、黙々と自分の道を進んだ。そしてヨンヒは自分を縛りつけた枠を壊す選択をしただけでなく、その選択を後悔しない方法を学んだのだ。

ドギムはひとりの男の人生に属して自分の物語を苦労して描いてきたが、友たちは熱心に自分だけの人生を完成してきた。何よりもそれが一番うらやましかった。幸いなのはまだ間に合うという点だろう。細く長く生きることを追求する人生には時遅しということはない。

「私にも名前があります。歳月が流れれば誰も覚えていないかもしれませんが、少なくとも私自身としては生きることのできる名前なのです」

ドギムは王をじっと見つめた。

彼は彼女の息子だったが、同時に王だった。生まれたときからこの国の息子であり、君主に選ばれた、父王にそっくりなもうひとりの王ということだ。したがって、息子が絶対に自分を理解することはできないだろうという悲しい予感がした。ドギムは自分を心に置いていたと主張した先王が、一生背負っていた生まれたときから与えられた限界と、生まれたあとに与えられた責任を思い出した。

「私のそばには母上がいなければなりません」

息子もドギムをじっと見つめた。

「しかし、実の子だという理由で母上の意思を遮ってはいけないのでしょう」

ドギムは自分の耳を疑った。

「この先は母上はどうか自分の人生を歩んでください」

その目はドギムにそっくりだ。

「ただ、母上はよい妻であり、よい母親だったという功徳を恥じないでください。父上と私と妹弟たちも母上の人生の一部ですから」

彼はそれがどうかドギムの人生でよい部分であってほしいと願うかのように話した。

息子はドギムがもたれて泣くための肩を差し出した。袞龍袍の前合わせの部分がすぐに涙でびしょ濡れになった。ドギムはそれでも自分の選択を許してくれてありがとうとは言わなかった。なんとなく理屈に合わない言葉だと思ったからだ。

「こうなったのなら、一杯お注ぎしますね」

ドギムが泣きやむと、息子はさっき母からもらった酒瓶を開けた。

「……その貴重なお酒は臣僚たちと一緒にお飲みください」

「父上は好日にお飲みになろうとされたそうですね。今日こそまさにその日ですよ」

ドギムはまた目頭を熱くした。

「王様はお酒を飲めないのに……」

「だから母上の前で飲もうとしているのではないですか。臣僚たちの前では甘く見られるのではと口にすることもできませんからね」

説得の手腕もなかなか達者だ。

「宮殿を出たら何が一番したいですか?」

息子が杯に酒を注ぎながら訊ねた。

「寝坊したいわ」

ドギムが言った。

「常に宮中の日課に縛られていて、寝たいだけ寝たことがありませんから」

「それから?」

「服も儀礼に合うかどうかでなく、私が着たいものを心置きなく選びたいわ。市場でおやつも食べたいし、友たちと一晩中寝転がっておしゃべりもしたい」

ドギムはしばらく悩んで加えた。

「そして何より……文字を書きたいのです」

一晩中時間が経つのも忘れて筆を握って迎えた夜明けが懐かしくなった。自分の筆写の才能に完全に邁進していたその情熱も、サンに止められるたびにこっそり隠れてもっと書いてやろうと躍起になった幼稚な感情も、とても懐かしかった。

「つまらないでしょう?」

ふと我に返り、彼女は恥ずかしそうに指先で床をかいた。

「いいえ、そんな些細な選択をしていくうちに、いつしか重要な選択もするようになるでしょう」

息子は真面目に答えた。

「時には間違った選択をして悲しくなったり、正しい選択をして胸がいっぱいになることもあるでしょう。それがまさに母上の望む人生ではないですか?」

ドギムはうなずいた。実にもっともな言葉だった。

「答えを当てた私に一杯注いでください」

息子はさりげなく杯を差し出した。

むろん、明らかな虚勢だった。息子の顔はあまりにも早く赤く染まった。三杯も飲めずに酒のお膳を前に倒れてしまった。内官たちが四苦八苦しながら泥酔した王の衣服を脱がし寝具に寝かせた。その光景は、泥酔した先の王を思い出させ、ドギムは声を出して笑った。

大殿を出た彼女は再び自分の前に広がる夜を眺めた。王さえ眠りについた、この大地を踏む心は軽やかだった。今の自分の顔は、耐え忍んだ一時を過去の一頁に収めた大王大妃の表情と似ているのではないかとふと思った。

悪くない気持ちだった。


息子は生母が病気になり里へ静養に送るという理由をでっちあげた。そして、翁主とチョンヨン郡主の住処の近くにドギムの住処を用意してあげた。

「近くにいらっしゃれば、私が毎日立ち寄って、ご挨拶にうかがえますからね」

ドギムが止めても息子はそうする勢いだった。

また、ボギョンを私邸で仕える尚宮として一緒に出宮できるようにしてくれた。ボギョンはすぐに洗濯用の砧の棒を放り、ドギムと一緒に墨を磨ると宣言した。いっぽう、ギョンヒは提調尚宮としてやりたいことがまだあると言った。未練なく地位を譲る気になるまで待ってほしいとも言った。その代わり、権力を乱用してでも頻繁に立ち寄るから、私を仲間はずれになどするなとあらぬ警告をした。それでヨンヒがあらかじめ四人の家に入って内装を終えておくことにした。

しかし、実際に一番浮かれている人は別にいた。

「宜嬪様が筆写する本をすでに用意しておいたわ」

チョンヨン郡主だった。ドギムが宮殿を出るという知らせを聞くやいなや、あらゆる本をたくさん持ち寄り、ぱらぱらと開いた。

「これは男装女性小説、これは宮中暗闘小説、これは政争小説、これは武侠小説……」

「今まで、私をこき使うことができず、やきもきしていたようですね」

ドギムはあきれた。

「もう、休むだけ休んだじゃないの。これからは仕事をしないと！」

「私が休んだといってもどれほどになるでしょうか？」

「飢えて貧しくても一生懸命田畑を耕す民たちを見てみなさい！」

突然、チョンヨン郡主が窓の外を指さしながら柄にもない熱弁をした。

「彼らに比べれば、私たちはどんなに裕福でしょうか！」

「そんな話をどこで習ったんですか？」

「当然、お兄様よ」

チョンヨン郡主が肩をすくめた。

「民思いの先王様の小言なら、耳にたこができるほど聞きました。こんなときに使えと私に教えてくれたんですよ」

ドギムは笑ってしまった。

「これらの本の筆写をすべて終えたら、私と一緒に小説を書きましょう」

勝手にドギムの笑いを同意の意味だと受け取ったチョンヨン郡主は、図々しく付け加えた。

「素材ももう全部考えておいたんですよ。猫をかぶった宮中の内人が偶然東宮と接触したことをきっかけに本性をあらわす……」

なんだがドギムがよく知っている話のようだったが、チョンヨン郡主の創像力はこんなものだと思い、聞いてあげることにした。

いっぽう、大王大妃の反対は実に激しかった。それほど遠くに行くわけではないので、五日ごとに必ず入宮して引き続き大王大妃様に文を学ぶという約束をしてようやく説得ができた。

「あれほど厳しかった先王様でも白旗を上げたそなたに、私がどう抵抗できるというのだ」

都で大王大妃様のお気に召しそうな本を見つけるたびに手に入れて捧げるというゴマすりのおかげで、一段と心穏やかになった大王大妃は舌打ちしながらそう言った。

それでも大王大妃を説得できたおかげでいいこともあった。生母が王を補佐せずにどこに行くのかという恵慶宮の名残惜しさ交じりの嘆きの盾になってくれたのだ。また、親不孝者の新王が即位するやいなや宮女出身の側室である生母を追い出したなどという、宮中に流れる悪質な噂も全て厳しく収めてくれた。

「長い年月をともにしてきたのに……」

先王の正室、大妃（孝懿王后）と和嬪もドギムを訪ねてきた。

「この気持ちをどう表現すればいいのかわからないわ」

いかにも寂しそうな顔で大妃が言った。彼女は中宮殿を譲ってからずっと顔色がよくなった。王妃として担わなければならなかった責務からようやく解放されたせいかもしれない。

「これ、受け取ってほしいんだけど」

意外にも和嬪が小さな箱を差し出した。開けてみると、生姜の砂糖漬けとナツメ漬けが入っていた。

「私はもともと生姜が食べられなかったのだけど、考えてみたらあなたのおかげで食べられるようになったのよ」

彼女は少し照れくさそうだった。

「そしてナツメ漬けは……私が好きなものだから。あなたも味見してみて」

言いようのない感情がこみ上げ、ドギムは唇を噛みしめた。

「いつかそなたが私に一番大事にしているものは何かと聞いてきたでしょう」

ふたりの側室をじっと見ていた大妃がドギムに言った。

「そのとき、私は自分の持ち得るすべてである王室だと答えたわよね」

「そうでしたね」

「そこにはそなたも含まれているということよ。それだけは覚えておいて」

少し照れくさそうに彼女は続けた。

「そなたにとってはよい事ばかりではなかっただろうけど、この王室もそなたの家だ。それから家族というものは本来、寂しさもありがたさも共有する仲だろう」

今さらのようにドギムは過ぎ去った歳月を振り返った。特にかつての自分の考えを思い返した。なかには変わらないものもあった。反面、はるかに前向きな方向に変わったものもあった。おそらく大妃と和嬪も同様だろう。

おかげでドギムは涙を見せる代わりに明るく笑って別れることができた。

ついに宮中で過ごす最後の夜を迎えた。

ドギムは荷物をまとめた。持っているものは多くなかった。すり減るほど使った筆と書物数冊を真っ先に準備した。なかにはきれいに保管しておいた『女範《ヨボン》』もあった。チョンヨン郡主のように気が置けないわけではないが、それなりに深い情を見せながらチョンソン群主が贈ってくれた数珠も忘れなかった。つまらないがらくたもある程度なら持っていくことにした。

そして昔、息子がもみじのような手で作ってくれた花の指輪も壊れないように注意深く紙で包んだ。干からびてどれくらいもつかわからないが、それでもできるだけ大事にしたかった。

衣装箱を探してみるとほこりの積もった白い箱があった。文字でぎっしり詰まった紙切れがたくさん出てきた。宮女時代、サンに書いて捧げた反省文だった。今は記憶すらない過ちがたくさん書かれていた。

純粋で子供っぽい拙い文章なのに、確かサンは一文字ももらさず読んだと言っていた。彼とともにした歳月の跡がそのまま残されているということがうれしくて悲しかった。そのため、ドギムは一文一文を噛みしめ、涙を流した。

一番下には服が一着あった。袖口を赤く染めた宮女の衣服だった。宮女を「赤い袖先」と称するのも、まさにそのような理由からだ。

まさしくドギムが最後の瞬間まで大切にしたかったものだ。

宮女としての自分を忘れたくなかった。他者の人生の添えものとしてのみ認められる身であっても、自ら選択した人生があった。他者によって定められることのない人生もあった。ドギムにとって赤い袖先はそんな自分の人生そのものだった。

すべては終わった。最後に挨拶すべき人だけが残った。

ドギムは庭に出た。ひとり静かに夜空を見上げた。降り注ぐように星が輝いている。夜の空気からはいつか彼と並んで座り、剥いて食べた甘いすももの香りがした。

「……王様がいなければ、小言をいう鬼もいなくて、さぞ暮らしやすいだろうと思っていたのですが、どうしてこんなに心が虚しいのかわかりません」

ドギムは自分の人生で意図せずにあまりにも多くの部分を差し出した男と向き合った。

「決して王様を慕うことはないと申し上げましたが……」

どうしても言えなかった想いが口の中で散らばった。

「王様も今はおわかりでしょうか」

その代わり、ドギムは目を閉じてささやいた。

「どうしても乗り気でなかったら、どんな手を使ってでも逃げだしただろうことも」

サンは二十日余りの闘病の末に崩御した。過労で体がぼろぼろになるまで仕事を手離さなかった。意識のある最後の瞬間には朝廷幹部を呼んで気になる国事を命じ、世子をよく補佐しなさいという遺言を残した。

彼は目を閉じる瞬間にもドギムを呼ばなかった。最期の闘病中に彼女が病床に来ることさえ許さなかったのだ。風邪のように軽い病気を患うときは、隣で本を読んでほしいとか、湯薬を飲ませてほしいと煩わされたものだ。しかし、いざ死の峠を目前にしたときは、無理矢理遠ざけようと努めたのだ。

もしかしたら最期の瞬間さえも王として迎えたいのだろうと、寂しい思いを抱いている頃、父王のそばで一日中看病をしていた息子がこっそりと話してくれた。

「父上は母上に不細工な姿を見せたくないそうですよ。それから……母上に何を言ったらいいのか迷っておられるようでした。母上から何を言われるか恐れているような気がします」

それからまもなくして王の崩御を知らせる法螺貝の音が宮廷内に響き渡った。

彼は生涯、王一筋で歩んだ。愛する人にどのように別れを告げればいいのかまったくわからなかったに違いない。いっぽうでは、自分の人生が最期のときを迎えたという理由で、愛しているという言葉を強要しないように思いやったのかもしれない。確信を求めながらも、結局最期のときまで我慢したわけだ。一生涯他人に厳しかった以上に、自分自身にもはるかに厳しかったのだから。

彼は待っていると言った。近づきたい気持ちを抑えようと離れていった彼に、離れたいのに仕方なく近づいてきた彼女が本当の愛を感じるまで……。

彼はそんな男だった。そして、ドギムはそのような男だったからこそ、彼を振り払うことはできなかった。

「せっかく待つことにしたんですから、もう少し待っていてくださいね」

ドギムは彼のいる空を眺めながらささやいた。

「王様は王様の人生を生きたのですから、私も私の人生を生きます。そうすれば、いつかまた会う日が来るでしょう」

世間では、夫を亡くした女人を未亡人と呼んだ。あと追いできなかった人という意味だ。日常ではその言葉を当たり前のように使いながらも、ドギムはおかしなものだと思った。彼女は自分の人生を人の最期に従って終らせるべき、つまらないものだと思ったことは一度もなかったのだ。

「そのときになったら、私がどのような選択をし、どのようにひとりの人間として生きてきたのか、全部お話しますね」

懐を探ると、小さな香り袋が指先に触れた。香り袋の中には蜜柑の皮が入っていた。初めて味わわせてもらって以来、毎年、彼は冬至の日になると必ず蜜柑をドギムにくれた。不器用で恩を売ることもできない彼が側室が喜ぶ姿を見ようと用意した貴重な贈り物だった。それで、ドギムはその皮を乾かして香り袋を作っていたのだ。

「再会したときには、また恋の駆け引きをすることを約束いたしましょう」

彼が最後にくれた蜜柑で作った香り袋は、すでに香りが消えてしまっていた。

そしてもうすぐ訪れる冬至の日に彼はもういない。

「そのときは、王様が王というよりはひとりの殿方であることを……」

ドギムは空の向こうに声をかけた。

「そして私の選択が王様であることを……」

彼女は自分が足を踏み出した地を見た。現実とはいえ、なんとなく実感が湧かなかった。それでも平気だった。

残せない未来でもいい。夢でもいい。死でもいい。見当がつかなくてもとにかく現在だ。むなしく流れていくすべての瞬間の終わりに、また別の希望がある今なのだ。

ドギムは約束の地に立った。本当に幸せだった。

【特別寄稿】

側室の世界／彼女たちは国王からどのように愛されたのか

文＝康熙奉（カン・ヒボン）

●「承恩《スンウン》」とは何か

王宮で奉職していた多くの宮女たちのなかに、国王が見初めた女性がいたとする。この場合、国王が興味を持った女性と一夜をともにすることを「承恩」という。この承恩によって一介の宮女がやがて側室になっていく、ということもよく起こっていた。

実際、王宮で奉職する宮女の最大の野望は国王から承恩を受けることだ。国王に気に入られたら、そのまま側室に昇格できる可能性が高かった。そうなれば、自分が産んだ息子が後の国王にもなれる。それほど、国王から承恩を受けることは大変な名誉であり、実利が大きかった。

美貌に自信がある宮女は国王から承恩の声がかかることを常に期待していた。そのために、給金のほとんどを化粧品に費やした、ともいわれている。

また、娘が側室になって国王の寵愛を受けるようになれば、その一族は大いに繁栄する。それを願って娘を宮中に送った親もさぞかし多かったことだろう。

そして、国王が見初めた女性を本気で気に入れば、まずは「承恩尚宮《サングン》」と呼ばれるようになる。尚宮というのは、側室以外の宮女で最も高い品階（正五品）を持った女性を指している。

いわば、「承恩尚宮」は女性が国王の側室になる前段階の立場ということになる。とはいえ、正式に認められた品階を持っているわけではなかった。まだ立場はかなり不安定だったのだ。

もしも「身分がふさわしくない」「やっぱり国王に気に入れられなかった」などの理由で側室になれなければ、王宮の中でも不遇な生活に置かれる。あるいは、いずれは王宮から出されてしまう。

それだけに、「承恩尚宮」になった宮女は一日千秋の思いで正式に側室になれる日を待ったことだろう。

●側室の品階

「承恩尚宮」が側室に選ばれると、正式に品階を授かる。

そもそも、王宮で品階を持つ宮女の身分は「一品」から「九品」まで9段階に分けられており、それぞれ「正」と「従」の区別があった。「正」が「従」より上であり、合計すると一番上の「正一品」から下の「従九品」まで18段階となっていた。


このなかで「正一品」から「従四品」までが側室に与えられる品階だ。正式には以下の尊称が与えられる。

正一品　嬪（ピン）
従一品　貴人（キイン）
正二品　昭儀（ソウィ）
従二品　淑儀（スギ）
正三品　昭容（ソヨン）
従三品　淑容（スギョン）
正四品　昭媛（ソウォン）
従四品　淑媛（スグォン）

このように、側室の品階は8段階に分かれていて、通常なら一番下の淑媛から側室がスタートする。そして、国王に寵愛されている度合いによって、品階が次々に上がっていくのである。

●品階はどのように授けられたのか

すべての側室が望んだことは、一つでも上位の品階に上がることだった。

たとえば、国王の息子を産むという功績があれば、最高位の「嬪」まで上がる可能性が高かった。また、王女を産んだ場合は「貴人」まで上がることが多かった。

とはいえ、昇格には決まったルールがあったわけではない。王女を産んで「嬪」までのぼりつめる側室もいたし、王子を産んでも「嬪」になれなかった側室もいた。最終的には、国王にどれほど愛されたか、ということが品階を大きく左右したのである。

実際、側室が多かった国王はどんな品階を彼女たちに与えていたかを見てみよう。

9代王・成宗《ソンジョン》には9人の側室がいたが、その品階は嬪が1人、貴人が3人、淑儀が3人、淑容が2人となっている。

また、11代王・中宗《チュンジョン》も9人の側室を持っていたが、その品階は嬪が3人、貴人が1人、淑儀が3人、淑媛が2人となっている。中宗の場合、王女を産んでも淑媛にとどまった側室がいて、彼が側室に授ける品階を厳しく吟味していた様子がうかがえる。要するに、側室の品階の違いは国王次第なのである。

なお、側室は品階の尊称で呼ばれるのが一般的だった。特に正一品を授かった側室はかならず名前に「嬪」が入っている。このように、「嬪」の一字が名前に入った女性こそが側室の最高峰であったと言える。

●正室と側室

朝鮮王朝の側室は、正式にいうと「後宮《フグン》」と呼ばれていた。確かに、側室は王宮の敷地の後ろ側に住んでいた。

王妃は王宮の真ん中あたりに居住していたので、「中殿《チュンジョン》」「中宮《チュングン》」と呼ばれていた。国王も正室を呼ぶときは「中殿」あるいは「中宮」と呼び、高官たちもその呼称を尊重していた。

実際、国王の正室は「国母《クンモ》」と称される王朝のファーストレディであり、「後宮」とは立場が歴然と違っていた。

とはいえ、側室は正室以上に国王から愛される割合が高かった。なにしろ、正室は名門の出身で政略的に選ばれることが多かったのに、側室は国王の好みで選ばれる存在だったからだ。正室の部屋を滅多に訪ねない国王が側室の部屋を順に回っていくというのも、国王のありふれた日常だった。

なお、正室と側室では生まれる子供の尊称が違った。

たとえば、正室が産んだ息子は「大君《テグン》」と呼ばれ、側室が産んだ息子は「君《クン》」と称された。同じ王子でも側室から生まれると「大」が付けられなかったのだ。

また、正室が産んだ娘は「公主《コンジュ》」と呼ばれるが、側室が産んだ娘は「翁主《オンジュ》」となる。このように、正室が産むか側室が産むかによって王子と王女の扱いが違ったのである。

なお、朝鮮王朝には27人の国王がいたが、第13代まではすべて正室から生まれた大君が国王になっている。しかし、第14代の宣祖《ソンジョ》は側室から生まれた初の国王だ。以後も、側室から生まれた国王が多くなっていき、それだけに側室の重要性がますます高まっていった。

●イ・サンの正室と側室

史実に基づいてイ・サン（正祖）の正室と側室の人物像を見てみよう。

正室は孝懿王后である。1753年生まれでイ・サンより1歳下だった。ふたりは1762年に結婚した。

イ・サンの即位にともなって彼女は1776年に王妃となった。大変な人格者で、王宮でも多くの人に慕われた。

しかし、子供がおらず、後継ぎを産むことはできなかった。イ・サンは1800年に亡くなったが、それから21年後の1821年に孝懿王后は68歳で世を去った。その死は大変惜しまれて、「一番徳があった王妃」として歴史に名を残している。

次に、イ・サンが抱えた4人の側室を見てみよう。

イ・サンに最も愛された女性が成徳任《ソンドギム》である。側室として宜嬪ソン氏と称されている。

彼女はイ・サンの「承恩」を二度にわたって拒んだことがあった。それは、同じ年で慕っていた孝懿王后に子供がいなかったことを気づかったから、という伝聞が残っている。

宜嬪ソン氏はイ・サンとの間で文孝《ムニョ》世子という王子をもうけている。この王子が無事に成長していればイ・サンの後継者になったのだが、残念ながら4歳で早世してしまった。また、宜嬪ソン氏が産んだ翁主も2か月足らずしか生きられなかった。

悲劇は続く。宜嬪ソン氏は再び妊娠したのだが、出産することなく亡くなってしまう。イ・サンの悲嘆は尋常ではなかったという。

結局、イ・サンのあとを継いで王位を継承したのは、綏嬪パク氏という側室が産んだ王子だった。それが、23代王の純祖《スンジョ》であった。なお、綏嬪パク氏は翁主を1人産んでいる。

このほかに、イ・サンには元嬪ホン氏と和嬪ユン氏という側室がいた。

元嬪ホン氏はイ・サンの最側近として絶大な権力を持った洪国栄《ホングギョン》の妹で、政略的に側室に迎えられたが、若くして亡くなってしまった。子供はいなかった。

和嬪ユン氏はイ・サンとの間に翁主を産んでいるが、この娘も早世している。

結局、イ・サンは4人の側室との間に、2人の息子と3人の娘をもうけている（イ・サンの子供の数については諸説あり）。国王としては子供の数が少ないほうであった。

康 熙奉（カン・ヒボン）

1954年東京生まれ。在日韓国人二世。韓国の歴史・文化や日韓関係を描いた著作が多い。主な著書は『悪女たちの朝鮮王朝』『韓流スターと兵役』『いまの韓国時代劇を楽しむための朝鮮王朝の人物と歴史』。共著に『韓国ドラマで楽しくおぼえる！役立つ韓国語読本』、最新刊『韓国ひとめぼれ感動旅 韓流ロケ地&ご当地グルメ紀行』など。

イ・サン家系図

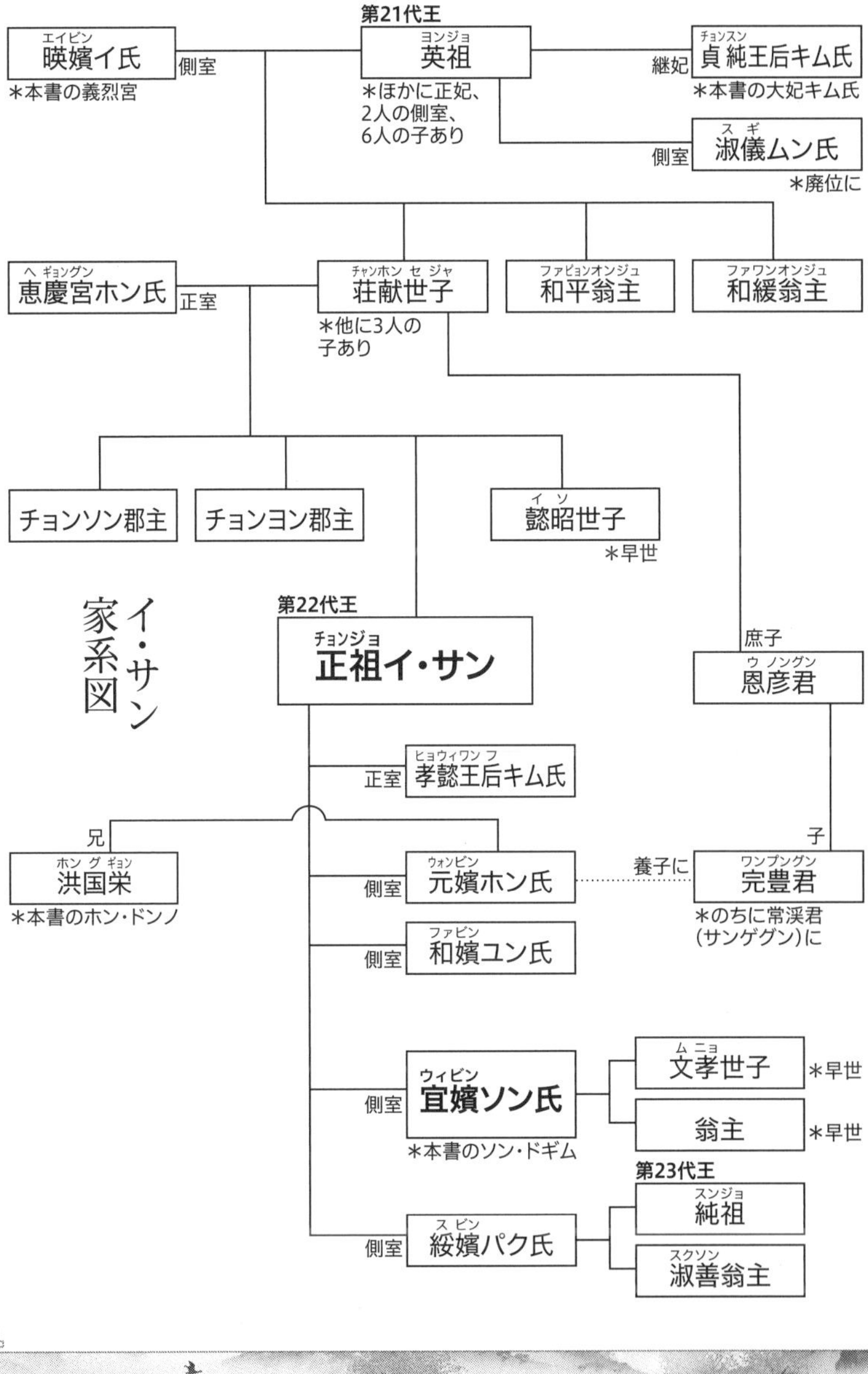

第21代王
英祖《ヨンジョ》
＊ほかに正妃、
2人の側室、
6人の子あり
暎嬪《エイビン》イ氏
＊本書の義烈宮
側室
継妃
貞純《チョンスン》王后キム氏
＊本書の大妃キム氏
側室
淑儀《スギ》ムン氏
＊廃位に
恵慶宮《ヘギョングン》ホン氏
正室
荘献世子《チャンホンセジャ》
＊他に3人の
子あり
和平翁主《ファピョンオンジュ》
和緩翁主《ファワンオンジュ》
チョンソン郡主
チョンヨン郡主
懿昭《イソ》世子
＊早世
第22代王
正祖《チョンジョ》イ・サン
庶子
恩彦君《ウノングン》
正室
孝懿《ヒョウィ》王后キム氏
兄
洪国栄《ホングギョン》
＊本書のホン・ドンノ
側室
元嬪《ウォンビン》ホン氏
養子に
子
完豊君《ワンプングン》
＊のちに常渓君
(サンゲグン)に
側室
和嬪《ファビン》ユン氏
側室
宜嬪《ウィビン》ソン氏
＊本書のソン・ドギム
文孝《ムニョ》世子
＊早世
翁主
＊早世
第23代王
純祖《スンジョ》
側室
綏嬪《スビン》パク氏
淑善《スクソン》翁主

【巻末付録】用語解説 ～朝鮮王朝時代劇キーワード～

宮女（クンニョ）宮中に仕える女性の総称
尚宮（サングン）宮中に仕える宮女たちの最高位。女官の管理職で15年以上働くことが条件
内人（ナイン）尚宮より下位の宮女
本房内人（ポンバンナイン）側室が実家から連れてきた侍女

――特別な職務を受け持った尚宮――

提調（チェジョ）尚宮 尚宮のトップ。宮女たちを統括
監察（カムチャル）尚宮 宮中で働く宮女たちの言行・風紀などを取り締まる
保姆（ポモ）尚宮 王子、公主、翁主の養育・教育を担当する内人たちの長

――宮女たちが属した部署（房）――

至密（チミル）王と王妃の側近くで仕え、寝・食・衣に関わる一切の世話を担当する部署。有能な人材が揃っており、尚宮への道も近いといわれていた
針房（チムバン）王室用の衣服の縫製を担当する部署
繍房（スバン）王室で使われる礼服や寝具、屏風などの刺繍全般を担当する部署
焼厨房（ソジュバン）王の食事と宮中のご馳走を準備する部署。王宮の台所。内焼厨房と外焼厨房に分かれる
洗踏房（セダッパン）洗濯や掃除を担当する部署
洗手間（セスガン）王と王妃の洗面や入浴を準備する部署

聖恩（ソンウン）王の恩恵を授かること
承恩（スンウン）王から特別な愛を受けること。一夜をともにした宮女は承恩尚宮と呼ばれる
出宮（チュルグン）王宮を去ること。宮女は、自身が病になったとき、仕える人が亡くなったときなど、仕事を辞して王宮を出ることに。王族以外の人々が、王宮で生涯を終えることは許されなかった
内命婦（ネミョンブ）中に仕える女性のなかで品階のある者の総称。王妃を頂点とした側室や彼女らに仕える女官たちの組織制度でもある
外命婦（ウェミョンブ）王女や王族の妻、朝廷高官の妻など。自身が品階を持つ内命婦に対し、外命婦は夫が品階を持つ
世子（セジャ）王世子の略称。王の嫡子で、次期王位を継ぐ者
世子（セジャ）冊封 王位継承者を正式に定めること

元子（ウォンジャ）国王の長男。正式に世継ぎ（世子）と冊封されるまでは元子と呼ばれる

龍種（ヨンジョン）王の子。お腹の中の胎児

翁主（オンジュ）王の庶女（側室から生まれた娘）

郡主（クンジュ）世子の嫡女

宗親　国王の父系の親族。王の嫡子は4代孫まで、庶子は3代孫まで宗親として君《グン》の名が与えられた。宗親に定員はない

駙馬（プマ）正式名称は駙馬都尉《プマドゥウィ》。王の婿。王女の配偶者

戚臣（チョクシン）外戚。王とは姓が異なるが王と姻戚関係にある臣下のこと

内官（ネグァン）去勢された男性の役人、内侍《ネシ》、宦官

尚薬（サンヤク）内侍府従三品の地位

尚儀（サンイ）正五品の宮女。宮女にとっての最上位

都承旨（トスンジ）王の秘書室にあたる承政院《スンジョンウォン》の最高責任者。吏曹《イジョ》との連絡を担当

別監（ピョルガム）王室の雑用や警護を担当

大提学（テジェハク）宮殿内の経書や史書を管理する弘文館のナンバー2。正二品。清廉潔白な人物が求められる

領議政（ヨンイジョン）議政府のトップ。領相《ヨンサン》ともいう

左議政（チャイジョン）／**右議政（ウイジョン）**議政府最高位の領議政とともに官吏の統制と財務を担当。左がナンバー2、右がナンバー3に相当。左相《チャサン》、右相《ウサン》ともいう

揀択（カンテク）朝鮮王朝時代に行われた王妃や世子嬪を選ぶための行事。「初揀択」「再揀択」「三揀択」と三次にわたって行われる。まず、四柱や居処などが書かれた「処《チョ》女単子《ニョタンジャ》」を提出させて30人程度の娘を選び、揀択（面接）を行う。初揀択で6人前後に絞り込まれ、2週間後に再揀択に進み、3人ほどに絞り込まれる。再揀択に合格し、三揀択に進む3人の娘たちは「王の女」とみなされ護衛がつく。王妃に選ばれなかった残りの2人は生涯結婚できず、独り身で過ごすか、側室となるしかない

無品嬪（ムプンビン）本来、王妃、世子嬪、世孫嬪など正室のみが無位つまり階級がなく、嬪の階級は正一品。だが、元嬪は王妃と正一品の側室の間に位置する後宮として「無品嬪」の地位が授けられた。側室のなかの最高位であるため、必ず揀択によって選ばれる由緒正しい家の娘。朝鮮王朝においてこの無品嬪は4名しか存在しない

産室庁（サンシルチョン）臨時官庁。妃や嬪の分娩に関わることを担当する。なお、貴人や宮人の分娩に関わる官庁は護産庁《ホサンチョン》という別の官庁が担当する

解産房（ヘサンバン）お産する部屋

捲草官（クォンチョグァン）王妃や嬪のお産のとき、産室で行う捲草礼を担当する臨時の官吏。通常、息子が多く、徳があり、家に災難のない朝臣で、お産の1か月前に任命される。出産日と7日後に儀式が行われた

望哭礼（マンゴクレ）哭礼の儀式、国葬の際に泣き叫ぶことで哀悼の意を示す儀式

殯宮（ひんきゅう）主に貴人を対象に、死後もすぐには埋葬せず、遺体を棺に納めて長期間仮安置する場所

賜薬（サヤク）王が毒薬を下賜するという意味。自ら毒薬を飲み死ぬことを求められる

賜死（ササ）王が自殺を命じること

諡号（しごう）王や大臣など、貴人の死後に奉る称号。生前の行いへの評価に基づく名のこと

君号（グノ）王族や外戚、功臣などに授ける称号。恩彦《ウノン》君《グン》、完豊君《ワンプングン》など

宮号（グンホ）王族の別名。また、その人物が住む宮殿などもそう呼ばれた。恵慶宮《ヘギョングン》、淑昌宮《スクチャングン》など前

奉爵 爵位を授かること

問候（もんこう）目上の人の安否を気づかう訪問、ご機嫌うかがい

笄礼（ケレ）女性の成人の儀式

賀儀（ハウィ）祝賀の儀。お祝いの挨拶などを受けること

議政府（ウィジョンブ）行政府最高機関

六曹（ユクチョ）議政府の下部組織。国政を担当した6つの官庁の総称。吏曹・戸曹・礼曹・兵曹・刑曹・工曹がある

司憲府（サホンブ）官吏の違法行為、悪行を糾弾するほか、現行政治への論評、風俗を正すことも

司諫院（サガンウォン）絶対君主である王を諫めることを担う部署。王への諫言が主な仕事

弘文館（ホンムングァン）宮殿内の経書や史書を管理。王の諮問に応じる任務があり、全員、経筵の官職を兼務

漢城府（ハンソンブ）首都を管轄する官庁

内医院（ネイウォン）王や王室の医療・薬を担当する官庁。別名、内局《ネグク》、薬院《ヤクウォン》、薬房《ヤクバン》

医薬庁（ウィヤクチョン）国王や王妃が病になったとき、処方や製薬について議論する臨時官庁

観象監（クァンサンガム）天文や風水、暦、気象観測、時間設定などに関する部署

掌楽院（チャンアグォン）王宮儀式の国楽演奏を担当する部署

典獄署（チョノクソ）罪人をとどめておく監獄を管理する部署

五軍営（オグニョン）朝鮮王朝後期、首都とその郊外の防衛のために設置された軍制

禁衛営（クミヨン）首都防衛を担当する軍営。訓練都監・御営庁とともに国王の警護と首都防衛を担う重要部隊

訓練都監（フンリョントガム）首都防衛を担う。訓局とも呼ばれる。

御営庁（オヨンチョン）王の護衛を担った軍営

守禦庁（スオチョン）首都郊外の防衛を担当

摠戎庁（チョンユンチョン）首都郊外の防衛を担当

宿衛所（スギィソ）大殿にいる王の護衛を担当

義禁府（ウィグムブ）謀反や反逆など重罪事件を裁く王直属の官庁

滅火軍（ミョリァグン）現在でいう消防庁

ソンビ 高い学識と人格を持つ人物をさす儒教用語。転じて、高潔な知識人、両班

士大夫（サデブ）士は学者、大夫は官僚を表し、「学者出身の官僚」という意味だが、朝鮮王朝後期においては、高級官吏を排出した両班と同義

両班（ヤンバン） 貴族階級・知識層

妓生（キーセン）宴の場での歌舞音曲を担当した女性。芸奴。妓女。宮中に属した者は官妓と呼ばれる

官婢（クァンビ）官庁に属している女性の奴隷

白丁（ペクチョン） 賤民身分のなかでも、奴婢のさらに下の最下層とされた被差別民。牛の屠畜・解体、柳器製造などを生業にした

大殿（テジョン） 王が暮らす寝所、宮殿

東宮殿（トングンジョン）世子の宮殿。世子宮。王宮の東側にあることに由来する。

中宮殿（チュングンジョン）王妃が住む宮殿

便殿（ピョンジョン）王が日常の政務を執り行う空間

宮房（クンバン）国王と世継ぎを除く王室直系家族や側室などが住む居所

殿閣（チョンガク）宮殿、館

行閣（ヘンガク）正殿の前や左右に接して建てられている長屋

昌徳宮（チャンドックン）元来は景福宮《キョンボックン》の離宮だが、英祖・正祖時代は正宮として使用していた

慶熙宮（キョンヒグン）西の離宮。西闕《ソグォル》とも呼ばれる

宣政殿（ソンジョンジョン）昌徳宮の便殿。王の執務室

重熙堂（チュンヒダン）正祖が文孝世子のために昌徳宮内に建てた東宮殿。「重熙堂」の名を記した扁額も正祖自ら書いた

讌華堂（ヨンナダン）昌徳宮の中にある宣嬪の住居。文孝世子はこの館で生まれた

静默堂（チョンムクダン）昌徳宮内の館。1917年の火災で焼失

泰和堂（テファダン）昌徳宮の便殿である宣政殿のそばにあった建物

集慶堂（チプキョンダン）英祖が使った西の離宮、慶熙宮（1760年までの名称は慶徳宮）にあった勉学用の堂。英祖が永眠した場所でもある

惜陰閣（ソグムガク）慶熙宮にあった世子や世孫のための書斎。政務を行う興政堂のそばに作られた

金商門（クムサンムン）慶熙宮に設置された鞠問の場

璿源殿（ソノンジョン）歴代の国王の御真影を奉安して祭祀を行う建物。昌徳宮の正殿・仁政殿の西側に位置する

内帑庫（ネタンゴ）王室の財産保管庫

水刺間（スラッカン）焼酎房が作った料理を配膳する場所。王宮の台所、焼酎房と同義で使われることも

成均館（ソンギュングァン）最高教育機関。科挙の小科《ソグァ》試験に合格すると入学できる

閨房（キュバン）もともとは寝室や婦人の居間を意味する言葉。外出もままならなかった両班女性たちが、女訓書などから儒学精神を学び、刺繍などに勤しんだ女性たちの生活空間。その手工芸などは閨房工芸とも呼ばれる

チマ　チマチョゴリとも呼ばれる韓国の伝統的な衣装、韓服のスカート部分

チョゴリ　韓服の上着部分

唐衣（タンイ）女性の礼服。目上の人と会うことや儀式の多い宮中では普段から唐衣を着用する。王妃や高級女官は金襴が施されていたものを着用。それ以外は無地

疊紙（チョプチ）女性が礼装するとき頭に飾った装飾品

袞龍袍（コンリョンポ）王が政務を行う際に着用する。龍の刺繍が施されていた

七章服（チルジャンボク）世子の礼服。7つの紋様が刺繍されている（王は9つ）

水刺床（スラサン）王の食事

茶菓（タグァ）お茶とお菓子をあわせていう言葉。軽食

薬果（ヤックァ）小麦粉にごま油やはちみつ、酒などをまぜた生地を型に入れ、低温の油で揚げる伝統菓子

饅頭果（マンドゥグァ）小麦粉などで生地を練り、なつめなどの具を餃子のように包んで揚げる菓子。薬果の一つ

参橘茶（サムキュルチャ）高麗人参とみかんの皮を干して煎じたお茶。王室の三大健康茶の一つとされる。

忍冬茶（インドンチャ）スイカズラ茶。解熱や健胃、利尿作用、美肌効果があるとされる。

閨房酒（キュバンスル）夫婦が寝間で飲む酒。媚薬や精力が高まる効果があるものもある

科挙（クァゴ）官吏の登用試験

朋党（プンダン）政治的な思想や利害が共通する官僚同士が結んだ党派集団。朋党が政権を握ることを朋党政治という

僻派（ピョクパ）朝鮮王朝時代の朋党の一つ。英祖期の多数派であった老論派《ノロンパ》のなかでも、思悼世子の死を正当化している。思悼世子の立場に同情したのが「時派《シパ》」。

書筵（ソヨン）世子や世孫のための儒教教育制度。書物の内容を講義すること。この講義を担当する役人を総じて、書筵官《ソヨングァン》と呼ぶ。王への講義は経筵《キョンヨン》

垂簾聴政（スリョムチョンジョン）王が幼い場合、母や祖母が王の摂政となって、御簾越しに政治を行うこと

内訓（ネフン）王室女性の規範となる婦女子の礼儀作法が書かれた本。女性が守るべき礼節や法度を、中国の『列女伝』『小学』『女教』『明鑑』から要約した3冊に及ぶ書物。第9代・成宗《ソンジョン》の母、仁粋大妃《インステビ》が1475年に書いた

女範（ヨボン）義烈宮こと暎嬪イ氏が、中国の『列女伝』を引用して書いた女訓書。諺文《おんもん》（ハングル）で記されている

法度（はっと）法令。とくに禁止のおきて

臣妾（シンチョプ）王の前で、側室を含めた妻が自分をへりくだって呼ぶ一人称。ちなみに、妾《チョプ》とは当時、既婚女性が夫に対して使っていた一人称

――人物・事件――

元宗（ウォンジョン）第16代王・仁祖の父。宣祖の庶子で定《チョン》遠君《ウォングン》の名で知られる人物。仁祖の働きかけで、死後・王に追尊された

常溪君（サンゲグン）サンの異母弟・恩彦君《ウノングン》の息子。元嬪の養子として完豊君《ワンプングン》に封じられ、仮東宮と呼ばれた。ホン・ドンノの死後、爵位を剥奪され常渓君に名を改める

淑儀（スギ）ムン氏 英祖の側室。元は宮女で、老王を惑わせた妖女として知られる。コ・ソホンとも呼ばれる

ユ・ウィハン（柳緯漢）宣祖期の南人派の政治家。禧嬪チャン氏の子の元子定号に反対した西人派を弾劾。この事件をきっかけに西人派は一掃された

キム・サウォン（金士源）時派の政治家。第23代王・純祖の国舅。純元王后キム氏の父。若い頃、宿直中に恋愛小説を読んでいたことを咎められ、正祖に反省文を提出させられたが、その反省文が見事で、正祖から絶賛されたという逸話を持つ。金祖淳《キムジョスン》の名で知られる

パク・フェボ（朴晦甫）英祖の娘、和平翁主の駙馬。綏嬪パク氏の一族。名筆で知られ、正祖が直接記した宣嬪ソン氏の墓碑の文字も担った。朴明源《パクミョンウォン》の名でも知られる。従兄弟は『熱河日記』を記した朴趾源《パクチウォン》

ソ・ゲジュン（徐繼仲）正祖の寵臣。徐命善《ソミョンソン》の名で知られる少論派の中心人物。正祖の代理聴政に反対するホン・ジョンヨ（洪麟漢《ホンインハン》）らを弾劾し、正祖をあと押ししたことから重用されるようになった

『赤い袖先　上巻・中巻・下巻』（全３巻）は、韓国で刊行された『옷소매 붉은 끝동 1, 2』（改訂版／全２巻）を、全３巻に構成したものです。登場人物紹介、年表、用語解説などのコラムは、日本語翻訳版編集スタッフが執筆・構成しています。歴史上の出来事などで諸説あるものについては、『정조실록（正祖実録）』、『イ・サンの夢見た世界 正祖の政治と哲学』『朝鮮王朝実録』（ともにキネマ旬報社）を参考にしました。特別寄稿は書き下ろしです。

日本語翻訳版スタッフ

翻訳　本間裕美／丸谷幸子／金美廷
翻訳監修　鷹野文子
翻訳協力　蒔田陽平
編集　高橋尚子［KWC］／杉本真理／竹原晶子［双葉社］
翻訳版デザイン　藤原薫［landfish］
コーディネート　金美廷
校正　姜明姫
写真協力　NBCユニバーサル・エンターテイメント

カン・ミガン
ソウル生まれ。幼い頃より引っ越しを繰り返し韓国各地の文化に触れて育つ。特に水原で過ごしたときに得たインスピレーションをもとに、高校1年のとき、『赤い袖先』の草案を執筆。８年の時間をかけて完成したこのデビュー小説は、2017年に初出版され、多くの愛を受けた。2021年にウェブトゥーンとドラマが制作されると、書店ベストセラーランキングに再浮上するなど話題を呼んだ。現在はソウル在住。最新作に『無関心の逆方向（무관심의 역방향）』がある。

赤《あか》い袖先《そでさき》　下巻《げかん》

2023年９月24日　第1刷発行
2023年12月５日　第2刷発行

著　　者　カン・ミガン
発 行 者　島野浩二
発 行 所　株式会社双葉社
〒162-8540 東京都新宿区東五軒町3番28号
［電話］03-5261-4818（営業）　03-5261-4869（編集）
http://www.futabasha.co.jp/
（双葉社の書籍・コミック・ムックが買えます）

印刷所・製本所　中央精版印刷株式会社

落丁・乱丁の場合は送料双葉社負担にてお取り替えいたします。「製作部」宛にお送りください。ただし、古書店で購入したものについてはお取り替えできません。
［電話］03-5261-4822（製作部）

ISBN978-4-575-24674-2 C0097